U0939541

国学一本通

搜神记

晋·干　宝◎著　刘　琦◎译评

吉林文史出版社

图书在版编目（CIP）数据

搜神记/（晋）干宝著；刘琦译评．—长春：吉林文史出版社，
2010.1（2022.1重印）
（国学一本通/徐潜主编）
ISBN 978-7-5472-0153-4
Ⅰ．①搜… Ⅱ．①干…②刘… Ⅲ．①笔记小说—中国—东晋时代②搜神记—注释③
搜神记—译文 Ⅳ．①I242.1

中国版本图书馆CIP数据核字（2009）第243374号

国学一本通

搜神记

出版人/徐 潜

出版发行/吉林文史出版社（长春市人民大街4646号） www.jlws.com.cn

主编/徐 潜

原著/干 宝

译评/刘 琦

项目负责/王尔立

责任编辑/王尔立 王凤翎

责任校对/李洁华

装帧设计/李岩冰 董晓丽

印刷/北京一鑫印务有限责任公司

版次/2011年12月第1版 2022年1月第4次印刷

开本/720mm×1000mm 1/16

字数/280千字

印张/14

书号/ISBN 978-7-5472-0153-4

定价/55.00元

前言

《搜神记》是魏晋南北朝志怪小说的代表作。撰者干宝，东晋新蔡(今属河南新蔡县)人。官至散骑常侍，性好阴阳术数，有感于其父婢死而再生和其兄气绝而复苏，自言见天神事，乃搜集民间神怪灵异故事，编撰成《搜神记》三十卷。

《搜神记》三十卷原书到宋代就已散佚，今存二十卷本，现有已故的汪绍楹先生校注本(中华书局1979年版)精而完备。书中所记故事454则，附佚文6则，成为魏晋南北朝时期志怪小说的代表作。

干宝编撰此书的目的，是用以“发明神道之不诬”，以证明鬼神之实有，“遂撰集古今神祇灵异人物变化，名为《搜神记》”(《自序》)。书中的有些内容夹杂着不少封建迷信观念、方术巫觋和佛教教义。但其主流是优秀的民间故事和神话传说，反映了古代先民的社会观念和思想意识，具有深刻和久远的社会价值。

从思想内容上看，许多故事都谴责和揭露了封建统治者的罪恶，反映了人民的抗争和对理想的追求。如：《干将莫邪》通过对干将、莫邪、赤、山中行客等人物的描写，颂美了人民的反抗，嘲弄了封建统治者；《韩凭夫妇》既肯定对爱情的生死不渝，又赞颂对恶势力的誓死不屈；《紫玉与韩重》以婚姻悲剧揭露封建婚姻制度的罪恶；《倩女还魂》表现青年男女反抗婚姻不自由；《姑迫媳改嫁》反映封建家长制使妇女遭受悲惨命运；《生死之别》肯定朋友间的信义；《董永》表现对美好生活的愿望。从表现形式来说，许多篇章都有独具的艺术特色：一是以故事始末为主线，形成曲折而完整的情节结构；二是重视人物性格刻画，突出性格特点；三是重视细节和场景描写。

对于《搜神记》这样珍贵、优秀的文学、文化遗产，前人做了大量的搜集整理工作，特别是已故的汪绍楹先生，付出了巨大的精力。但前人所做的，大都是搜集、校订工作。在接受祖国优秀遗产，继承发扬民族文化传统使其为社会主义文化建设所用的今天，吉林文史出版社组织人力，付出财力物力，把它列入《国学一本通丛书》，以期更多的人了解这份文化遗产。

本书在篇幅上已作删减，选择内容健康、情节较为完整、有一定艺术特点的故事222则提供给读者。译注和评点工作，由刘琦同志担任。我们水平有限，错讹难免，敬请专家、读者教正。

搜神记

目录

卷一

卷二

卷三

卷 七

卷 八

卷十三

卷十四

卷十五

卷十六

卷十七

卷十八

卷十九

卷二十

卷一

神农

神农以赭鞭鞭百草[1]，尽知其平毒寒温之性[2]，臭味所主[3]。以播百谷，故天下号神农也。

译文

神农氏用赤色的神鞭鞭打各种草木，便全都知道它们有毒、无毒、或寒、或温的药性和药味所主治的疾病。因为他又播种各种庄稼，所以天下的人都称他为神农。

注释

①神农：神话传说中南方的天帝，又称炎帝神农氏，是医药和农业的发明者。②平毒寒温之性：指药性。《本草经·序录》："药有酸、咸、苦、甘、辛五味。又有寒、热、温、凉四气及有毒、无毒。"平，即无毒。③臭(xiù)味：指草的药味，即"五味"。主：主持、掌管。五味治病各有所主，如酸主肝，咸主胃，苦主心，甘主脾，辛主肺。

赤松子

赤松子者，神农时雨师也[1]。服冰玉散[2]，以教神农。能入火不烧[3]。至昆仑山，常入西王母石室中，随风雨上下。炎帝少女追之，亦得仙俱去。至高辛时[4]，复为雨师，游人间。今之雨师本是焉[5]。

译文

赤松子是神农时的雨师。他服用水玉散，并教神农氏服用。能跳进火里焚烧而登仙。到昆仑山，他经常到西王母的石室中，又能随着风雨上天入地。炎帝的女儿跟随他，也成了神仙一起升天。到高辛氏时，他又为雨师，漫游人间。如今的雨师便尊奉他为祖师。

注释

①赤松子：传说中的仙人，亦称"赤诵子"。雨师：掌管雨的神。②冰玉散：当为"水玉散"，传说为长生不死药。③入火不烧：《法苑珠林》中"不"作"自"。按"自烧"解，即跳进火里自己焚烧而升仙。④高辛：即帝喾(kù)，传说中古代部族的首领。⑤本：本义为草木的根，引申为事物的根基或主体。此文中为意动用法，即以赤松子为雨师之祖。

子舆

赤将子舆者[①]，黄帝时人也。不食五谷而啖百草华[②]。至尧时，为木工。能随风雨上下。时于市门中卖缴[③]，故亦谓之缴父。

译文

赤将子舆是黄帝时的人，他不吃五谷而只吃各种草木的花。到尧时，他做木工，能随风雨上上下下。他常常在市场中卖系箭的生丝绳，所以人们也称他为缴父。

注释

①赤将子舆：神话传说中的神仙，一日能行五百里，一年十易皮。②啖(dàn)：吃。华：古"花"字。③缴(zhuó)：射鸟时系在箭上的生丝绳。

宁封子

宁封子，黄帝时人也，世传为黄帝陶正[①]。有异人过之，为其掌火[②]。能出入五色烟[③]，久则以教封子。封子积火自烧，而随烟气上下。视其灰烬，犹有其骨。时人共葬之宁北山中[④]，故谓之宁封子。

译文

宁封子是黄帝时的人，世传他是黄帝时掌管陶器制作的官。有神异的人拜访他，为他掌管烧冶陶器的火候。神异人能出入五色烟火中，时间长了，他就把这种本领教给封子。封子堆积柴火焚烧自己，随着烟气上上下下。人们察看那堆灰烬，里面还有封子的骸骨。当时人一齐把封子的骸骨葬在宁北山中，所以称他为"宁封子"。

注释

①宁(nìng)封子：古代传说中的仙人。陶正：古代掌管制造陶器的官。②异人：神异的人。过：拜访。掌火：执掌烧制陶器的火候。③五色烟：五彩的烟火，指烧制陶器的火焰。④宁北：宁邑的北面。宁，古邑名，在今河南修武一带。

彭祖

彭祖者[1]，殷时大夫也，姓钱，名铿。帝颛顼之孙[2]，陆终氏之中子[3]。历夏而至商末，号七百岁。常食桂芝[4]。历阳有彭祖仙室[5]。前世云：祷请风雨，莫不辄应。常有两虎在祠左右。今日祠之讫[6]，地则有两虎迹。

译文

彭祖是商朝的大夫，姓钱，名铿。是颛顼帝的玄孙，陆终氏的第三个儿子。他经历了夏朝而到商末，号称七百岁。他经常食用桂芝这种仙草。历阳有彭祖的仙室。前世人说：在仙室里向神祷告祈求风雨，没有不立刻应验的。常常有两只虎守在彭祖祠左右。如今每当祭祀完了，地上就会出现两只虎的足迹。

注释

①彭祖：传说颛顼帝玄孙陆终氏的第三子，尧时封于彭城。②颛顼：上古帝王，五帝之一，相传为黄帝之孙，昌意之子。③中子：第三子。④ 桂芝：即灵芝。⑤ 历阳：古地名，在今安徽和县一带。⑥ 祠：祭祀。讫：终止，停止。

葛由

前周葛由[1]，蜀羌人也。周成王时，好刻木作羊卖之。一旦，乘木羊入蜀中，蜀中王侯贵人追之，上绥山[2]。绥山多桃，在峨眉山西南，高无极也。随之者不复还，皆得仙道。故里谚曰："得绥山一桃，虽不能仙[3]，亦足以豪。"山下立祠数十处。

译文

西周时，葛由是蜀地的羌人。周成王时，喜好用木头雕刻成木羊去卖。一天，他乘着木羊来到蜀中，蜀中王侯贵族都追随着他，上了绥山。绥山上多桃树，在峨嵋山西南，高不见顶。追随着他的人不再返回，都得了仙道。所以当时民间谚语说："能得到绥山一只桃，即使不能成仙，也可以使身体强健。"蜀山下立了几十处葛由的神祠。

注释

①葛由：古仙人名。②绥山：在四川省峨嵋山西南。③仙：用如动词，升仙，成仙。

冠先

冠先，宋人也，钓鱼为业，居睢水旁百余年[①]。得鱼，或放，或卖，或自食之。常冠带[②]，好种荔，食其葩实焉。宋景公问其道，不告，即杀之。后数十年，踞宋城门上[③]，鼓琴，数十日乃去。宋人家家奉祠之。

译文

冠先是宋国人。以钓鱼为业，在睢水旁居住了一百多年。钓得鱼，或者放掉，或者卖了，或者自己吃了。他常常戴帽束带，喜欢种薜荔，吃薜荔的花和果实。宋景公问他养生的道术，他不告诉景公，景公杀死了他。几十年后，冠先蹲在宋国城门上，弹着琴，几十天才离去。宋国的人家家都祭祀他。

注释

①冠先：传说中古仙人名。睢(suī)水：古水名，也称睢河。②冠带：原指帽子和腰带，本文指戴帽束带，引申为衣冠整齐。③踞：蹲着。

陶安公

陶安公者，六安铸冶师也[①]。数行火，火一朝散上，紫色冲天，公伏冶下求哀[②]。须臾，朱雀止冶上[③]，曰："安公安公，冶与天通。七月七日，迎汝以赤龙。"至时，安公骑之，从东南去，城邑数万人，豫祖安送之[④]，皆辞诀。

译文

陶安公是六安国的铸冶师。他多次点火冶炼金属，一次火分散开向上燃烧，紫色的火焰直冲天空，陶安公忙爬在铸冶炉上哀求。一会儿，一只朱雀停在炉上，说："陶安公，陶安公，冶炼炉，与天通。七月七日，用赤龙迎你上天空。"到了七月七日，陶安公果然骑着赤龙，从东南离去。当时城里数万人，准备好了祭祀路神，为陶安公饯行，陶安公一一向他们辞别。

注释

①六安：古代六国地，其地在今安徽省。铸冶师：冶炼金属的技师。②行火：点火冶炼金属。散上：在此为分散向上燃烧意。散，散开，分散。③止：停留。④豫：事前准备，即预备。祖：祭名，出行以前，祭祀路神，引申为饯行送别。

淮南王

淮南王安好道术，设厨宰以候宾客。正月上午，有八老公诣门求见[①]。门吏白王[②]，王使吏自以意难之，曰："吾王好长生，先生无驻衰之术，未敢以闻。"公知不见，乃更形为八童子，色如桃花。王便见之，盛礼设乐，以享八公[③]。援琴而弦歌曰："明明上天，照四海兮。知我好道，公来下兮。公将与余，生羽毛兮。升腾青云，蹈梁甫兮[④]。观见三光[⑤]，遇北斗兮。驱乘风云，使玉女兮[⑥]。"今所谓《淮南操》是也。

译文

淮南王刘安喜好道术，并设厨师宰牲以等候迎接宾客。正月上辛那天，有八位老神仙到刘安府上求见。门吏禀告淮南王，淮南王让门吏随意非难他们，说："我们淮南王喜好长生之术，先生你们没有防止衰老的法术，我不敢去传报。"八位神仙知道是淮南王不想见他们，于是他们就变为八个童子，脸色像桃花一样鲜艳。淮南王便接见了他们，用最隆重的礼节和盛大的歌舞来宴请八位神仙。淮南王拿起琴来，和着弦音唱道："明明天光，普照四海。知道我喜好道术，八公从天降来。八公将赐福给我，让我长上翅膀，腾云直上，登上梁甫。看得见三光，遇得上北斗，乘风驾云，让玉女侍奉我。"这支歌就是今天所说的《淮南操》。

注释

①正月上午：即正月的第一个辛日。八老公：指八位神仙。诣：往，到。②白：禀告，陈述。③享：本义指供献，把祭品、珍品献给祖先、神明或天子。引申为享用。此指宴请，款待。④梁甫：又称"梁父"，山名。泰山下的一座小山，在山东新泰县西。⑤三光：指日、月、星之光。⑥玉女：侍奉仙人的使女。

刘根

刘根字君安，京兆长安人也[①]。汉成帝时，入嵩山学道。遇异人，授以秘诀，遂得仙，能召鬼。颍川太守史祈以为妖，遣人召根，欲戮之。至府，语曰："君能使人见鬼，可使形见[②]，不者加戮。"根曰："甚易。借府君前笔砚书符。"因以叩几，须臾，忽见五六鬼，缚二囚于祈前，祈熟视，乃父母也。向根叩头曰："小儿无状，分当万死。"叱祈曰："汝子孙不能光荣先祖，何得罪神仙，乃累亲如此！"祈哀惊悲泣，顿首请罪[③]。根默然忽去，不知所之。

译文

刘根，字君安，是京兆长安人。汉成帝时，到嵩山去学道，遇见一个神异的人，教给他神仙秘诀，于是他成了仙人，能召使鬼来。颍川太守史祈以为他是妖怪，便派人把他召来，想要杀掉他。刘根到了官府，史祈对他说："你能让人看见鬼，你就让鬼显现出形来，不然就杀了你。"刘根说："这很容易。请借您面前的笔砚来写符。"于是他拿着符，敲打着桌子，一会儿，忽然看见五六个鬼，捆绑着两个囚犯来到史祈面前。史祈仔细一看，竟是自己父母。他父母向刘根叩头说："我小儿无理，应该万死。"父母又呵斥史祈说："你作为子孙不能光宗耀祖，为什么得罪神仙，竟连累父母到如此地步！"史祈又惊奇又悲哀，哭泣起来，叩头向刘根请罪。刘根默默地忽然离开，不知到哪里去了。

注释

①京兆：汉代行政区划名，即今陕西西安市以东至华县之地。后世因称京都为京兆。②形见：见，显现。指可使鬼显现出来。③顿首：叩头，古代叩头而拜的一种礼节。

蓟子训

蓟子训，不知所从来。东汉时，到洛阳，见公卿数十处，皆持斗酒片脯候之[1]，曰："远来无所有，示致微意。"坐上数百人，饮啖终日不尽。去后皆见白云起，从旦至暮。时有百岁公说："小儿时，见训卖药会稽市[2]，颜色如此。"训不乐住洛，遂遁去。正始中，有人于长安东霸城[3]，见与一老公共摩娑铜人[4]，相谓曰："适见铸此，已近五百岁矣。"见者呼之曰："蓟先生小住。"并行应之。视若迟徐，而走马不及。

译文

蓟子训不知道是从哪里来的人。东汉时，他到洛阳去，在几十个地方接待朝廷官员，都拿着一斗酒和一块肉干，说："远道而来，没有什么东西招待的，只表示一点心意。"在座的有几百人，整天吃喝不尽。他离开以后，人们见到白云升起，从早到晚。当时有一个百岁老人说："我小时候，就看见蓟子训在会稽市场上卖药，脸色就是这样。"蓟子训不喜欢住在洛阳，于是隐遁起来。正始年中，有人在长安东霸城看见他，与一老人一起抚摸铜人，对那老人说："从刚看见冶铸的这个铜人起，已经将近五百年了。"看见他们的人招呼说："蓟先生稍等一会儿。"蓟子训一边走一边答应。看他好像走得很慢，但是快跑的马也跟不上。

注释

①脯：干肉。②会稽(guì)：郡名，治所在今江苏省苏州市。③正始：魏齐王曹芳的年号(公元240—249年)。霸城：现西安市东北。④摩娑：抚摸。娑，通"挲"。

汉阴生

汉阴生者，长安渭桥下乞小儿也[1]。常于市中丐[2]。市中厌苦，以粪洒之，旋复在市中乞[3]，衣不见污如故。长吏知之，械收系，著桎梏[4]，而续在市乞。又械欲杀之，乃去。洒之者家，屋室自坏，杀十数人。长安中谣言曰："见乞儿，与美酒，以免破屋之咎[5]。"

译文

汉代有一个叫阴生的人，是长安渭水桥下行乞的小人。他常常在集市上乞讨，集市中的人都厌烦他，憎恶他，用粪洒他，不久他又在集市中乞讨。衣服和以前一样，不见有污垢。县吏知道了这件事，拘捕了他，给他戴上刑具，可他马上又回到集市上继续乞讨。县吏又拘捕了他，想把他杀死，他就离去了。拿粪洒他的那人家，房屋自行毁坏了，还死了十几个人。从此，长安城里流传着一首歌谣："看见乞儿，给他美酒，以免除房屋毁坏的灾祸。"

注释

①小儿：即小人，地位卑贱的人。②丐：乞讨。③旋：顷刻、不久。④桎梏：古代拘系罪人手脚用的刑具。在手曰梏，在足曰桎。械：一种刑具。⑤咎：灾祸。

平常生

榖城乡平常生，不知何所人也[①]。数死而复生，时人为不然。后大水出，所害非一，而平辄在缺门山上大呼[②]，言："平常生在此。"云："复雨，水五日必止。"止则上山求祠之，但见平衣杖革带。后数十年，复为华阴市门卒[③]。

译文

榖城乡有个门卒叫常生，不知道是哪里的人。多次死而复生，当时的人并不相信。后来榖城发大水，遭受水害的不止一处。而门卒常生则在缺门山上大呼道："门卒常生在这里。"又说："雨停止，大水五日必退去。"水退后人们上山去找他，要为他立祠，只见他的衣服、手杖和皮带。后几十年中，常生又做了华阴县城的门卒。

注释

①榖城：春秋时周邑。平常生：《法苑珠林》"平"作"卒"，意为门卒名叫常生。②缺门山：俗称"铁门山"，在今河南新安县西三十里。③华阴：县名，以在华山之阴而得名。即今陕西华阴县东南。

左慈

左慈，字元放，庐江人也[①]。少有神通。尝在曹公座，公笑顾众宾曰："今日高会，珍馐略备，所少者，吴松江鲈鱼为脍[②]。"放云："此易得耳。"因求铜盘，贮水，以竹竿饵钓于盘中。须臾，引一鲈鱼出。公大拊掌[③]，会者皆惊。公曰："一鱼不周坐客，得两为佳。"放乃复饵钓之。须臾，引出，皆三尺余，生鲜可爱。公便自前脍之[④]，周赐座席。公曰："今即得鲈，恨无蜀中生姜耳。"放曰："亦可得也。"公恐其近道买，因曰："吾昔使人至蜀买锦，可敕人告吾使，使增市二端[⑤]。"人去，须臾还，得生姜。又云："于锦肆下见公使，已敕增市二端[⑥]。"后经岁余，公使还，果增二端。问之，云："昔某月某日，见人于肆下，以公敕敕之。"后公出近郊，士人从者百数。放乃赍酒一罂、脯一片，手自倾罂，行酒百官，百官莫不醉饱[⑦]。公怪，使寻其故，行视沽酒家，昨悉亡其酒脯矣。公怒，阴欲杀放，放在公座，将收之，却入壁中，霍然不见。乃募取之，或见于市，欲捕之，而市人皆放同形，莫知谁是。后人遇放于阳城山头[⑧]，因复逐之，遂走入羊群。公知不可得，乃令就羊中告之曰："曹公不复相杀，本试君术耳。今既验，但欲与相见。"忽有一老羝，屈前两膝，人立而言曰："遽如许[⑨]。"人即云："此羊是。"竞往赴之，而群羊数百皆变为羝，并屈前膝，人立云："遽如许。"于是遂莫知所取焉。老子曰："吾之所以为大患者[⑩]，以吾有身也。及吾无身，吾有何患哉！"若老子之俦[⑪]，可谓能无身矣。岂不远哉也？

译文

左慈，字元放，庐江人。年轻时就很神通。曾经参加曹操的宴会，曹操笑着环顾诸位宾客说："今日盛会，山珍海味都有，所缺少的，是吴淞江鲈鱼做的鱼片。"元放说："这很容易得到。"于是他要了个铜盘，装上水，用竹竿把鱼饵挂在鱼钩上，在盘中钓鱼。一会儿，引出一条鲈鱼来。曹公高兴地拍手，在座的都很惊讶。曹公说："一条鱼不够招待在座宾客，有两条最好。"元放便又把鱼饵挂在钩上，一会儿，又引出一条鱼，有三尺长，新鲜可爱。曹公便让厨师当着众人把鱼做成鱼脍，一一赐给在座的各位宾客。曹公说："现在已经得了鱼，但遗憾没有蜀地的生姜。"元放说："也可以得到。"曹公担心他在近处买，又说："我前几天派人到蜀地去买锦，你可令人告诉我的使者，让使者多买二端。"人离开后，一会儿就返回来，拿到了生姜，又说："在蜀锦集贸市场上见到了曹公的使者，已传令让他多买二端蜀锦。"一年后，曹公的使者返回来，果然多买了二端蜀锦。曹公问他，他说："去年某月某日，在集市上见到一人，把您的命令传达给我。”后来曹公到近郊去，随从官员百余人。元放拿着一坛子酒、一片肉干，亲自倾坛倒酒，送给各位官员。官员没有不酒足饭饱的。曹公很奇怪，派人询查其中的原因。询查卖酒的酒家，都说昨天丢了酒和肉干。曹公大怒，暗想杀死元放。元放又到曹公那里做客，曹公想拘捕他，元放躲到墙壁中，忽然不见了。曹公于是悬赏捉拿他，有人在集市上看见他，想要捕他，可集市上的人都和元放一样形状，不知谁是元放。后来有人在阳城山上遇见元放，于是又追逐他，他便跑进羊群里。曹公知道抓不到他，就让人对着羊群说：“曹公不想杀你，只是想试试你的法术罢了，今天已经应验，只想和你相见。”忽然有一只公羊，屈着前面两膝，像人那样站立着说：“窘迫成这个样子。”人们马上说：“这只羊就是元放。”争着去捕这只羊。可数百只羊都变成了公羊，并且都弯曲着前面两膝，像人那样站立着说：“窘迫成这个样子。”于是就不知该捕哪只羊了。老子说：“我所以有很多忧虑，就是因为我有形体，等我没有形体了，我还有什么忧虑的呢！”像老子这样的人，可以说是能做到无形体的了，难道精神还不远大吗？

注释

①庐江：即安徽省庐江县西。②曹公：指曹操。顾：环顾，回视。吴松江：即今吴淞江。脍：切细的鱼肉，此指鱼片。③拊（fǔ）掌：拍手。④自：《后汉书》卷八十二《方术·左慈传》作“操使目前脍之”。自，当为“目”字之误。⑤敕：皇帝的诏令。市：购买。端：古代布帛的长度单位。绢曰匹，布曰端，古绢以四丈为一匹，布以六丈为一端。⑥肆：市集贸易之处。⑦赍（jī）：拿着。罂（yīng）：盛酒的坛子，大腹小口。⑧阳城山：东汉时属阳城县，即今河南登封县东北。⑨遽（jù）：畏惧，窘迫。⑩患：忧虑。⑪俦（chóu）：同辈，伴侣。

孙策杀吉

孙策欲渡江袭许，与于吉俱行[①]。时大旱，所在熇厉[②]。策催诸将士，使速引船。或身自早出督切，见将吏多在吉许，策因此激怒，言：“我为不如吉耶，而先趋附之？”便使收吉[③]。至，呵问之曰：“天旱不雨，道路艰涩，不时得过，故自早出。而卿不同忧戚，安坐船中，作鬼物态，败吾部伍，今当相除。”令人缚置地上，暴之[④]，使请雨。若能感天，日中雨者，当原赦[⑤]；不尔，行诛。俄而云气上蒸，肤寸而合[⑥]。比至日中，大雨总至，溪涧盈溢。将士喜悦，以为吉必见原，并往庆慰，策遂杀之。将士哀惜，藏其尸。天夜，忽更兴云覆之[⑦]，明旦往视，不知所在。策既杀吉，每独坐，仿佛见吉在左右，意深恶之，颇有失常。后治疮方差[⑧]，而引镜自照，见吉在镜中，顾而弗见[⑨]。如是再三，扑镜大叫，疮皆崩裂，须臾而死。（吉，琅玡人，士。）

译文

孙策要渡江袭击许昌，与于吉同行。当时正值天大旱，所在的地方天气酷热。孙策催促众将士，叫他们快速牵引船只。有时他亲自早早地督促他们，看见将士们大多都在于吉那里，孙策因此非常生气，发怒说：“我的命令难道不如于吉吗?你们为什么先去迎合他?”于是命令人拘捕于吉。于吉被抓来，孙策呵斥他说：“天旱不下雨，道路艰险难行，不能按时渡江，所以我亲自早起督促。而你不与我分担忧愁反而安坐船中，作鬼怪的样子，涣散我的军心，今天应该除掉你。”孙策令人把于吉绑缚起来，放在地上，让太阳晒他，让他求雨。如能感动天，中午下雨，就原谅赦免他；不能下雨，就执行杀戮。一会儿，云气上升，浓云密布。等到了中午，大雨忽然来了，河溪山沟都涨满了水。将士们非常高兴，以为于吉一定能被赦免，一起去祝贺慰问他，孙策于是杀了于吉。将士们悲哀痛惜，收起于吉的尸体。夜晚，忽然天空又浓云涌起，覆盖了于吉的尸体，第二天早上将士们前去看望，尸体不知到哪里去了。孙策杀了于吉之后，每次独自坐下，就好像看见于吉在他左右，心里很厌烦，精神有些失常。后来他的疮伤刚刚治好，便拿起镜子照着自己，看见于吉在镜中，回头又不见了。这样反复多次，孙策摔掉镜子大叫起来，伤疮全都崩裂开了，一会儿就死了。

（于吉，琅琊人，道士。）

注释

①许：指许昌。于吉：汉时道士。②熇(hè)厉：形容天地炎热、炽盛。熇，火热，炽盛。③督切：迫切督促。许：处所，地方。收：拘捕。④暴：同“曝”，晒。⑤原赦：免罪。原，原谅。赦，赦免。⑥肤寸：亦作“扶作”，较短的距离。肤，古代长度单位，一肤等于4寸。⑦更：又，再。⑧方：刚刚。差(chài)：同“瘥”，病愈。⑨顾：回头看

介琰得道

介琰者，不知何许人也。住建安方山，从其师白羊公，杜受玄一无为之道[1]，能变化隐形。尝往来于东海，暂住秣陵[2]，与吴主相闻。吴主留琰，乃为琰架宫庙，一日之中，数遣人往问起居。琰或为童子，或为老翁；无所食啖，不受饷遗。吴主欲学其术，琰以吴主多内御[3]，积月不教。吴主怒，敕缚琰[4]，著甲士引弩射之。弩发，而绳缚犹存，不知琰之所之。

译文

介琰，不知是什么地方人。住在建安方山上，以白羊公杜必为师，白羊公传授给他玄一无为之道，介琰能改变和隐蔽自己的形体。他曾经往来于东海，途中暂时住在秣陵，与吴主孙权相往来。吴主孙权留下介琰，并为他建造了一座宫庙，一天之内，多次派人去问候饮食起居的事。介琰有时变成孩子，有时变成老人；不吃东西，不接受馈赠。吴主孙权想向他学习道术，介琰因为孙权宫内嫔妃太多，几个月了，都不肯教他。孙权很生气，命令人绑缚起介琰，让士兵引箭射他。箭发出去，绑缚介琰的绳子还在，却不知介琰到哪里去了。

注释

①玄一无为之道：道家的法术。②秣陵：古县名，治所在今江苏宁南秣陵。③内御：也称“女御”，即宫中侍女。此指宫内妃嫔。④敕：皇上的命令或诏书。

徐光戏綝

吴时有徐光者，尝行术于市里[1]。从人乞瓜，其主勿与[2]，便从索瓣，杖地种之[3]。俄而瓜生蔓延，生花成实，乃取食之，因赐观者。鬻者反视所出卖，皆亡耗矣[4]。凡言水旱，甚验。过大将军孙綝门，褰衣而趋，左右唾践[5]。或问其故，答曰：“流血臭腥，不可耐。”綝闻，恶而杀之。斩其首，无血。及綝废幼帝，更立景帝[6]，将拜陵[7]，上车，有大风荡綝车，车为之倾。见光在松树上，拊手指挥[8]，嗤笑之。綝问侍从，皆无见者，俄而景帝诛綝。

译文

三国时东吴有个叫徐光的人，曾经在集市上施行法术。向人要瓜吃，瓜主不给他，便向瓜主要来瓜瓣，用手杖挖开地种上。瞬间瓜生芽长蔓，开花结果，于是取来瓜果吃，又送给围观的人。卖瓜的人回去看自己要卖的瓜，全都丢失了。徐光凡所预言的水灾和旱灾，全都应验。路过大将军孙綝门前，撩起衣服快步行走，并且朝左右两边吐口水，用脚践踏。有人问其原因，徐光回答说：“这里流血，气味臭腥，不能忍受。”孙綝听了这话，痛恨他并把他杀了。砍掉了徐光的头，却没有血。到孙綝废了幼帝，改立景帝时，将要去参拜祖宗陵墓，上了车，就有大风猛烈摇荡孙綝的车，车被吹翻了。只见徐光在松树上，拍手指挥大风，不断嗤笑孙綝。孙綝问左右侍从，没有谁看见徐光。不久，景帝杀了孙綝。

注释

①市：贸易的场所，引申为集市。②从：向。③杖：手杖，在此用如动词，用手杖挖地。④鬻（yù）：出卖。反：同“返”。亡：丢失。⑤孙綝：东吴贵戚。搴（qiān）：揭起，撩起。趋：快走。⑥幼帝：即少帝孙亮，孙权少子。景帝：即孙休，孙权第六子。⑦拜陵：参拜祖宗的陵墓。这是古代帝王登基时的一种仪式。

董永

汉董永，千乘人，少偏孤[1]，与父居。肆力田亩，鹿车载自随[2]。父亡，无以葬，乃自卖为奴，以供丧事。主人知其贤，与钱一万，遣之。永行三年丧毕，欲还主人，供其奴职。道逢一妇人曰：“愿为子妻[3]。”遂与之俱。主人谓永曰：“以钱与君矣。”永曰：“蒙君之惠，父丧收藏，永虽小人[4]，必欲服勤致力，以报厚德。”主曰：“妇人何能？”永曰：“能织。”主曰：“必尔者，但令君妇为我织缣百匹[5]。”于是永妻为主人家织，十日而毕。女出门，谓永曰：“我，天之织女也，缘君至孝，天帝令我助君偿债耳。”语毕，凌空而去，不知何在。

译文

汉代时，有一人叫董永，是千乘人，从小死了母亲，和父亲一起生活。他尽力于耕种，常用小车载着父亲和自己一起到田地里去。父亲死了，没有钱埋葬，他只好卖身为奴，挣钱来办丧事。主人知道他贤德孝顺，便给了他一万钱，让他回家办丧事。董永在家为父亲守丧三年，期满后，准备回到主人那里，尽自己奴隶的职责。路上遇到一个妇人，对他说：“我愿意做您的妻子。”于是便和董永一起来到主人家。主人对董永说：“那钱是我送给您的。”董永说：“承蒙您的恩惠，我父亲的尸体得以收殓安葬。我虽是卑贱的小人，但我一定能勤勤恳恳，尽力劳作，以报答您的深厚恩德。”主人说：“这位妇人能做什么？”董永说：“能织布。”主人说：“如果是这样，只请您的妇人为我织一百匹双丝细绢就可以了。”于是董永的妻子为主人家织丝绢，十天就织好一百匹，董永和妻子便离开了主人家。出了门，妇人对董永说：“我是天上的织女，因为您的孝顺，天帝让我帮助您偿还债务。”说完，腾空飞去，不知在哪里。

注释

①千乘：古地名，春秋时齐地。相传齐景公以车千乘，在青丘打猎，后来便把该地叫千乘。即今山东博兴县西北。偏孤：此指丧母。②肆力：尽力。鹿车：指一种小车，即仅能容一只鹿的小车。③子：您，对男子的敬称。④蒙：承蒙，得到。收藏：此指收殓安葬。小人：自谦之词。⑤必：倘若，假如。尔：这样，如此。缣：双丝织的微带黄色的细绢。

杜兰香求夫

汉时有杜兰香者，自称南康人氏[1]。以建业四年春，数诣张传[2]。传年十七，望见其车在门外，婢通言："阿母所生，遣授配君，可不敬从[3]！"传先名改硕，硕呼女前视，可十六七，说事邈然久远[4]。有婢子二人：大者萱支，小者松枝。钿车青牛[5]，上饮食皆备。作诗曰："阿母处灵岳，时游云霄际。众女侍羽仪，不出墉宫外[6]。飘轮送我来，岂复耻尘秽。从我与福俱，嫌我与祸会。"至其年八月旦，复来，作诗曰："逍遥云汉间，呼吸发九嶷。流汝不稽路，弱水何不之[7]。"出薯蓣子三枚[8]，大如鸡子，云："食此，令君不畏风波，避寒温。"硕食二枚，欲留一，不肯，令硕食尽，言："本为君作妻，情无旷远[9]，以年命未合，其小乖。大岁东方卯，当还求君[10]。"兰香降时，硕问："祷祀何如？"香曰："消魔自可愈疾，淫祀无益。"香以药为消魔。

译文

汉代有一女人叫杜兰香，自称是南康人。建业四年的春天，多次到张传那里去。张传当时十七岁，看见她的车子在门外，婢女通报说："阿母生下我，派我来许配给您，怎能不顺从呢？"张传曾改名叫张硕，招呼杜兰香前来相看，看她约十六七岁，叙说的事情似乎很久远。她有婢女二人，大的叫萱支，小的叫松支。乘着金华装饰的车，有青牛驾驶，车上吃的喝的都齐备。兰香作诗说："阿母在灵岳，常游云霄间。侍女举着旌旗，侍奉在墉宫里。风飘飘送我来，哪能再以尘俗为耻。跟从我福自会来，嫌弃我祸患必生。"到了那年八月的一天早上，杜兰香又来到张硕面前作诗说："逍遥在云汉之间，顷刻间由九嶷山来到这里。寻求你没有停留，为什么不到弱水中去寻仙？"说着拿出三枚薯蓣子，像鸡蛋那么大，

说：“吃了它，可以使你不怕风波，免除寒温之病。”张硕吃了两枚，想留一枚，兰香不同意，让张硕全吃了，说：“本想做你的妻子，感情没有隔阂，只因年命不合，有点不和谐。大岁在东方卯时，我还来寻求你。”兰香降临时，张硕问她：“祷告祭祀怎么样呢？”兰香说：“消魔可以治病，祭祀太多没有好处。”兰香把药叫做消魔。

注释

①**杜兰香**：神话中的仙女名。**南康**：郡名。治所在今江西赣州市。②**建业**：当为“建兴”，是晋愍帝司马邺的年号。**诣**：往、到。**张传**：即张硕，晋人。③**可不**：表示反诘，能不，怎能不。④**传先名改硕**：《艺文类聚》作“改名硕”。**可**：大约，表示约数。**邈然**：久远的样子。⑤**钿车**：用金花装饰的车。钿，金花。⑥**灵岳**：即灵山。佛家称灵鹫山为灵山；道家称蓬莱山为灵山。此泛指仙山。**羽仪**：仪仗中以羽毛装饰的旌旗之类。**墉宫**：即墉城，神仙居住的地方。⑦**云汉**：银河。**呼吸**：指一呼一吸之间，形容时间短促。**九嶷**：也作“九疑”，山名。在今湖南宁远县南。**流**：寻求、择取。**稽**：停留、留止。**弱水**：古人称水浅或地僻不通舟楫者为弱水，意谓水弱不能胜舟。当是仙境。**之**：到……去。⑧**著蕷**：俗称山药。⑨**旷**：间隔，空缺。**旷远**：谓隔阂很大，感情不合。**乖**：违背，不合。⑩**大岁**：《艺文类聚》作“太岁”。木星名。古代以木星为岁星，配上干支及方位纪年。

评点

本卷原本有三十一个故事，在此精选出二十三个。在这些故事中，主要记载了有史以来著名的历史人物故事和神话传说。记载了他们神异的本领和经历，从而突出他们的不凡。他们或者是在发明创造上教人们生存的技艺，如神农氏；或者是成仙得道，如彭祖；或者是善恶相报，如董永和孙权等。作者把历史人物和神祇结合起来，将现实神异化了。反映出创作者对世界起源、自然现象及社会生活的原始理解。但是作者善恶分明，对于人类有贡献的人物持尊重与褒扬的态度。而对于恶，则借神灵进行了惩罚。本卷故事情节比较完整，有些人物性格也很鲜明，如董永的善良淳朴，孙权的专横跋扈，杜兰香的执著等。已经具有了早期小说的雏形。

卷二

寿光侯劾鬼

寿光侯者，汉章帝时人也。能劾百鬼众魅，令自缚见形[①]。其乡人有妇为魅所病[②]，侯劾之，得大蛇数丈，死于门外，妇因以安。又有大树，树有精，人止其下者死，鸟过之亦坠。侯劾之，树盛夏枯落，有大蛇长七八丈，悬死树间。章帝闻之，征问[③]，对曰："有之。"帝曰："殿下有怪，夜半后，常有数人，绛衣披发，持火相随。岂能劾之？"侯曰："此小怪，易消耳。"帝伪使三人为之。侯乃设法，三人登时仆地无气。帝惊曰："非魅也，朕相试耳。"即使解之[④]。或云：汉武帝时，殿下有怪，常见朱衣披发相随，持烛而走[⑤]。帝谓刘凭曰："卿可除此否？"凭曰："可。" 乃以青符掷之[⑥]，见数鬼倾地。帝惊曰："以相试耳。"解之而苏。

译文

寿光侯是汉章帝时人。能整治各种妖魔鬼怪，让它们自己绑缚自己而现出原形。他的乡里有一妇人被鬼魅所伤害，寿光侯为她治鬼魅，见到一条大蛇有几丈长，死在门外，妇人因此而得以安康。又有一棵大树，树有精气，人站在树下就死，鸟飞过大树也会坠下来。寿光侯惩治它，正值盛夏，大树枝枯叶落，有一条长七八丈的大蛇，挂死在树间。汉章帝听说了这件事，就询问寿光侯，寿光侯回答说："有这件事。"章帝说："我的宫殿里有妖怪，每到后半夜，常有许多人，穿着大红衣服，披散着头发，拿着火把，一个跟一个。怎么能惩处它们呢？"寿光侯说："这只是小怪，很容易消除它。"章帝让三个人假装鬼魅，寿光侯施行法术，三个人顿时仆倒在地没气了。章帝吃惊地说："不是鬼魅，是我想试试你的法术呀！"立刻让寿光侯解除法术。有人说：汉武帝时，宫殿里有妖怪，常常看见它们穿着大红衣服，披散着头发，一个跟着一个，拿着火烛在跑。汉武帝对刘凭说："你能除掉这些妖怪吗？"刘凭说："能。"于是把符箓投过去，只见那些鬼都倒在地上。武帝吃惊地说："我是来试试你的法术。"刘凭解除了法术，他们才苏醒过来。

注释

①劾：以法治罪。见：同“现”，显现。②病：原指重病，在此用作动词，指伤害。③征问：即询问，只用于帝王对臣民。征，征召，特指君召臣。④即：随即，马上。⑤走：跑。⑥青符：道士用来驱鬼召神的符箓。

赵昺渡河

赵昺尝临水求渡，船人不许。昺乃张帷盖，坐其中，长啸呼风，乱流而济[①]。于是百姓敬服，从者如归。长安令恶其惑众，收杀之。民为立祠于永康，至今蚊蚋不能入[②]。

译文

赵昺曾经到河边要求渡河，船主不答应。赵昺就张起车上的帷盖，坐在里面，发出长长的啸声呼唤大风，截断了河水渡过河去。于是百姓都敬佩他，跟从他的人也都依附他。长安县令厌恶他迷惑百姓，就把他抓起来杀了。百姓们在永康为他立了一座祠庙，至今蚊蝇都不敢飞进去。

注释

①乱流：截断河流。乱，断。②蚋(ruì)：体形似绳的小虫，能吸牛、羊和人的血液，传播疾病。

削桑为脯

徐登、赵昺，贵尚清俭。祀神以东流水，削桑皮以为脯[①]。

译文

徐登、赵昺崇尚清廉节俭。祭祀神用东流的河水，削桑树皮当做肉脯。

注释

①脯：肉干。

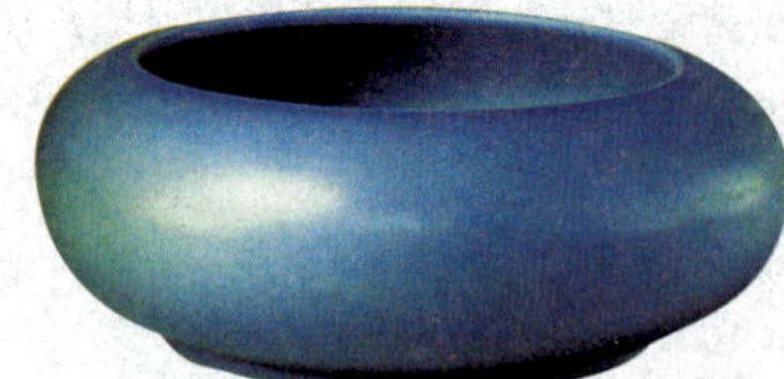

边洪杀人

宣城边洪为广阳领校[1]，母丧归家。韩友往投之[2]。时日已暮，出告从者：“速装束，吾当夜去。”从者曰：“今日已暝，数十里草行[3]，何急复去？”友曰：“此间血覆地，宁可复住？”苦留之，不得。其夜，洪欻发狂[4]，绞杀两子，并杀妇，又斫父婢二人[5]，皆被创。因走亡[6]。数日，乃于宅前林中得之，已自经死。

译文

宣城郡人边洪任广阳郡领校，因为母亲去世而回到家里。韩友去拜访他，当时天色已晚，韩友从边洪家出来告诉跟从他的人说：“赶快收拾行李，我当夜离开这里。”跟从他的人说：“今日天已经黑了，我们已经走几十里路了，为什么这么急着又要离开呢？”韩友说：“这里将血流满地，怎么能再住下去？”边洪也苦苦挽留他，韩友不同意。这天夜里，边洪突然发狂，绞杀了两个儿子，并且杀了妻子，又砍伤了父亲的两个婢女，然后他自己逃跑了。过了几天，人们在他宅前的林子里发现了他，已经自缢而死了。

注释

①领校：官名。郡的军事长官。②韩友：晋庐江舒(今安徽庐江西南)人。善占卜，能图宅相冢，曾任广武将军。③草行：涉草而行。④欻（xū）：突然。⑤斫：用刀斧砍。⑥走亡：逃跑。

东海黄公

鞠道龙善为幻术，尝云：“东海人黄公，善为幻，制蛇御虎，常佩赤金刀。及衰老，饮酒过度。秦末，有白虎见于东海，诏遣黄公以赤刀往厌之[1]，术既不行，遂为虎所杀。”

译文

鞠道龙擅长变幻的法术，他曾经说：“东海人黄公擅长变幻之术，能制服大蛇，抵御猛虎。他常常佩带着赤金刀。到了老年，饮酒不节，经常过度。秦朝末年，在东海出现一只大白虎，皇帝下诏令派遣黄公用赤金刀去镇压它。黄公的法术已经不行了，于是黄公就被白虎吃掉了。”

注释

①厌：通“压”，镇压。此指御虎之术。

天竺人施魔术

晋永嘉中，有天竺胡人来渡江南。其人有数术[1]，能断舌复续，吐火，所在人士聚观。将断时，先以舌吐示宾客，然后刀截，血流覆地。乃取置器中，传以示人。视之，舌头半舌犹在。既而还，取含续之。坐有顷，坐人见舌则如故，不知其实断否。其续断[2]，取绢布，与人各执一头，对剪，中断之。已而取两断合，视绢布还连续，无异故体。时人多疑以为幻，阴乃试之[3]，真断绢也。其吐火，先有药在器中，取火一片，与黍糖合之，再三吹呼。已而张口，火满口中。因就爇取以炊[4]，则火也。又取书纸及绳缕之属投火中，众共视之，见其烧爇了尽。乃拨灰中，举而出之，故向物也[5]。

译文

西晋永嘉年间，有一些印度人渡江来到江南。这些人会数术，能把截断的舌头再接上，能吐火，他们所在的地方人们都围聚观看。他们将要截断舌头时，先把舌头吐出来让宾客看，然后用刀截断，血流满地。于是把截断的舌头取下来放在器皿中，传给众人看。看他们嘴里，剩下的半截舌头仍在。大家看完了断舌，传回来，他们把截断的舌头取出来含在嘴里接上。坐了一会儿，大家看舌头依然和原来的一样，不知是否真断过。他们施断物续接术，拿来一块绢布，与另一人各拿一端，从中间对剪开，然后把两个断头合在一起，大家看那绢布，又仍然连成一块，与原来没有什么两样。当时人们都怀疑不是真的，便暗地里试试，还真是剪断的绢布。他们施吐火术，先在器皿中放一种药，然后拿一片火药，和黍糖合在一起，反复对它吹气。一会儿张开嘴，满口都是火焰。接着他们就用火点燃木柴做饭，确实是真火。他们又拿来书纸和绳线之类的东西投入火中，大家一起观看，看见这些东西都烧成灰烬。但是拨开灰烬，拿出来的，仍旧是原来的东西。

注释

①数术：即术数。古代关于天文、历法、占卜的学问。②续断：此指断物后再将其连接的一种法术。③阴：暗中、暗地里。④爇（ruò）：点燃；焚烧。⑤向物：原来的旧物。向，往昔、从前。

虎鳄惩罪人

扶南王范寻养虎于山[①]。有犯罪者，投与虎，不噬，乃宥之[②]。故山名大虫，亦名大灵。又养鳄鱼十头，若犯罪者，投与鳄鱼，不噬，乃赦之。无罪者皆不噬，故有鳄鱼池。又尝煮水令沸，以金指环投汤中，然后以手探汤，其直者[③]，手不烂；有罪者，入汤即焦。

译文

扶南国王范寻在山上养虎。有犯罪的人，就丢到山上喂虎，虎不吃的，就宽恕释放他。所以山名叫大虫，也叫大灵。又养了十头鳄鱼，如果有犯罪的人，就投给鳄鱼，鳄鱼不吃的，就赦免他。无罪的人鱼都不吃，所以有鳄鱼池。又曾把水煮沸，将金指环投到沸水中，然后用手探沸水。正直而无罪的人，手不会烫烂；有罪的人，手伸进沸水立刻焦烂。

注释

①扶南：南海古国名。②噬：咬。宥：宽容，饶恕。③汤：热水，开水。直：此指行为正直、无罪的人。

宫中之乐

戚夫人侍儿贾佩兰，后出为扶风人段儒妻[①]。说在宫内时，尝以弦管歌舞相欢娱。竞为妖服，以趋良时。十月十五日，共入灵女庙，以豚黍乐神，吹笛击筑[②]，歌《上灵之曲》。既而相与连臂，踏地为节，歌《赤凤皇来》，乃巫俗也。至七月七日，临百子池，作于阗乐[③]。乐毕，以五色缕相羁，谓之相连绶[④]。八月四日，出雕房北户竹下围棋，胜者终年有福，负者终年疾病；取丝缕就北辰星求长命，乃免。九月，佩茱萸，食蓬饵[⑤]，饮菊花酒，令人长命。菊花舒时，并采茎叶，杂黍米酿之，至来年九月九日始熟，就饮焉，故谓之菊花酒。正月上辰，出池边盥濯，食蓬饵，以祓妖邪[⑥]。三月上巳，张乐于流水[⑦]。如此终岁焉。

译文

戚夫人的侍女贾佩兰，后来嫁给扶风人段儒做妻子。她说在宫里时，常用弦管奏乐歌舞来娱乐。大家争着穿上艳丽的衣服，来度过美好的时光。十月十五日，大家一起到灵女庙，用小猪黍酒来祭神，吹笛击筑，唱《上灵之曲》。之后大家互相拉着手臂，用脚踏地打着节拍，唱《赤凤皇来》，这是当地的巫俗。到了七月七日，大家来到百子池边，唱着于阗乐曲。唱完后，用五彩丝线互相扎头发，称它为相连绶。八月四日，走出雕房北门，到竹林下下围棋，得胜的人整年都会有福气，失败的人整年都会有疾病；用丝线向着北极星祈求长命，才能免除疾病。九月，佩带茱萸，吃蓬饵，饮菊花酒，可使人长寿。菊花开放时，采集它的茎、叶，掺进黍米酿酒，到第二年的九月九日就成熟了，才可以打开来喝，因此称它为菊花酒。正月上辰的那一天，到水池边洗手去污，吃蓬饵，可以免除妖邪。三月上巳，在流水边设置音乐歌舞，就这样度过一年。

注释

①扶风：郡名，治所在长安（今西安市西北）。②豚：小猪。筑：古代乐器名。③于阗：西域诸国之一。④羁：原指马络头。引申为拘束，束缚。在此指女子将头发扎成马络头的样子。绶：丝带子。⑤蓬饵：用嫩蓬草做的糕类食品。⑥祓：古代为了除灾求福而举行的一种迷信活动。在此指免除灾邪。⑦三月上巳：阴历三月的第一个巳日，即三月三日，古人在水边修禊洗濯，以除不祥。张：设置。

汉武帝时，幸李夫人。夫人卒后，帝思念不已。方士齐人李少翁，言能致其神①。乃夜施帷帐，明灯烛，而令帝居他帐，遥望之。见美女居帐中，如李夫人之状，还幄坐而步②，又不得就视。帝愈益悲感，为作诗曰："是耶？非耶？立而望之，偏③。娜娜何冉冉其来迟④！"令乐府知音家弦歌之。

译文

汉武帝时，很宠爱李夫人。李夫人死后，武帝不断思念她。有个方士齐人李少翁，说他能召致死人的魂灵。于是晚上扎起了帐幕，在里面点上灯，让武帝在别的帐幕里，远远地望着。武帝看见一个美女在帐幕里，像李夫人的样子，环绕着帐幕坐下或行走，却不能挨近去看。武帝越发感到悲哀，就为她写了一首诗说："是她？不是她？站在那里望着她，翩翩若仙。为什么要姗姗来迟！"又命令乐府中懂得音乐的人配上乐曲来弹唱。

注释

①方士：方术之士，指古代求仙、炼丹、自言能长生不死的人。后来也指医生。神：指人死后的所谓"精灵"。这里泛指死人。②还：环绕。幄：帐幕。步：动词，行走。③偏：通"翩"，轻快，敏捷，形容人的气度风采优美。④娜娜：《汉书·外戚传》无此二字。汪绍楹先生疑后人附注，以释"偏"字之义，误入正文。

孙休试觋

吴孙休有疾，求觋视者[①]，得一人，欲试之。乃杀鹅而埋于苑中，架小屋，施床几[②]，以妇人屐履服物著其上。使觋者视之，告曰："若能说此冢中鬼妇人形状者，当加厚赏，而即信矣。"竟日无言。帝推问之急，乃曰："实不见有鬼，但见一白头鹅立墓上，所以不即白之[③]，疑是鬼神变化作此相。当候其真形，而定不复移易，不知何故，敢以实上。"

译文

东吴景帝孙休病了，要找能看病的男巫。找到一个人，孙休想试试他的本事。于是孙休叫人杀了一只鹅埋在花园里，在那架上一间小屋，摆上床和小桌，把妇人穿的木屐鞋子、衣服等东西放在上面，让男巫看。告诉男巫说："你能说出这座坟墓中死了的妇人的形状，我给你重赏，并且会相信你。"男巫一天没有开口说话。景帝不断追问，问急了，男巫才说："实在没有看见鬼，只见一只白头鹅站在墓上，所以不能马上告诉你。我怀疑是鬼神变化成鹅这个样子，想等它现出真形，但它就是这个样，始终没什么变化，不知是什么缘故，冒昧地把实情禀告给你。"

注释

①觋（xí）：男巫。②几：矮而小的桌子，用以陈放东西或依靠休息。③白：下对上的告诉、陈述。

女巫识朱主

吴孙峻杀朱主[①]，埋于石子冈。归命即位[②]，将欲改葬之。冢墓相亚[③]，不可识别。而宫人颇识主亡时所著衣服。乃使两巫各住一处，以伺其灵，使察鉴之，不得相近[④]。久时，二人俱白："见一女人，年可三十余，上著青锦束头，紫白袷裳，丹绨丝履[⑤]。从石子冈上，半冈而以手抑膝，长太息。小住须臾，更进一冢上便止，徘徊良久，奄然不见。"二人之言，不谋而合。于是开冢，衣服如之。

译文

东吴孙峻杀了朱主，把她埋在石子冈。吴末帝即位后，想要改葬朱主。但许多坟墓互相并列排设，不能识别哪个是朱主墓。而当时的宫人还记得朱主死时所穿的衣服。于是末帝命两个女巫分别各住在一处，以等候朱主显灵。又让察战监视她们，不许她们接近。过了一段时间，两个人一同禀报："见到一个女人，三十几岁的年纪，头上带着青色锦绣的束头，身上穿着紫白色的夹衣，红色丝绸鞋子。她从石子冈上上山，到半山冈，用手压在膝上，长长地叹息。稍稍停留，又到了一座坟墓停下来，徘徊了很长时间，忽然不见了。"两人的话，不谋而合。于是按她们所指的地方掘开坟墓，棺里的衣服果然与说的一样。

注释

①孙峻：三国吴丞相、大将军。朱主：孙权女儿，鲁育公主。②归命：吴末帝孙皓，公元264年即位，280年降晋称臣，封归命侯。③相亚：相互并列。亚，次于一等。④使察鉴之：《建康实录》作"使察战鉴之"。察战，三国吴设置的负责监视吏民的职官。⑤束头：指束头的头饰。袷裳：即裌衣。袷，同"裌"。绨：古代一种丝织品。

夏侯弘与鬼

夏侯弘自云见鬼，与其言语。镇西谢尚所乘马忽死，忧恼甚至。谢曰："卿若能令此马生者，卿真为见鬼也。"弘去，良久还，曰："庙神乐君马，故取之，今当活。"尚对死马坐，须臾，马忽自门外走还，至马尸间便灭，应时能动，起行。谢曰：我无嗣，是我一身之罚。"弘经时无所告[①]。曰："顷所见，小鬼耳，必不能辨此源由。"后忽逢一鬼，乘新车，从十许人，著青丝布袍。弘前提牛鼻，车中人谓弘曰："何以见阻？"弘曰："欲有所问，镇西将军谢尚无儿，此君风流令望[②]，不可使之绝祀。"车中人动容曰："君所道，正是仆儿，年少时，与家中婢通，誓约不再婚而违约，今此婢死，在天诉之，是故无儿。"弘具以告，谢曰："吾少时诚有此事。"弘于江陵，见一大鬼，提矛戟，有随从小鬼数人，弘畏惧，下路避之。大鬼过后，捉得一小鬼，问："此何物？"曰："杀人以此矛戟，若中心腹者，无不辄死。"弘曰："治此病有方否？"鬼曰："以乌鸡薄之，即差[③]。"弘曰："今欲何行？"鬼曰："当至荆、扬二州。"尔时比日行心腹病[④]，无有不死者。弘乃教人杀乌鸡以薄之，十不失八九。今治中恶，辄用乌鸡薄之者，弘之由也。

译文

夏侯弘自称见过鬼，跟鬼说话。镇西将军谢尚所骑的马忽然死了，非常难过。谢尚说：“你如果能让我的马活过来，那你是真的见过鬼了。”夏侯弘走了，很长时间才回来，说：“庙里的神灵喜欢你的马，所以把它取走了，现在会活过来了。”谢尚对着死马坐着，一会儿，马忽然从门外走回来，走到马尸体前便消失了，马尸体当时就能动了，并站起来行走。谢尚说：“我没有子孙，这是对我一生的惩罚。”夏侯弘过了一段时间没有什么情况禀告。他说：“近来我所看见的，都是小鬼，想必他们不清楚这件事的起由。”后来夏侯弘忽然遇见一个大鬼，乘着新车，有十多人跟从着，穿着青丝布袍。夏侯弘上前提起了驾车的牛的鼻子，车里坐着的鬼对夏侯弘说：“你为什么阻拦我的车？”夏侯弘说：“我有一件事要问你，镇西将军谢尚没有儿子，这个人英俊潇洒，名望很高，不能让他断绝了后代啊。”车里的鬼露出感动的样子说：“你所说的，正是我的儿子，他年轻时，和家中的婢女私通，发誓决不再结婚，可是他违背了誓约，现在那个婢女已经死了，在阴间诉说了这件事，因此他没有儿子。”夏侯弘把这些情况全部告诉了谢尚，谢尚说：“我年轻时确实有这事。”夏侯弘在江陵，遇见一个大鬼，提着矛戟，有很多小鬼跟从着，他很害怕，到路边躲避起来。大鬼走过之后，他捉了一个小鬼，问：“这是什么东西？”小鬼说：“杀人用这个矛戟，如果击中心腹的，没有不立刻就死的。”夏侯弘说：“治疗这个病有什么方法吗？”鬼说：“用乌鸡肉敷上，很快就好了。”夏侯弘说：“现在你想到哪里去？”鬼说：“去荆州、扬州两个地方。”当时那里正连日流行心腹病，得病的人没有不死的。夏侯弘于是教人杀乌鸡来敷心腹，病人十个有八九个痊愈的。如今治疗中恶病，就用乌鸡肉敷上，这是由夏侯弘传下来的。

注释

①经时：过了一段时间。②令望：指威望很高，声誉很好。③薄：附着。差：同“瘥”，病愈。④比日：连日。比，并列、挨着。

评点

本卷选取了十二个故事，大都是神异鬼怪的事，说得很生动，是作者相信“人鬼乃皆实有”的体现。在这些故事中，作者夸大了神异鬼怪的魔力，情节比较荒诞，具有丰富的想象力。如其中《天竺人施魔术》的故事，与今天的魔术很相像，应是中国古代魔术的一个表演内容。《虎鳄惩罪人》则叙述了恶人会被各种动物吃掉，被沸水烫烂的一种现象，表明作者对恶人的憎恶，对正直的人的肯定。体现了古代人对善恶的朴素认识。而《汉武帝见李夫人》表现了汉武帝对李夫人的真挚感情，故事中写汉武帝晚上能见到李夫人，其实是汉武帝日思夜想的精神所致，并不涉及鬼怪。

卷三

孔子遗瓮

汉永平中，会稽钟离意[1]，字子阿，为鲁相。到官，出私钱万三千文，付户曹孔䜣，修夫子车[2]。身入庙，拭几席剑履。男子张伯，除堂下草，土中得玉璧七枚，伯怀其一，以六枚白意。意令主簿安置几前[3]。孔子教授堂下床首有悬瓮[4]，意召孔䜣，问："此何瓮也？"对曰："夫子瓮也。背有丹书，人莫敢发也[5]。"意曰："夫子，圣人，所以遗瓮，欲以是示后贤。"因发之，中得素书[6]，文曰："后世修吾书，董仲舒[7]。护吾车，拭吾履，发吾笥[8]，会稽钟离意。璧有七，张伯藏其一。"意即召问："璧有七，何藏一耶？"伯叩头出之。

译文

汉明帝永平年间，有一个会稽人叫钟离意，字子阿，是鲁国的宰相。他到任后，拿出自己的钱一万三千文，交付给户曹孔䜣，让他去修孔夫子所乘的车。自己亲自到孔庙去，擦拭孔庙里的桌椅席子、佩剑和孔子的鞋子。他儿子张伯，在堂下除草，从土里发现七枚玉璧，张伯藏在怀里一枚，把其余六枚交给钟离意。钟离意让主簿把玉璧放在桌子上。孔子讲学的堂下床头有一只悬挂着的坛子，钟离意把孔䜣召来，问他："这是什么坛子？"孔䜣回答说："是孔夫子的坛子，背面有丹书，人们都不敢打开。"钟离意说："孔夫子是圣人，他所以留下这个丹书，是想用来指示后来的贤者。"于是把丹书打开，从里面得到写在白绢上的文书，文书写道："后世整理我的书籍的，是董仲舒。修理我的车子，擦拭我的鞋子，打开我的坛子的，是会稽人钟离意。玉璧共有七枚，张伯藏起了其中的一枚。"钟离意马上召来张伯询问："玉璧有七枚，你为什么藏起一枚？"张伯叩头交出了那一枚玉璧。

注释

①会稽：今浙江绍兴。②户曹：主管民户的属官。夫子：即孔子，对其的尊称。③主簿：官名，主管文件、簿书等事，古代各级政府都设此官。④教授：指讲学。⑤发：打开、开掘。⑥素书：写在白色绢上的文书。⑦董仲舒：西汉哲学家，今文经学大师。⑧笥：一种盛饭食或衣物的竹器，此指上文所说的悬瓮。

管辂筮卦

管辂，字公明，平原人也。善《易》卜。安平太守东莱王基，字伯舆，家数有怪，使辂筮之[①]，卦成，辂曰："君之卦，当有贱妇人，生一男，堕地便走，入灶中死。又床上当有一大蛇衔笔，大小共视，须臾便去。又乌来入室中，与燕共斗，燕死乌去。有此三卦。"基大惊曰："精义之致，乃至于此，幸为占其吉凶。"辂曰："非有他祸，直官舍久远，魑魅罔两，共为怪耳。儿生便走，非能自走，直宋无忌之妖[②]，将其入灶也。大蛇衔笔者，直老书佐耳[③]。乌与燕斗者，直老铃下耳[④]。夫神明之正，非妖能害也。万物之变，非道所止也。久远之浮精，必能之定数也。今卦中见象而不见其凶，故知假托之数，非妖咎之征，自无所忧也。昔高宗之鼎，非雉所雊[⑤]；太戊之阶，非桑所生。然而野鸟一雊，武丁为高宗；桑谷暂生，太戊以兴[⑥]。焉知三事不为吉祥？愿府君安身养德，从容光大，勿以神奸，污累天真[⑦]。"后卒无他，迁安南督军[⑧]。后辂乡里乃太原问辂[⑨]："君往者为王府君论怪，云'老书佐为蛇，老铃下为乌！'此本皆人，何化之微贱乎？为见于爻象，出君意乎？"辂言："苟非性与天道，何由背爻象而任心胸者乎？夫万物之化，无有常形；人之变异，无有定体。或大为小，或小为大，固无优劣。万物之化，一例之道也。是以夏鲧[⑩]，天子之父；赵王如意，汉高之子。而鲧为黄能，意为苍狗，斯亦至尊之位，而为黔喙之类也[⑪]。况蛇者协辰巳之位，乌者栖太阳之精，此乃腾黑之明象，白日之流景[⑫]，如书佐、铃下，各以微躯，化为蛇乌，不亦过乎？"

译文

管辂，字公明，是平原人。他善于用《易经》来占卜。安平太守王基，是东莱人，字伯舆，家里多次出现怪事，让管辂为他卜卦，卦卜出来了。管辂说：您的卦上说，有一个卑贱的妇人，生了一个男孩，一落地就会跑，跑到炉灶里烧死了。床上还有一条大蛇，衔着笔，大家都能看见，一会儿大蛇就不见了。又有乌鸦飞进屋来，与燕子争斗，燕子死了，乌鸦也飞走了。有这样三个卦。王基非常吃惊，说："卦象精道，竟到了这样的程度，请给我占卜是吉是凶。"管辂说："没有别的灾祸，只是官舍久远，那些精怪一起作怪罢了。小儿生下来就能跑，不是他自己会跑，而是火的精灵把他引到灶火中去。大蛇衔着笔，那只是老书佐罢了。与燕子争斗的乌鸦，那不过是个老铃下。精神纯正，妖怪不能有所伤害。万物的变化，不是道术所能限制的。时代久远的精怪，必能有一定的气数。如今卦中所见到的没有凶象，所以就可知道精怪所依托的数象，不是妖怪造成祸患的征兆，自然也就没有什么可忧虑的。从前殷高宗武丁祭祀的大鼎，不是野鸡鸣叫的地方；殷中宗太戊的庭阶，不是桑谷生长的地方。可是野鸡一叫，武丁成为贤明的高宗；桑谷生长，太戊的时代便得以兴盛。所以，怎么知道这三件事不是吉祥的征兆呢？希望您保养身体，安心修行德业，从容光大，不要因为神怪而玷污了您的本性。”后来始终没有发生其他情况，王基升任为安南将军。过后管辂的同乡乃太原问管辂：“你曾经给王基论述精怪。你说‘老书佐是蛇，老铃下是乌鸦’，他们本来是人，为什么变成卑微的动物了呢？这些在卦象上显现出来，出乎您意料吗？”管辂说：“如果不是本性和天道，根据什么可以违背卦象而随心所欲呢？万物变化，没有一定的形态；人的变化，也没有固定的形体。有时大的变小，有时小的变大，本来没有什么好坏之分。万物的变化，都有一定的规律。因此，夏鲧是天子禹的父亲；赵王如意是汉高祖的儿子。而鲧变为黄熊，如意变为苍狗，这也是从最尊贵的地位而变为山上的野兽之类啊！何况蛇是配于东南方位的，乌鸦是栖于太阳的精灵，这正是腾蛇的显象，太阳西下的留影。像书佐、铃下，他们各以自己微小的身躯，变化为蛇和乌鸦，不是也过得去吗？”

注释

①筮：古代用蓍(shī)草占卜的一种迷信活动。②直：仅、只是。宋无忌：火的精灵。③书佐：官名，即书记。④铃下：夹车而行的护卫之卒，也称“轮下”。⑤雊(gòu)：野鸡鸣叫。⑥高宗：殷商第二十三代君主武丁。太戊：商王名，太庚的儿子。桑：桑谷。⑦天真：自然的本性。⑧迁安南督军：《太平广记》作“迁为安南将军”。⑨乃太原：人名，汪绍楹先生疑为“刘原”，“刘字形坏为‘乃太’二字，讹作‘乃太原’。刘原，渤海人，河东太守。⑩夏鲧：夏禹的父亲。⑪黄能：即“黄熊”，传说鲧治水不成，被舜所杀，化为黄熊。苍狗：青色的狗。黔喙：泛指野兽。黔，黑色。喙，鸟兽的嘴。⑫辰巳之位：指东南方，用生肖配十二地支，蛇为辰巳之位。太阳之精：传说日中有三足乌，因而人们认为乌鸦是栖于太阳的精灵。腾黑：即腾蛇。景：通“影”。

颜超延命

管辂至平原，见颜超貌主夭亡[①]，颜父乃求辂延命，辂曰："子归，觅清酒一榼[②]，鹿脯一斤。卯日，刈麦地南大桑树下[③]，有二人围棋次[④]，但酌酒置脯，饮尽更斟，以尽为度。若问汝，汝但拜之，勿言。必合有人救汝[⑤]。"颜依言而往。果见二人围棋，颜置脯斟酒于前。其人贪戏，但饮酒食脯不顾，数巡，北边坐者忽见颜在，叱曰："何故在此？"颜唯拜之。南边坐者语曰："适来饮他酒脯，宁无情乎？"北坐者曰："文书已定。"南坐者曰："借文书看之[⑥]。"见超寿止可十九岁，乃取笔挑上，语曰："救汝至九十年活。"颜拜而回。管语颜曰："大助子，且喜得增寿。北边坐人是北斗，南边坐人是南斗。南斗注生，北斗注死[⑦]。凡人受胎，皆从南斗过北斗。所有祈求，皆向北斗。"

译文

管辂到平原去，看见颜超的相貌显现出短命的征兆。颜超的父亲来乞求管辂想办法延长颜超的性命。管辂说："您回去，准备一壶清酒，一斤鹿肉干。在卯日那天，让颜超到割完麦子的地南面的大桑树下，有两个人在那里下围棋。你只管上去斟酒，摆上肉干，他们喝尽了再斟，以他们尽兴为止。如果他们问你话，你只管拜揖，不要说话。一定会有人救你。"颜超依照管辂的话来到割完麦子的地里，果然见有二人在下围棋。颜超在他们面前摆上了酒肉。这两人贪恋下棋，只管吃肉饮酒，并不回头看是谁给的。喝过几巡酒，北边坐着的那人忽然发现颜超在旁边，呵斥他说："你为什么在这里？"颜超只是叩头而拜。南边坐的那个人说："刚才吃喝的就是他送的酒肉，怎么能这样无情呢？"北边坐的人说："公文已经写好了。"南边坐的人说："借给我公文看看。"看见公文上写的颜超的寿命仅有十九年，于是拿笔把九挑到前面，对颜超说："我救你活到九十岁。"颜超拜谢后返回来。管辂对颜超说："他极大地帮助了你，很高兴你能增寿。北边坐的人是北斗，南边坐的人是南斗。南斗掌管人的生，北斗掌管人的死。凡是人受了胎，都要先经南斗再到北斗。人的所有祈求，都要朝向北斗。"

注释

①主：这里是占卜用语，征兆、征象。②榼(kē)：古时盛酒的器具。③刈：割。④次：指所在之处，可理解为"在那里"。⑤合：应当。⑥看之：看看。⑦注：掌管。

淳于智杀鼠

淳于智字叔平，济北庐人也[①]。性深沉，有思义。少为书生，能《易》筮，善厌胜之术[②]。高平刘柔夜卧，鼠啮其左手中指[③]，意甚恶之。以问智，智为筮之，曰："鼠本欲杀君而不能，当为使其反死。"乃以朱书手腕横文后三寸，为田字，可方一寸二分，使夜露手以卧，有大鼠伏死于前。

译文

淳于智，字叔平，是济北卢县人。他性格深沉，有思想，讲义气。少年时是个书生，能用《周易》占卜，擅长诅咒之术。高平人刘柔晚上睡觉，被老鼠咬伤了左手中指，刘柔心里很厌恶。他去问淳于智，淳于智为他占卜，说："老鼠本想杀死你，但没办到。我当为你想办法让老鼠死。"于是就用朱砂在刘柔手腕横纹后面三寸的地方写了一个"田"字，大约有一寸二分见方，并让刘柔晚上睡觉把手露在外面。第二天，一只大老鼠死在刘柔的手前。

注释

① 庐：当作"卢"，即卢县。故城在今山东长清县南。②厌胜之术：即以咒诅压伏妖邪的巫术。③啮：咬。

郭璞买婢

郭璞字景纯[①]，行至庐江，劝太守胡孟康急回南渡，康不从。璞将促装去之[②]，爱其婢，无由得，乃取小豆三斗，绕主人宅散之。主人晨起，见赤衣人数千围其家，就视则灭，甚恶之，请璞为卦。璞曰："君家不宜畜此婢，可于东南二十里卖之，慎勿争价，则此妖可除也。"璞阴令人贱买此婢[③]，复为投符于井中，数千赤衣人一一自投于井，主人大悦。璞携婢去，后数旬而庐江陷。

译文

郭璞，字景纯，他来到庐江郡，劝太守胡孟康赶紧渡江回到南方去，胡孟康不听。郭璞便收拾行装准备离开庐江。但他喜欢主人家的婢女，没有办法得到，于是他拿来三斗小豆，散在主人住宅的四周。主人早晨起来，看见有数千名穿红衣服的人包围了他家的房子，走近看就都不见了，主人心里很厌恶，就请郭璞为他卜卦。郭璞说："你家不应该收养这个婢女，去到东南二十里的地方把她卖掉，千万不要争价钱，这样，那些妖怪就可以除掉了。”郭璞暗地里派人很便宜地买下了这个婢女，又写了一道符投到主人的井里，那数千个红衣人一个一个都自己跳到井里，主人很高兴。郭璞携带着婢女离开了庐江，几十天后，庐江沦陷了。

注释

①郭璞：晋时河东闻喜(今山西)人。博学才高，好古文奇字，又精通天文五行卜筮之术。《晋书》有传。②促装：收拾行装。③阴：暗中，暗地里。

郭璞救马

赵固所乘马忽死[1]，甚悲惜之。以问郭璞，璞曰：“可遣数十人持竹竿，东行三十里，有山林陵树，便搅打之。当有一物出，急宜持归。”于是如言，果得一物，似猿，持归，入门见死马，跳梁走往死马头[2]，嘘吸其鼻[3]，顷之，马即能起，奋迅嘶鸣，饮食如常。亦不复见向物[4]，固奇之，厚加资给。

译文

赵固所骑的马忽然死了，他非常痛惜。去问郭璞有什么办法可以救它，郭璞说：“可以派几十个人，拿着竹竿，向东走三十里，就会看见山陵树木，便让人拍打着树木，就会有一个动物跳出来，赶紧把它抓住带回家去。”赵固按照郭璞的话去做了，果然得到一个动物，看上去好像猴子。把它带回家，一进门，看见死马，它就跳跃着跑到死马的头边，对着马鼻子慢慢地呼气吸气，一会儿，马就能站起来了，而且动作敏捷，不断嘶鸣，饮食像平常一样。而先前那个动物却不见了。赵固觉得这件事很奇异，就重重嘉赏了郭璞。

注释

①赵固：十六国时汉君刘渊的部将。②跳梁：跳动腾跃。③嘘吸：慢慢地呼气吸气。④向：从前、原来。

大蛇显灵

扬州别驾顾球姊[①]，生十年便病，至年五十余，令郭璞筮。得“大过”之“升”[②]。其辞曰：“大过卦者义不嘉，冢墓枯杨无英华[③]。振动游魂见龙车，身被重累婴妖邪[④]。法由斩树杀灵蛇，非己之咎先人瑕[⑤]。案卦论之可奈何？”球乃迹访其家事，先世曾伐大树，得大蛇杀之，女便病。病后，有群鸟数千，回翔屋上。人皆怪之，不知何故。有县农行过舍边，仰视，见龙牵车，五色晃烂，其大非常，有顷遂灭。

译文

扬州别驾顾球的姐姐，十岁时就生病，一直到五十多岁。让郭璞卜卦，得到“大过”卦变“升”卦。卦辞上说：“大过卦的意义不太好，坟墓上的枯杨没有花。振动了游魂使龙车显现，身受忧患遭遇妖邪。缘由是斩断了树木杀死灵蛇，不是自己的错误而是先人的过失。按卦上所说的有什么办法呢？”顾球于是寻访了自家的事迹，得知先世曾砍伐一棵大树时，捉到一条大蛇并把它杀了，女儿就生病了。病了以后，有一群鸟，约有几千只，在他家屋上盘旋，人们都很奇怪，不知是什么原因。有一位本地的农民从房舍旁边过，向上看，见一龙牵着车，五彩绚烂，车子很大，不同寻常，一会儿就消失了。

注释

①别驾：官名，为刺吏的佐吏，总管众务。顾球：晋元帝建武元年(公元317年)为尚书郎。②大过：卦名。是讲人事太过分的卦。升：卦名。即事物变化上升的卦。③华：通“花”。④累：忧患。婴：婴系，遭受。⑤瑕：原指玉上面的斑点。比喻人的缺点、过失。

一石谷捣得三斗米

西川费孝先，善轨革[①]，世皆知名。有大若人王旻，因货殖至成都[②]，求为卦。孝先曰：“教住莫住，教洗莫洗，一石谷捣得三斗米，遇明即活，遭暗即死。”再三戒之，令诵此言足矣。旻志之[③]。及行，途中遇大雨，憩一屋下，路人盈塞。乃思曰：“教住莫住，得非此耶？”遂冒雨行。未几，屋遂颠覆，独得免焉。旻之妻已私邻比，欲媾终身之好，俟旋归[④]，将致毒谋。旻即至，妻约其私人曰：“今夕新沐者，乃夫也。”将晡，呼旻洗沐，重易巾栉[⑤]。旻悟曰：“教洗莫洗，得非此也？”坚不从。妻怒，不省[⑥]，自沐，夜半反被害。

既觉[7]，惊呼，邻里共视，皆莫测其由。遂被囚系拷讯。狱就，不能自辨。郡守录状，旻泣言："死即死矣，但孝先所言，终无验耳。"左右以是语上达，郡守命未得行法，呼旻问曰："汝邻比何人也？"曰"康七"。遂遣人捕之。"杀汝妻者，必此人也。"已而果然。因谓僚佐曰："一石谷捣得三斗米，非康七乎？"由是辨雪[8]，诚遇明即活之效。

译文

西川人费孝先，擅长轨革之术，当世的人都知道他的名字。有一位信教的人王旻，因为经商到成都，请费孝先卜卦。孝先说："教你住不要住，教你洗不要洗，一石谷捣得三斗米，遇上明白人你就活，遇上糊涂人你就死。"再三告诫王旻，让他牢牢记住这几句话就可以了。王旻牢牢记着它。他上路时，途中遇到大雨，到一屋檐下避雨，路人挤满了房子，王旻想起："'教住莫住'，说的不是这里吗？"于是冒雨上路了。不一会儿，那栋房子就倒坍了，只有王旻免于一死。王旻的妻子与邻居私通，想结终身之好，等待王旻回来，想用计谋害他。王旻回来时，他妻子和与她私通的人说："今晚洗沐的人，就是我丈夫。"天将要黑了，她招呼王旻洗沐，重新给他更换头巾手帕。王旻想："'教洗莫洗'，不是指这里吗？"于是他坚决不洗。妻子很生气，不假思索，自己去洗了，半夜反被人杀害了。王旻睡醒以后，看见妻子被杀，大声惊呼，邻里都来了，可都猜不出死因，于是王旻被官府拘捕拷讯。审讯定罪，王旻不能为自己辩白。郡守录取证词时，王旻哭泣着说："死就死了，只是费孝先所说话始终没有应验。"左右官员把王旻的话报告上去，郡守下令先不要执法，招呼王旻问他："你的邻居是谁？"王旻说："是康七。"于是郡守派人去逮捕康七，说："杀你妻子的，一定是这个人。"审讯结果真是这样，郡守对他的僚属说："'一石谷舂得三斗米'，不是康(糠)七(斗)吗？"根据这句话这宗案子终于弄清了，的确是"遇上明白人就活"的应验。

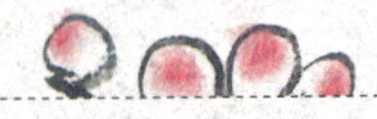

注释

①西川：指蜀的西部。轨革：古时术士取人生年月日时成卦，附会人事，预言吉凶的占候术。②大若人：意为"大善人"，此指信教的人。货殖：经商，居积财货，经营生利。③志：记，记住。④邻比：邻居。媾：合，结合。特指结亲、结婚。俟：等待。旋：返还，归来。⑤晡（bū）：申时，等于现在下午三时至五时。帨：擦拭的手巾。⑥省：醒悟，明白。此指不假思索。⑦既觉：已经睡醒。觉，睡醒。⑧辨雪：辨白。雪，昭雪，白。

隗炤藏金

隗炤，汝阴鸿寿亭民也[①]。善《易》。临终书板，授其妻曰："吾亡后，当大荒。虽尔[②]，而慎莫卖宅也。到后五年春，当有诏使来顿此亭，姓龚，此人负吾金，即以此板往责之[③]，勿负言也。"亡后，果大困，欲卖宅者数矣，忆夫言，辄止。至期，有龚使者果止亭中，妻遂赍板责之[④]，使者执板，不知所言，曰："我平生不负钱，此何缘尔邪？"妻曰："夫临亡，手书板，见命如此，不敢妄也。"使者沉吟，良久而悟。乃命取蓍筮之。卦成，抵掌叹曰[⑤]："妙哉隗生！含明隐迹而莫之闻，可谓镜穷达而洞吉凶者也。"于是告其妻曰："吾不负金，贤夫自有金。乃知亡后当暂穷，故藏金以待太平。所以不告儿妇者，恐金尽而困无已也[⑥]。知吾善《易》，故书板以寄意耳。金五百斤，盛以青罂，覆以铜柈，埋在堂屋东头，去壁一丈，入地九尺[⑦]。"妻还掘之，果得金，皆如所卜。

译文

隗炤是汝阴郡鸿寿亭的百姓。他精通《周易》，临死前在一块木板上写了字，交给他妻子说："我死后，会有大灾荒。虽然这样，也一定不要卖掉房子。到五年以后的春天，会有一位姓龚的使者来亭里停留，这个人欠我的钱，你就拿这块木板去向他索取，不要忘了我的话。"隗炤死后，果然遇到了灾荒。他妻子几次想卖掉房子，想起丈夫的话，没敢卖。五年以后，果然有个姓龚的使者来鸿寿亭停留，隗炤的妻子于是拿着木板去讨债。使者接过木板，不知道怎么回事，他说："我平生从不欠债，这是为什么呢？"隗炤妻说："丈夫临终前，手书木板，叫我这么做，我也不敢胡来呀。"使者沉思了半天，忽然醒悟。于是他让人拿来蓍草占卜，卦成了，他拍着手掌感叹地说："了不起啊，隗生！他真是心里明白而又隐藏行迹却没有人知道。真可称得上是明达一切又洞察吉凶啊！"于是他告诉隗炤妻说："我不欠你钱，是你的贤夫自己有钱。他知道他死后家里会一时穷困，所以把钱藏起来等到太平的时候。他不告诉你和孩子，是怕钱用尽了，但困难日子没到头。他知道我也懂得《周易》，所以就写木板来表达自己的意思。金五百斤，装在青罂里，上面盖着铜盘，埋在堂屋东头，离墙一丈远，入地九尺深。"隗炤的妻子回家去挖掘，果然得到金，都和卦上说的一样。

注释

①亭：秦汉时期的一种基层行政单位。大抵十里一亭，亭有长，十亭一乡。②尔：这样、如此。③诏使：奉诏出行的使者。顿：停留。责：索取。④赍：携带，拿着。⑤抵：触。⑥已：停止，结束。⑦罂：腹大口小的瓶子。柈（pán）：通"盘"，盛物品的器皿。去地一丈：《晋书·隗炤传》作"去壁一丈"。

韩友捉魅

韩友字景先，庐江舒人也[①]。善占卜，亦行京房厌胜之术[②]。刘世则女病魅积年，巫为攻祷，伐空冢故城间，得狸鼍数十[③]，病犹不差。友筮之，命作布囊，俟女发时，张囊著窗牖间[④]。友闭户作气，若有所驱。须臾间，见囊大胀，如吹，因决败之，女仍大发。友乃更作皮囊二枚，沓张之[⑤]，施张如前，囊复胀满。因急缚囊口，悬著树，二十日许，渐消。开视，有二斤狐毛，女病遂差。

译文

韩友，字景先，庐江郡舒县人。精通占卜，也擅长京房厌胜之术。刘世则的女儿被鬼魅所害患病多年，巫医为她治疗祷告，甚至讨伐到旧城荒坟之间，捕捉到狐狸、鼍几十只，但病仍不见好转。韩友为她卜卦，让刘世则做一只布口袋，等女儿发病时，张开布袋口放在窗户上。韩友关门使气，好像在驱赶什么。一会儿，只见布袋膨胀得很大，像吹的一样，袋子鼓破了，女孩的病仍在发作。韩友于是又做了两只皮袋子，把两只皮袋重叠张开，还像先前那样使气驱赶，皮袋又胀满了。韩友急忙扎住皮袋口，把它们挂在树上，大约过了二十天左右，皮袋渐渐地消了。打开一看，里面有二斤狐狸毛，女孩的病于是就痊愈了。

注释

①韩友：晋人，《晋书》有传。庐江：郡名，治所在今安徽合肥市。②京房：西汉今文《易》学京氏学的创始人。本姓李，好音律，推律自定为京氏，著有《京氏易传》。厌胜：巫术中的一种，谓能以诅咒制胜。③鼍（tuó）：即"扬子鳄"，俗称"猪婆龙"。④著：附着，加……上。牖：窗子。⑤沓：重叠。

以狗除灾

会稽严卿，善卜筮。乡人魏序欲东行，荒年多抄盗，令卿筮之。卿曰："君慎不可东行，必遭暴害，而非劫也。"序不信。卿曰："既必不停，宜有以禳之[1]，可索西郭外独母家白雄狗，系著船前。"求索止得驳狗[2]，无白者。卿曰："驳者亦足。然犹恨其色不纯，当余小毒[3]，止及六畜辈耳。无所复忧。"序行半路，狗忽然作声甚急，有如人打之者，比视已死，吐黑血斗余。其夕，序墅上白鹅数头，无故自死，序家无恙。

译文

会稽人严卿擅长占卜。乡里人魏序想要向东方出行，赶上灾荒年多有盗贼，便叫严卿为他占卜。严卿说："你千万不能向东去，一定会遭到大的祸害，但不是抢劫。"魏序不相信。严卿又说："既然你一定要去，最好想办法消除灾祸，可以到西城外孤老太太家索取一只白色雄狗，拴在船头上。"魏序去取狗，只得到一只杂毛狗，没有白色的。严卿说："杂色的也可以，不过很遗憾它毛色不纯，会留下一点小小的灾害，但只能伤及家畜之类而已，不必再担忧了。"魏序走了一半路，那条狗忽然急促地狂叫起来，好像有人打它一样，等魏序到跟前去看它，它已经死了，吐了一斗多黑血。那天晚上，魏序田里的几头白鹅，也无缘无故自己死了，而魏序家里倒没有什么事。

注释

①禳(ráng)：古代用祭祷以消除灾祸的一种活动。②驳狗：杂毛狗，毛色不纯。驳，混杂。③毒：危害，灾害。

华佗治疮

沛国华佗，字元化，一名旉。琅邪刘勋为河内太守[1]，有女年几二十，苦脚左膝里有疮[2]，痒而不痛。疮愈，数十日复发，如此七八年。迎佗使视，佗曰："是易治之。"当得稻糠黄色犬一头，好马二匹，以绳系犬颈，使走马牵犬，马极辄易[3]。计马走三十余里，犬不能行，复令步人拖曳，计向五十里。乃以药饮女，女即安卧，不知人。因取大刀，断犬腹近后脚之前，以所断之处向疮口，令二三寸停止[4]。须臾，有若蛇者从疮中出，便以铁椎横贯蛇头，蛇在皮中动摇良久，须臾不动，乃牵出，长三尺许，纯是蛇，但有眼处，而无瞳子，又逆鳞耳。以膏散著疮中，七日愈。

译文

沛国人华佗，字元化，一名旉。琅邪郡人刘勋任河内太守，他有个女儿，二十几岁，苦于左腿膝关节里生疮，痒而不痛。疮好了，过几十天又复发了，这样已经有七八年了。刘勋接华佗来诊视，华佗说：“这个好治。”让刘勋准备一条稻糠色的黄毛狗，两匹好马，用绳索套在狗脖子上，让马牵着狗跑，马疲惫了就再换一匹。马跑三十多里时，狗就跑不动了，再让人步行拖着狗走，一共走五十里。于是就拿药给女儿喝，女儿就安稳地睡了，不知人事。华佗就用大刀砍断靠近后腿前面的狗腹，用所砍断的地方对着疮口，让它在距离疮口二三寸的地方停下。一会儿，有像蛇一样的东西从疮口出来，华佗又用铁椎横穿蛇的头，蛇在皮肉里动摇了很久，一会儿就不动了，于是把它牵出来，有三尺左右长，真是一条全蛇。只是有眼睛，却无瞳子，身上的鳞片又是逆着生的。华佗又用药膏敷在疮口上，七天就痊愈了。

注释

①刘勋：字子台，见《三国志》纪、传。河内：郡名，治所在今河南武陟西南。②脚：腿。③极：疲惫。易：更换。④令二三寸停之：《华佗别传》中“令”字后有“去”字，即“令去二三寸停之”。去，距离。

评点

在我国古代，古人对很多现象无法理解和解释，认为战争、生产、祭祀、婚姻、任官、人的生老祸福以及吉凶等都是出于天意，便用龟壳或蓍草来预测吉凶祸福。本卷所选的十个故事集中叙述了有关占卜的事，显示了占卜的灵验和人的智慧。这里写一些真实的历史人物，如孔子、郭璞、管辂、淳于智等。《孔子遗瓮》的故事是在证实孔子的先见之明；郭璞、管辂是当时著名的精通阴阳、善于占卜的人物。在这些短小精悍的故事里，作者写了他们占卜的灵验，突出了他们的智慧和本领，并能为人们消灾除祸，总的来说是对他们的赞扬。《华佗治疮》的故事则在称赞华佗医术的高明。但是这些事情显然不是真实的，多来自于当时的流传，只是作者一种认识的反映。

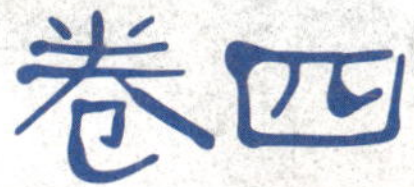

风伯和雨师

风伯、雨师，星也。风伯者，箕星也；雨师者，毕星也[1]。郑玄谓司中、司命，文昌第四、第五星也[2]。雨师一曰屏翳，一曰号屏，一曰玄冥。

译文

风伯、雨师是星宿。风伯是箕宿；雨师是毕宿。郑玄说司中、司命是文昌第五、第四星。雨师又叫屏翳，又叫号屏，又叫玄冥。

注释

①箕星、毕星：星名，二十八宿之一。②文昌：斗魁上六星的总称，亦称文昌宫。

文王梦女

文王以太公望为灌坛令[1]。期年[2]，风不鸣条。文王梦一妇人，甚丽，当道而哭，问其故，曰："吾泰山之女，嫁为东海妇，欲归[3]，今为灌坛令当道有德，废我行。我行必有大风疾雨，大风疾雨，是毁其德也。"文王觉，召太公问之，是日果有疾雨暴风，从太公邑外而过[4]。文王乃拜太公为大司马[5]。

译文

周文王任命太公吕望为灌坛令。一年了，风调雨顺。一天周文王做了一个梦，梦见一位妇人，长得很美丽，拦道而哭，问她为什么哭，妇人说："我是泰山的女儿，嫁给东海神做妻子，现在想要出嫁了，但是因为灌坛令执政有德，使我不能过去，我过去一定会有大风暴雨。大风暴雨会损坏他的政德的。"文王睡醒了，召太公望来问他这件事。这天果然有狂风暴雨，从太公望的城外经过。文王于是拜太公望为大司马。

注释

①文王：周文王，商末周族首领，其子武王灭商建立周王朝。太公望：即吕尚，名望，亦称姜太公。灌坛：当时周国的一个小城镇。②期年：一周年。③归：女子出嫁。④邑：原指国都，后引申为城镇。⑤大司马：官名，掌管军赋军政事务。

胡母班替父陈情

胡母班字季友，泰山人也。曾至泰山之侧，忽于树间逢一绛衣驺，呼班云："泰山府君召[①]。"班惊愕，逡巡未答[②]。复有一驺出，呼之。遂随行数十步，驺请班暂瞑，少顷，便见宫室，威仪甚严。班乃入阁拜谒[③]。主为设食，语班曰："欲见君，无他，欲附书与女婿耳。"班问："女郎何在？"曰："女为河伯妇[④]。"班曰："辄当奉书，不知缘何得达？"答曰："今适河中流，便扣舟呼青衣，当自有取书者。"班乃辞出，昔驺复令闭目，有顷，忽如故道。遂西行，如神言而呼青衣，须臾，果有一女仆出，取书而没，少顷复出。云："河伯欲暂见君。"婢亦请瞑目，遂拜谒河伯。河伯乃大设酒食，词旨殷勤。临去，谓班曰："感君远为致书，无物相奉。"于是命左右："取吾青丝履来。"以贻班[⑤]。班出，瞑然，忽得还舟。遂于长安经年而还，至泰山侧，不敢潜过，遂扣树，自称姓名："从长安还，欲启消息。"须臾，昔驺出，引班如向法而进[⑥]。因致书焉，府君请曰："当别再报。"班语讫，如厕。忽见其父著械徒作，此辈数百人[⑦]。班进拜流涕，问："大人何因及此？"父云："吾死不幸，见遣三年[⑧]，今已二年矣，困苦不可处。知汝今为明府所识，可为吾陈之，乞免此役，便欲得社公耳。"班乃依教，叩头陈乞。府君曰："生死异路，不可相近，身无所惜。"班苦请，方许之。于是辞出，还家。岁余，儿子死亡略尽，班惶惧，复诣泰山，扣树求见。昔驺遂迎之而见。班乃自说："昔辞旷拙，及还家，儿死亡至尽，今恐祸故未已，辄来启白，幸蒙哀救。"府君拊掌大笑曰："昔语君'死生异路，不可相近'故也。"即敕外[⑨]召班父。须臾，至庭中，问之："昔求还里社，当为门户作福，而孙息死亡至尽，何也？"答云："久别乡里，自欣得还，又遇酒食充足，实念诸孙，召之。"于是代之。父涕泣而出，班遂还。后有儿皆无恙。

译文

胡母班，字季友，泰山人。他曾到泰山边上，忽然在树林里遇见一个红衣骑士，招呼他说：“泰山府君召见你。”胡母班很惊讶，迟疑着没有回答。又有一个红衣骑士出来，招呼他。于是胡母班就跟随他们，走了几十步，骑士让胡母班暂时把眼睛闭上，一会儿，睁开眼睛便看见一座宫殿，仪仗威严。胡母班便进殿拜见泰山府君。府君为他设宴，对他说：“今想见您，没别的意思，只想让您给女婿捎封信。”胡母班问：“女儿在哪里？”府君说：“女儿是河伯的妻子。”胡母班说：“我马上去送信，不知怎样才能送到？”泰山府君回答说：“你乘船到了河中央，就敲打船呼唤‘青衣’，就会有取信的人来。”胡母班于是告辞出来，红衣骑士仍让他闭上眼睛，很快，又回到了原来的道上。胡母班往西走去，像泰山府君说的那样招呼‘青衣’，一会儿，果然有一女婢出来，拿了信就不见了。一会儿又出来，说：“河伯想见您。”女婢也请胡母班闭上眼睛，胡母班于是拜见了河伯，河伯大摆酒席，言辞非常客气。胡母班临走时，河伯对他说：“感谢您远道为我传书，没什么东西送给您。”于是命令左右的人说：“拿我的青丝鞋来。”把鞋送给胡母班。胡母班走出来，闭上眼睛，一会儿就回到了船上。胡母班来到了长安，一年后才返回去，来到泰山边上，不敢悄悄走过，就敲打着树木，自报姓名说：“我从长安回来，想禀告情况。”很快，以前的那位骑士出来，领着胡母班还像以前那样走进了宫殿。胡母班于是叙述了送信的经过，府君说：“我会另外报答你。”胡母班说完，到厕所去，忽然看见他父亲带着刑具在服劳役，像他这样的人有几百个。胡母班跪拜流着泪问：“父亲为什么到这里来？”父亲说：“我不幸死了，被处罚三年，现在已经二年了。这里的困苦难以忍受，我知道你现在与泰山府君相识，你替我向他陈述，乞求他免除我的刑役，让我当土地神吧。”胡母班依照父亲的话，叩头向泰山府君乞求。泰山府君说：“死生不同路，不能互相接近，我不能怜惜他。”胡母班苦苦请求，泰山府君才答应。于是胡母班告辞出来，回家了。一年多以后，胡母班的儿子一个个死光了，胡母班惶恐不安，又到泰山边，拍打树木求见。以前的那位红衣骑士又来迎接他，让他会见府君。胡母班说：“当初我的言辞太笨拙粗疏，回家以后，儿子都死了，今担心祸患没有停止，就又来禀报，承蒙您哀怜救助。”府君拍掌大笑说：“当初我对您说过死生不同路，不可以相接近，就是这个原因。”他立即传令外面人召胡母班的父亲来。一会儿，胡的父亲来到庭上，府君问他：“当初你乞求回到乡里，应该为家人造福，可是你的子孙却死亡殆尽，这是为什么？”胡父回答说：“久别故里，很高兴能返回去，又正遇到酒肉充足，实在想念孙子们，就把他们召来了。”泰山府君听罢就派别人代替他了。胡父哭泣着走出来，胡母班这才回家。以后有儿子也都平安无事了。

注释

①驺：骑马的侍从。泰山府君：传说中的神，掌管人间生死之事。②逡巡：迟疑徘徊，欲行又止。③阁：此指官殿。④河伯：传说中的河神。⑤贻：赠给、赠送。⑥向：以前、往昔。⑦械：特指刑具，如枷锁，镣铐之类。徒：指劳役。辈：类，同类。⑧遣：《太平广记》作"谴"，处罚。⑨敕：命令。

河伯之由

宋时，弘农冯夷，华阴潼乡隄首人也[①]。以八月上庚日渡河[②]，溺死。天帝署为河伯。又《五行书》曰："河伯以庚辰日死，不可治船远行，溺没不返。"

译文

宋时，弘农郡人冯夷，是华阴县潼乡隄首地方人。他在八月上庚日渡河，掉在河里淹死了。天帝就命他为河伯。《五行书》上说："河伯是在庚辰那一天死的，这一天不能乘船远行，否则会淹死回不来的。"

注释

①弘农：郡名，治所在今河南灵宝北。华阴：县名，汉属弘农郡。故治在今陕西华阴县东南。②庚：天干第七位。

河伯招婚

吴余杭县南有上湖，湖中央作塘[①]。有一人乘马看戏，将三四人至岑村饮酒，小醉，暮还。时炎热，因下马入水中，枕石眠。马断走归，从人悉追马，至暮不返。眠觉，日已向晡，不见人马。见一妇来，年可十六七，云："女郎再拜，日既向暮，此间大可畏。君作何计？"因问："女郎何姓？那得忽相闻？"复有一少年，年十三四，甚了了[②]，乘新车，车后二十人，至，呼上车。云："大人暂欲相见。"因回车而去。道中绎络把火，见城郭邑居。既入城，进厅事上，有信幡[③]，题云："河伯信。"俄见一人，年三十许，颜色如画，侍卫繁多。相对欣然，敕行酒笑[④]，云："仆有小女，颇聪明，欲以给君箕帚[⑤]。"此人知神，不敢拒逆。便敕备办，会就郎中婚[⑥]。承白已办。遂以丝布单衣及纱夹[⑦]、绢裙、纱衫裈[⑧]、履屐，皆精好。又给十小吏，青衣数十人。妇年可十八九，姿容婉媚，便成礼。三日，经大会客拜阁[⑨]。四日，云："礼既有限，发遣去。”妇以金瓯、麝香囊与婿别[10]，涕泣而分。又与钱十万，药方三卷，云：“可以施布公德。”复云：“十年当相迎。”此人归家，遂不肯别婚；辞亲，出家作道人。所得三卷方：一卷脉经，一卷汤方，一卷丸方。周行救疗，皆致神验。后母老兄丧，因还婚宦[11]。

译文

吴时余杭县南边有一个上湖，湖中央筑着堤坝。有一个人骑马去看戏，带着三四个人到岑村喝酒，有点醉了，傍晚才回去。当时天气炎热，他便下马到湖中堤岸上，枕着石头睡觉了。马挣断了缰绳往回跑，跟随的人都去追马，直到黄昏也没回来。一觉醒来，天已经快黑了，不见人马。只见一个女子走来，大约有十六七岁，对他说：“小女子向你致礼，天已渐黑，这里是很可怕的，你有什么打算吗?”这人问女子：“你姓什么?我们怎么会忽然相见?”这时又有一少年，约十三四岁，聪明伶俐，坐着新车，车后跟随着二十个人，到这人面前，招呼他上车。对他说：“我家大人想与你相见。”于是驱车返回。一路上灯火通明，城市房屋都在目前。进了城，来到官府，有一面旗，上题写着“河伯信”。一会儿，一个人走出来，约有三十岁左右，面色如同画的一样，后面跟随着众多的侍从。见到这人很是欣喜，下令摆上酒肉招待客人。他说：“我有一女儿，很聪明，想许给您做妻子。”这个人知道他是河神，不敢拒绝。河神就命令置办婚事，马上为新郎准备婚礼。下面人禀报已经准备好了，河神便拿出了丝布衣服和夹袄、绢裙、纱衫和纱裤、鞋屐之类送给新郎，都是精品。又送给新郎十个小吏，几十个仆人。妻子约有十八九岁，相貌妩媚动人，他们便举行了婚礼。婚后三天，设宴举行拜门礼。第四天，河伯说：“礼节有限，打发他离开吧!”妻子便以金瓯、麝香囊作为信物哭泣着与丈夫告别。又送给丈夫十万钱，三卷药方。对丈夫说：“用这个可以布施积德。”又说：“十年后会去接你。”这个人回家以后，不肯再结婚；告别了亲人，出家做了道士。得到的三卷药方是：一卷脉经，一卷汤方，一卷丸方。他周游各地为人治病，都很灵验。后来母亲年老、哥哥去世，才还俗结了婚，做了官。

注释

①塘：堤岸，堤防。②了了：聪明伶俐，明白事理。③信幡(fān)：古代题表官号的旗帜，作为符信，所以称信幡。幡，挑起来直着挂的旗帜。④教行酒笑：《法苑珠林》“笑”作“炙”，指烤肉。⑤箕帚：指家内洒扫之事，后用作妻子的代称。⑥会：《法苑珠林》、《太平广记》均作“令”。郎中婚：指在河伯府厅的侧事之中举行婚礼。郎，吴金华疑是“廊”字。⑦遂：王华宝考证：明抄本《太平广记》引作“进”字。作“遂”全句无动词，语义不明。见《〈搜神记〉汪校补正》(《古文献研究》第二辑。夹：双层衣服。同“袷”。⑧裈：裤子。⑨拜阁：拜门。旧时结婚三日新郎拜望岳丈家，宴请宾客。⑩金瓯：盛酒的一种器具。囊：口袋。⑪宦：做官。

郑容送信

秦始皇三十六年，使者郑容从关东来[1]，将入函关。西至华阴，望见素车白马，从华山上下。疑其非人，道住，止而待之。遂至，问郑容曰："安之[2]？"答曰："之咸阳。"车上人曰："吾华山使也。愿托一牍书，致镐池君所[3]。子之咸阳，道过镐池，见一大梓，下有文石，取款梓[4]，当有应者，即以书与之。"容如其言，以石款梓树，果有人来取书。明年，祖龙死[5]。

译文

秦始皇三十六年，使者郑容从关东来，将要进入函谷关。往西行走到华山北面，远远看见一辆白车白马，从华山上驶下来。郑容怀疑那不是人乘的车，就在路上停下，站在那里等着白车，白车白马到了，车上的人问郑容说："你到哪里去？"郑容回答说："到咸阳去。"车上的人说："我是华山的使者，想托你带封信，送到镐池君那里去。你到咸阳，路过镐池，看见一棵大梓树，树下有一块纹理石，拿起石头敲打梓树，就会有人答应，你就把书信交给他。"郑容按照华山使者的话，用石头敲打梓树，果真有人来取信。第二年，秦始皇死了。

注释

①关东：函谷关以东地区。②安：哪里。之：动词，到……去。③牍：原指古代写字用的狭长的木板。引申为文书、书信、书籍。本文指"信"。镐池：也作"滈池"。在长安故城西，昆明池北，即西周故都。④款：敲、叩。梓：一种树。⑤祖龙：秦始皇的别称。

张璞献女

张璞字公直，不知何许人也，为吴郡太守[1]。征还，道由庐山，子女观于祠室，婢使指像人以戏曰[2]："以此配汝。"其夜，璞妻梦庐君致聘曰[3]："鄙男不肖，感垂采择，用致微意。"妻觉，怪之。婢言其情，于是妻惧，催璞速发。中流，舟不为行。阖船震恐[4]，乃皆投物于水，船犹不行。"或曰："投女则船为进。"皆曰："神意已可知也，以一女而灭一门，奈何？"璞曰："吾不忍见之。"乃上飞庐卧，使妻沈女于水[5]。妻因以璞亡兄孤女代之，置席水中，女坐其上，船乃得去。璞见女之在也，怒曰："吾何面目于当世也！"乃复投己女。及得渡，遥见二女在下，有吏立于岸侧，曰："吾庐君主簿也[6]。庐君谢君，知鬼神非匹，又敬君之义，故悉还二女。"后问女，言："但见好屋，吏卒，不觉在水中也。"

译文

张璞字公直，不知道是什么地方的人，任吴郡太守。朝廷征召他回京，路过庐山，他的女儿到庐山神庙游览，婢女指着一尊神像，开玩笑说："把他配给你做丈夫吧！"这天夜晚，张璞的妻子梦见庐山神送来订婚的聘礼，并说："我的儿子不成材，感谢你们选择他做女婿，用这点礼物表示微薄的心意。"张璞妻子醒来，觉得很奇怪。婢女告诉她当时的情景，她很害怕，就催促张璞快点出发上路。船开到了河中央，就不动了，全船人都震惊害怕。都纷纷向水里扔东西，船还是不走。有人说："把女孩投进水里，船就能走了。"大家说："神的意思已经可以知道了，为一女孩而害死一家人，如何是好？"张璞说："我不忍心看见把女儿投下水。"他便爬到船舱上的小楼里躺下了，让妻子把女儿沉到水里。他妻子就用张璞死去的哥哥的女儿代替自己的女儿，在水面上放一块席子，让女孩坐在上面，船这才开动了。张璞起来看见女儿仍在船上，大怒说："我还有什么脸面活在世上！"于是又把自己的女儿投进河去。等船到了渡口，远远看见两个女孩在渡口下面，有一个小吏站在岸边，小吏说："我是庐山君的主簿，庐山君向你道歉，他知道了鬼神与人是不能匹配的，又敬重你的仁义，所以把两个女儿送还给你。"后来问女儿当时的情景，她俩说："只见华丽的房子、官吏，不觉得是在水里呀！"

注释

①吴郡：东汉永建四年(公元129年)置。治所在今江苏苏州市。②祠室：庐山神庙。像人：即人像，木雕或泥塑的偶像。③庐君：庐山神。致聘：送聘礼。④阖：全。⑤飞庐：船上的小楼。沈：通"沉"。⑥主簿：官名，负责文书簿，掌管印鉴，为掾史之首。

神灵借簪

南州人有遣吏献犀簪于孙权者[①]，舟过宫亭庙而乞灵焉。神忽下教曰："须汝犀簪。"吏惶遽[②]，不敢应。俄而犀簪已前列矣。神复下教曰："俟汝至石头城[③]，返汝簪。"吏不得已，遂行。自分失簪且得死罪[④]。比达石头，忽有大鲤鱼，长三尺，跃入舟。剖之得簪。

译文

南州有一个人派官吏向孙权进献犀簪，船经过宫亭庙，他进庙去祈祷神灵。神灵忽然传下命令说："需要你的犀簪。"官吏惊恐害怕，不敢回答。一会儿，犀簪已经摆在供桌前面了。神灵又下命令说："等你到石头城，再返给你犀簪。"官吏没有办法，只好上路了。他自己料想丢失了犀簪必定是死罪了。等他到了石头城，忽然有一条大鲤鱼，有三尺长，跳进船里。剖开鱼腹，得到了犀簪。

注释

①南州人：此指交阯（安南、越南）太守士燮进贡的事。据《三国志·吴志·士燮传》："燮每遣使诣权，致杂香细葛，辄以千数。明珠、大贝、流离、翡翠、瑇瑁、犀象之珍，奇物异果，蕉、邪、龙眼之属，无岁不至。"②遽：恐惧。③石头城：也叫石首城，简称石城。故址在今南京市清凉山。④分（fèn）：料想、推测。

驴鼠

郭璞过江，宣城太守殷祐引为参军[①]。时有一物，大如水牛，灰色，卑脚，脚类象，胸前尾上皆白，大力而迟钝。来到城下，众咸怪焉，祐使人伏而取之。令璞作卦，遇"遁"之"蛊"[②]，名曰"驴鼠"。卜适了，伏者以戟刺，深尺余。郡纪纲上祠请杀之[③]，巫云："庙神不悦，此是邺亭驴山君使[④]，至荆山，暂来过我。不须触之。"遂去，不复见。

译文

郭璞过江，宣城太守殷祐任他为参军。当时有一个怪物，有水牛那么大，灰色，小脚，脚的形状类似象脚，胸前和尾巴都是白色的，它力气很大但反应迟钝。它来到宣城城下，人们都很惊怪，殷祐便派人埋伏起来，捉住了它，并让郭璞卜卦。卦象遇到了"遁"变为"蛊"，按照卦象应叫它"驴鼠"。卦卜完了，埋伏的人就用戟去刺它，刺进一尺多深。郡的纲纪到祠庙去祈请神灵允许杀了它。神巫说："庙神不同意。这是宫亭湖庐山君的使者，到荆山去，经过我们这里，不要去碰它。"于是就让这个怪物离开了，以后再也没见到它。

注释

①宣城：郡名。治所在今安徽宣城县东。②遁、蛊：《周易》卦名。③郡纪纲：应为"郡纲纪"，凡州郡干佐、主簿，都可称"纲纪"。④邺（gōng）亭：即宫亭湖。

欧明求如愿

庐陵欧明[1]，从贾客，道经彭泽湖，每以舟中所有，多少投湖中。云：“以为礼。”积数年，后复过，忽见湖中有大道，上多风尘[2]。有数吏，乘车马来候明，云：“是青洪君使要[3]。”须臾达，见有府舍，门下吏卒，明甚怖。吏曰：“无可怖，青洪君感君前后有礼，故要君。必有重遗君者，君勿取，独求如愿耳。”明既见青洪君，乃求如愿。使逐明去。如愿者，青洪君婢也。明将归，所愿辄得。数年，大富。

译文

庐陵人欧明，跟随商人做生意，途经彭泽湖，每次都将船上所有的东西，多少投一些到湖水中。他说：“这是礼节。”这样有好几年。后来他又经过彭泽湖，忽然看见湖中央有一条大道，上面多有人世间的事。有几个吏卒，骑着马在等着欧明，吏卒说：“是青洪君派我们来邀请你。”一会儿就到达了一个地方，只见宫舍，门下还有吏卒，欧明很害怕。吏卒说：“没什么可怕的，青洪君感谢你始终有礼节，所以来邀请你。他一定有厚重礼物送给你，你不要拿，只要如愿就行了。”欧明见到青洪君，就要如愿。青洪君就让如愿和欧明一同离开了。如愿是青洪君的婢女。欧明把她带回家，所有的愿望都能得到。几年后，他非常富有。

注释

①庐陵：郡名，故城在今江西吉水县境内。②风尘：指人世间的事。③青洪君：彭泽湖神。要：通“邀”，邀请、宴请。下文“故要君”亦同。

黄石公神

益州之西，云南之东，有神祠。克山石为室，下有神奉祠之[1]，自称黄公。因言此神，张良所受黄石公之灵也[2]。清净不宰杀，诸祈祷者，持一百钱，一双笔，一丸墨，置石室中，前请乞。先闻石室中有声，须臾，问来人何欲，既言，便具语吉凶，不见其形。至今如此。

译文

益州的西面，云南的东面，有一座神祠。开凿石山作为庙堂，堂下有神像，百姓供奉它。神像自称是黄石公。因为这个神，就是张良所受到指点的黄石公的神灵。神祠清正不杀生，凡是来祈祷的人，拿一百钱、一双笔、一丸墨，放在石室中，就可以上前请乞。先能听到石室中有声音，一会儿，问来祈祷的人有什么愿望，祈祷的人说了之后，神就一一告诉吉凶，但不显现出他的形体。直到现在还这样。

注释

①神：《北堂书钞》、《法苑珠林》作“民”。②张良：汉高祖刘邦的重要谋士，帮助高祖得天下，封留侯。黄石公：也称圯（土桥）上老人。传说他授给张良一部《太公兵法》。

神鸟降临

沛国戴文谋，隐居阳城山中。曾于客堂食际，忽闻有神呼曰：“我天帝使者，欲下凭君，可乎[1]？”文闻甚惊。又曰：“君疑我也？”文乃跪曰：“居贫，恐不足降下耳。”既而洒扫设位，朝夕进食甚谨。后于室内窃言之，妇曰：“此恐是妖魅凭依耳。”文曰：“我亦疑之。”及祠飨之时[2]，神乃言曰：“吾相从，方欲相利，不意有疑心异议。”文辞谢之际，忽堂上如数十人呼声，出视之，见一大鸟五色，白鸠数十随之，东北入云而去，遂不见。

译文

沛国人戴文谋，隐居在阳城山中。有一次在客堂吃饭时，忽然听到有神人呼唤说：“我是天帝的使者，想降到人间依附您，可以吗？”戴文谋听了非常惊讶。神人又说：“您怀疑我吗？”戴文谋跪下来说：“我家境贫穷，恐怕不值得你降下来。”随后便打扫房屋，设置神位，早晚小心地祭奉食物。后来他和妻子在屋里悄悄地说这件事，妻子说：“这恐怕是妖魅来依附罢！”戴文谋说：“我也怀疑是这样。”等到祭祀供奉食物时，神又说话了，他说：“我来依附你，正想给你带来利益，不料你对我有疑心议论。”戴文谋正在道歉时，忽然听见堂上有像很多人呼唤的声音，戴文谋出来一看，只见一只五色的大鸟，后面跟随着几十只白鸠，一起飞进了东北方向的云端里，就不见了。

注释

①凭：依凭、依附。②祠飨：祭祀鬼神时供奉食物。

天使帮麋竺

麋竺字子仲，东海朐人也[①]。祖世货殖，家资巨万。常从洛归[②]，未至家数十里，见路次有一好新妇，从竺求寄载。行可二十余里，新妇谢去，谓竺曰："我天使也。当往烧东海麋竺家。感君见载，故以相语。"竺因私请之，妇曰："不可得不烧，如此，君可快去，我当缓行。日中必火发。"竺乃急行归，达家便移出财物，日中而火大发。

译文

麋竺，字子仲，东海郡朐县人。祖辈世代经商，家产巨富。有一次他从洛阳回来，离家还有几十里，在路上遇见一位漂亮的妇人，向麋竺请求搭乘他的车。大约走了二十多里路，妇人道谢告辞，对麋竺说："我是天帝的使者，要去烧东海麋竺家，感谢你的车载之恩，所以告诉你。"麋竺于是私下里向她求情，妇人说："不能不烧，既然是你家，你就立即回去，我慢慢走，正午时一定起火。"麋竺赶紧回家，到家里，把财物都搬了出来，正午时大火就烧起来了。

注释

①朐：古县名，治所在今江苏连云港市西南。②常：通"尝"，曾经。

祭灶

汉宣帝时，南阳阴子方者，性至孝，积恩好施，喜祀灶。腊日晨炊，而灶神形见。子方再拜受庆。家有黄羊[①]，因以祀之。自是已后，暴至巨富，田土百余顷，舆马仆隶，比于邦君[②]。子方尝言："我子孙必将强大。"至识三世而遂繁昌[③]。家凡四侯，牧守数十[④]。故后子孙尝以腊日祀灶，而荐黄羊焉。

译文

汉宣帝时，南阳有个叫阴子方的人，性情孝顺，喜好布施以积德，又喜欢祭祀灶神。腊日那天早饭时，灶神显形了。子方两次拜揖庆贺。他家里有条黄犬，于是拿来祭祀灶神。从那次以后，他家很快变成了巨富，田地百余顷，车马奴仆比得上地方长官。子方曾说："我的子孙一定会强盛发达。"到了三代孙阴识时，他家更加昌盛。一家里有四人封侯，几十人担任州或郡的长官。所以后来他的子孙就都在腊日那天祭祀灶神，并且供奉黄犬。

注释

①黄羊：《古今注》："狗一名黄羊。"此亦当指狗。②邦君：指地方长官。③至识三世：识，指阴识。据《后汉书·阴识传》记：阴子方为阴识的三世祖，故言。④家凡四侯：《后汉书·阴识传》：阴识和其弟兴、兴子庆、博四人都被封侯。牧守：州郡长官，州官为牧，郡官为守。

刘玘为神

汉阳羡长刘玘①，尝言："我死当为神。"一夕饮醉，无病而卒。风雨失其柩，夜闻荆山，有数千人喊声。民往视之，则棺已成冢。遂改为君山，因立祠祀之。

译文

汉代阳羡县县长刘玘曾经说："我死了一定会成神仙。"一天晚上，他喝醉了酒，没有病就死了。风雨中灵柩就不见了，晚上就听荆山上有成千上万人的喊叫声，人们都跑去看，只见棺材已经变成了坟墓。于是人们就把荆山改为君山，还为此立了祠庙祭祀他。

注释

①阳羡：县名，汉置，故址在今江苏宜兴县南五里。长：县长。

评点

这一卷选了十五个故事，主要是民间故事和神话传说。从表现形式来看，这一卷故事性较强，大多有完整的故事情节和人物形象。如《胡母班替父求情》，情节颇为曲折，有始有末，可以说是较完整的一部小小说了。《河伯招婿》是一个很生动的民间故事。《张璞献女》则体现了张璞的正义和无私，而他妻子的形象虽着墨不多，却最为生动，作为母亲，舍不得自己的女儿而将亡兄的孤女沉入河里，这种心理和举止，很符合作为母亲的身份。而张璞觉得这么做无颜见人，又把自己的女儿沉下河里，也符合张璞的正直的品格。而他的诚意终于感动了庐山君，把两个女儿完好地给他送回来，又体现了人们的良好愿望。《祭灶》的故事是一个民间传说，记述了祭祀灶神这一古老民间习俗的由来。这些故事内容都比较积极健康，反映了古代先民的社会观念和思想意识。

卷五

蒋子文求祠

蒋子文者，广陵人也。嗜酒好色，挑达无度[①]。常自谓己骨清，死当为神。汉末为秣陵尉，逐贼至钟山下，贼击伤额，因解绶缚之[②]，有顷遂死。及吴先主之初，其故吏见文于道，乘白马，执白羽，侍从如平生。见者惊走。文追之，谓曰："我当为此土地神，以福尔下民。尔可宣告百姓[③]，为我立祠。不尔，将有大咎。"是岁夏，大疫，百姓窃相恐动，颇有窃祠之者矣。文又下巫祝："吾将大启祐孙氏，宜为我立祠。不尔，将使虫入人耳为灾。"俄而小虫如尘虻[④]，入耳皆死，医不能治。百姓愈恐。孙主未之信也。又下巫祝："若不祀我，将又以大火为灾。"是岁，火灾大发，一日数十处。火及公宫。议者以为鬼有所归，乃不为厉[⑤]，宜有以抚之。于是使使者封子文为中都侯，次弟子绪为长水校尉[⑥]，皆加印绶，为立庙堂，转号钟山为蒋山。今建康东北蒋山是也。自是灾厉止息，百姓遂大事之。

译文

蒋子文是广陵人。好喝酒喜欢女色，轻薄放纵而没有节制。他常常说自己骨相清秀，死了以后能成神仙。汉末时任秣陵县尉，他追逐贼寇到钟山下，贼寇击伤了他的额头，于是解下绶带把他绑起来，很快他就死了。到吴先主孙权即位时，他原来的下属官吏在路上碰见了子文，只见他骑着白马，拿着白色的羽扇，侍从跟随着，就像活着时一样。见到他的人吓得跑起来，蒋子文追上，对那人说："我要做这里的土地神，赐福给你这里的百姓。你可以向百姓宣告，为我立一座祠庙。不这样做，将会有大祸临头。"这年夏天，流行了瘟疫，老百姓很恐怖，有些人私下里进行祭祀。蒋子文又降旨给巫祝说："我将开始大大保佑孙氏，应该为我立祠庙。不然，我将会让小虫飞进人的耳朵里而成灾害。"一会儿小虫子就像尘虻一样，飞进人的耳朵，人就死了，医生也不能治。百姓们更加恐慌。孙主不相信这些。蒋子文又传旨给巫祝说："如果再不祭祀我，就会有大火为灾害了。"这一年，火灾不断发生，一天就有几十处。火殃及了王宫。人们议论说鬼如果有了归宿，就不会为害了，应该给它抚慰。于是孙主让使者封蒋子文为中都侯，他的二弟蒋子绪为长水校尉，都给加印绶带，又为他们立了祠庙，并把钟山改为蒋山。现在的建康东北蒋山就是。从那以后灾害止息了，百姓们于是不断祭祀蒋子文了。

注释

①挑达：也作"佻挞"，即轻薄放纵。②绶：丝带，常用来拴玉和印的。③福尔下民，尔可宣告百姓：尔，你（们）。不尔：尔，指示代词，这、那。④尘虻：一种很小的昆虫，雌性的吸人和动物的血液。⑤厉：祸患，危害。⑥中都侯：此指神职。长水校尉：汉时特种军队的将领之一。这里也是指神职。

蒋山神招婿

咸宁中，太常卿韩伯子某、会稽内史王蕴子某、光禄大夫刘耽子某[1]，同游蒋山庙。庙有数妇人像，甚端正。某等醉，各指像以戏，自相配匹。即以其夕，三人同梦蒋侯遣传教相闻，曰："家子女并丑陋，而猥垂荣顾[2]。辄刻某日，悉相奉迎。"某等以其梦指適异常，试往相问，而果各得此梦，符协如一。于是大惧，备三牲[3]，诣庙谢罪乞哀。又俱梦蒋侯亲来降己，曰："君等既已顾之，实贪会对。克期垂及，岂容方更中悔。"经少时并亡。

译文

咸安宁康年间，太常卿韩伯的儿子韩某、会稽内史王蕴的儿子王某、光禄大夫刘耽的儿子刘某，一同去游蒋山庙。庙里有几尊女人神像，样子端庄。他们三人喝醉了，各指一座女神像开玩笑，说要和她们结为夫妻。就在那天晚上，三个人一同梦见蒋侯派人来传旨，说："我家女儿都长得丑陋，承蒙你们不嫌丑陋而眷顾。现在就定日子，一起来迎接你们。"他们三人都觉得这梦很奇怪，就互相询问，果然每人都做了这样的梦，内容完全相同。因此他们很恐惧，准备了三牲，到庙里去道歉请求蒋山哀怜。那天又都梦见蒋侯亲自降临自己家说："你们既然已经眷顾了我的女儿，实际是想马上会面。时限快到了，怎能容你们中途改悔呢？"不久，他们三人一同都死了。

注释

①咸宁：当是咸安宁康年间（公元371—375年）。太常：官名，九卿之一，掌宗庙礼仪兼选试博士。内史：官名，主掌民政。光禄大夫：掌顾问应对。②猥垂荣顾：意思是很荣幸你能看得起鄙陋并予以眷顾。猥，谦词，犹言辱、鄙等。垂，施、赐。③三牲：即牛、羊、豕，古代以三牲祭祀。

丈夫打虎

陈郡谢玉为琅邪内史，在京城[①]。所在虎暴，杀人甚众。有一人，以小船载年少妇，以大刀插著船，挟暮来至逻所[②]。将出语云："此间顷来甚多草秽，君载细小[③]，作此轻行，大为不易，可止逻宿也。"相问讯既毕，逻将适还去，其妇上岸，便为虎将去[④]。其夫拔刀大唤，欲逐之。先奉事蒋侯，乃唤求助。如此当行十里，忽如有一黑衣为之导。其人随之，当复二十里，见大树。既至一穴，虎子闻行声，谓其母至[⑤]。皆走出，其人即其所杀之，便拔刀隐树侧住。良久，虎方至。便下妇著地，倒牵入穴。其人以刀当腰斫断之。虎既死，其妇故活，向晓能语[⑥]。问之，云："虎初取，便负著背上，临至而后下之，四体无他，止为草木伤耳。"扶归还船。明夜，梦一人语之曰："蒋侯使助，汝知否？"至家，杀猪祠焉。

译文

陈郡人谢玉任琅邪内使，住在京城。当时那一带老虎横行，伤的人很多。有一个人，用小船载着他年轻的妻子，他把大刀插在船上，在天黑之前来到巡逻的地段，巡逻的将士出来告诉他说："这一带近来老虎很多，您载着家眷，作这种轻率的旅行，是很不容易的，你到巡逻哨所去住宿吧。"互相讯问完毕，巡逻的将士刚刚离去，那妇人上了岸，就被老虎衔去了。她丈夫拔出刀大声呼唤着，要去追赶老虎。他曾经供奉过蒋侯神，于是他大声呼唤蒋神帮助他。就这样边喊边追出了十里路，忽然看见有一个穿黑衣服的人来给他带路。那人带着他，又走了约二十里路，看见一棵大树。然后又来到一个洞口，里面的小虎崽听到外面有声音，以为是母亲回来了，都跑了出来，那人便把小虎崽都杀死了，又提着刀隐藏在大树旁边。过了好一会儿，老虎才回来。老虎把妇人放在地上，倒拖着她向洞穴走去。那人用刀将老虎拦腰砍断，老虎死了，妇人幸存下来，拂晓时能说话了。丈夫问她当时的情形，她说："老虎刚抓到她，就把她放在背上，到这里才放下，所以身体没有伤害，只被草木碰伤点罢了。"丈夫扶着她回到船上。第二天夜里，他梦见一个人对他说："是蒋侯神让我帮助你，你知道吗？"这人到家就杀猪祭祠蒋侯神。

注释

①陈郡谢玉：汪绍楹先生疑为"谢琰"。谢琰，谢安的儿子。京城：琅邪国都开阳，即今山东临沂县北。②挟暮：吴金华认为应是"投暮"，"挟"应是"投"的形误。"投暮"是汉魏俗语，即傍晚之意。逻所：巡逻的地段。③草秽：草莽中的秽物，此指虎。细小：指家眷。④将：控制，驾驭。此引申为抓去。⑤谓：以为、认为。⑥向晓：接近拂晓，即天快亮时。向，接近。

蒋神与望子

会稽鄮县东野，有女子，姓吴，字望子。年十六，姿容可爱。其乡里有解鼓舞神者[①]，要之便往。缘塘行，半路，忽见一贵人，端正非常。贵人乘船，挺力十余，皆整顿[②]。令人问望子：“欲何之？”具以事对。贵人云：“今正欲往彼，便可入船共去。”望子辞不敢。忽然不见。望子既拜神座，见向船中贵人，俨然端坐，即蒋侯像也。问望子：“来何迟？”因掷两橘与之。数数形见，遂隆情好。心有所欲，辄空中下之。尝思啖鱼，一双鲜鲤随心而至。望子芳香，流闻数里。颇有神验，一邑共事奉。经三年，望子忽生外意，神便绝往来。

译文

会稽郡鄮县东郊，有一个女子，姓吴，字望子。十六岁，长得美丽可爱。她的乡里有人要去击鼓跳舞娱乐祭神，邀她一同去。她们沿着堤岸行走，走到半路，忽然看见一个相貌可掬的人，英俊端庄。这人乘着船，十多个划船的随从仆人，都穿戴整齐。他让人问望子：“你想到哪去？”望子一一回答了。这人说：“我也想到那儿去，你上船咱们一同走吧！”望子不敢上船，谢绝了。那人和船也忽然不见了。望子后来到庙里去拜神，看见先前船中的贵人，矜持端庄地坐在庙里，就是蒋侯神像。他问望子：“你为什么来晚了？”又扔给望子两个橘子。蒋侯多次显形，于是和望子的感情不断增长，两人很相爱。望子心里想什么，就会从空中降下来。她曾想吃鱼，一对新鲜的鲤鱼就随着出现了。望子的名声，在当地流传。因她有灵验，所以一县人都来侍奉她。过了三年，望子忽然起了外心，蒋神便断绝了和她的交往。

注释

①解鼓舞神：即击鼓跳舞以娱神。②挺力：也称“人力”，指随行划船的仆人。整顿：装束整齐端正。

丁姑显灵

淮南全椒县有丁新妇者[①]，本丹阳丁氏女。年十六，适全椒谢家。其姑严酷，使役有程[②]。不如限者，仍便笞捶不可堪。九月九日，乃自经死。遂有灵响，闻于民间。发言于巫祝曰：“念人家妇女，作息不倦，使避九月九日，

勿用作事。”见形，著缥衣，戴青盖，从一婢，至牛渚津[3]，求渡。有两男子，共乘船捕鱼，仍呼求载。两男子笑，共调弄之，言：“听我为妇，当相渡也。”丁妪曰：“谓你是佳人，而无所知。汝是人，当使汝入泥死。是鬼，使汝入水。”便却入草中。须臾，有一老翁乘船载苇，妪从索渡。翁曰：“船上无装，岂可露渡。恐不中载耳[4]。”妪言：“无苦。”翁因出苇半许，安处不著船中[5]，迳渡之至南岸。临去，语翁曰：“吾是鬼神，非人也，自能得过。然宜使民间粗相闻知。翁之厚意，出苇相渡，深有惭感，当有以相谢者。若翁速还去，必有所见，亦当有所得也。”翁曰：“恐燥湿不至[6]，何敢蒙谢。”翁还西岸，见两男子覆水中。进前数里，有鱼千数，跳跃水边，风吹至岸上。翁遂弃苇，载鱼以归。于是丁妪遂还丹阳。江南人皆呼为丁姑。九月九日，不用作事，咸以为息日。今所在祠之。

译文

淮南全椒县有一个姓丁的媳妇，本来是丹阳丁氏的女儿。十六岁时，嫁到全椒县谢家。她的婆婆严厉凶狠，让她干活并且有定额。如果没有达到规定的数量，就杖打她，使她不可忍受。九月九日那天，她上吊死了。于是就有了神灵，在老百姓中流传。她让巫祝来说：“考虑到做人家的媳妇，每天劳作不得休息，让她们免去九月九日，这一天不得干活。”丁妇显形，穿着淡青色的衣服，打着黑伞，一个奴婢跟从着，来到牛渚津，寻找渡船。这时有两个男子，驾着一条船在捕鱼，她就呼唤他们请求带她过江。那两个男子嬉笑着，一齐调戏她说：“给我当媳妇，就带你渡江。”丁妇说：“以为你们是好人，谁知你们什么也不懂。你要是人，就让你掉到泥里浸死。是鬼，让你掉到水里淹死。”说完丁妇就隐避到草丛中了。一会儿，有一个老人驾着船，载着芦苇过来了，丁妇又向他请求乘船渡江。老人说：“船上没有棚帐，怎么可能露天渡江呢？恐怕不合适吧？”丁妇说：“没关系。”老人于是卸下半船芦苇，把她安置在船上，一直送她到南岸。丁妇临下船，对老翁说：“我是鬼神，不是人，我自己可以过江。但是应该让百姓们知道我的事。老人您的深厚情谊，卸下芦苇载我渡江，令我感动，我一定会谢你的。如果你很快就返回去，一定能看见什么，也会得到什么。”老人说：“我恐怕对你照顾不周到，怎么能接受你的谢意呢。”老人回到了西岸，看见两位男子淹死在水里。向前又走了几里路，见有很多鱼，在水边跳跃，又被风吹到岸上。老翁于是丢弃了芦苇，载着鱼回家了。就这样丁妇回到丹阳，江南人都称她为丁姑。九月九日这天，人们不用做事，都把它当做休息日。至今那里的人们仍然祭祀她。

注释

①全椒县：魏晋时属淮南郡，在今安徽省。新妇：魏晋妇女的通称。②姑：婆母。程：定限，定额。③缥：原指青白色的丝织品，后引申为淡青色。青盖：黑伞。盖，伞。牛渚津：长江著名的渡口之一，在安徽当涂西北牛渚山下。④无装：指没有船篷等装置。不中载：不宜载。古代女眷乘船与车，都要有棚遮挡，这是封建礼俗，不能露载。⑤安处不著船中：明钞本《太平广记》没有"不"字。当据删。⑥燥湿：与"寒温"相同，意为"冷暖"，照顾。

王祐遇鬼

散骑侍郎王祐[1]，疾困，与母辞诀。既而闻有通宾者，曰"某郡某里某人"。尝为别驾，祐亦雅闻其姓字。有顷，奄然来至[2]，曰："与卿士类，有自然之分，又州里，情便款然[3]。今年国家有大事，出三将军，分布征发。吾等十余人，为赵公明府参佐[4]。至此仓卒，见卿有高门大屋，故来投。与卿相得，大不可言。"祐知其鬼神，曰："不幸疾笃，死在旦夕。遭卿，以性命相托。"答曰："人生有死，此必然之事。死者不系生时贵贱。吾今见领兵三千，须卿，得度簿相付。如此地难得，不宜辞之。"祐曰："老母年高，兄弟无有，一旦死亡，前无供养。"遂歔欷不能自胜。其人怆然曰："卿位为常伯[5]，而家无余财。向闻与尊夫人辞诀，言辞哀苦，然则卿国士也，如何可令死。吾当相为。"因起去。"明日更来。"其明日又来，祐曰："卿许活吾，当卒恩否？"答曰："大老子业已许卿，当复相欺耶！"见其从者数百人，皆长二尺许，乌衣军服，赤油为志。祐家击鼓祷祀。诸鬼闻鼓声，皆应节起舞，振袖，飒飒有声。祐将为设酒食，辞曰："不须。"因复起去，谓祐曰："病在人体中，如火，当以水解之。"因取一杯水，发被灌之。又曰："为卿留赤笔十余枝，在荐下，可与人，使簪之[6]，出入辟恶灾，举事皆无恙。"因道曰："王甲李乙，吾皆与之。"遂执祐手，与辞。时祐得安眠，夜中忽觉，乃呼左右，令开被："神以水灌我，将大沾濡[7]。"开被而信，有水在上被之下，下被之上，不浸，如露之在荷。量之，得三升七合。于是疾三分愈二，数日大除。凡其所道当取者，皆死亡；唯王文英，半年后乃亡。所道与赤笔人，皆经疾病及兵乱，皆亦无恙。初有妖书："上帝以三将军赵公明、钟士季，各督数鬼下取人。"莫知所在。祐病差，见此书，与所道赵公明合。

译文

散骑侍郎王祐病得很厉害，已经和母亲诀别。不久听到通报有客人来，说“某郡某里某人”。这人曾经任别驾，王祐平素也听说过这个名字。一会儿，客人忽然来到，说：“我与你都是同类人，有天然的缘份，又是同乡，情谊深厚真诚。今年国家有大事，现在派出三位将军，分布到各地去征发。我们十多人，都是赵公明府的参佐。今匆匆忙忙来到这里，见你有高门大屋，所以来投奔你。与你相处和谐，大可不必多说了。”王祐知道他是鬼神，说：“我不幸病重，不久就会死的。遇到你，把性命托付给你。”那人回答说：“人生总有一死，这是必然的事。死的人不关系活着时的贵贱。我现在率领三千士兵，需要你，把簿箓之类的事交给你。这样的事情是难得的，你不应该推辞。”王祐说：“老母年纪大了，又没有兄弟，一旦死去，无人供养母亲。”说着就禁不住哭泣起来。那个人也悲伤地说：“你官至常伯，可家里却没有什么钱财。我以前就听说你和母亲诀别，言辞哀伤悲苦，可是你是国士呀，怎么能让你死呢。我会帮助你的。”于是他就离开了，说：“明日再来。”第二天，他又来了，王祐问他：“你许诺救活我，能否实现你的诺言?”那人回答说：“我已经许诺给你，还会欺骗你吗?”王祐见他率领随从几百人，都二尺左右高，穿着黑色军服，以红油为标志。王祐家敲鼓祷祀。那些鬼听到鼓声，都随着节拍跳起舞来，抖动衣袖，发出飒飒的声响。王祐准备给他们摆设酒席，那人推辞说：“不必要了。”于是又起身准备离去，他对王祐说：“病在人的身体里，就像火一样，应该用水来化解它。”说完就拿来一杯水，揭开王祐的被子就灌了下去。又说：“我给你留下十几支红笔，放在卧席下面，你可以送人，让他们插戴上，进出可以避免灾祸，做事都没毛病了。”接着又说：“王甲和李乙，我都给过他们。”说完拉着王祐的手，和他告别。那天王祐睡得很安稳，半夜忽然醒来，招呼左右的人，让他们拉开被子，说：“神用水灌我，被子一定湿了。”打开被子一看，确实有水在上层被子的下面，在下层被子的上面，但没有浸湿被子，就像露水落在荷叶上。量量水，有三升七合那么多。于是王祐的病好了三分之二，几天以后病就全没有了。凡是赵公明府要捉取的人，都死了；只有王文英，半年以后才死。所说的得到红笔的人，都经受了疾病和兵乱，都安然无事。当初有妖书说：“上帝派三将军赵公明、钟士季，各自督领很多鬼下来捉人。”没有人知道他们在哪儿。王祐病愈，看见这份妖书，内容与所说的赵公明的事相合。

注释

①散骑侍郎：官名，即散骑常侍。②奄然：同“奄忽”，忽然，突然。奄，突然，急。③款然：真诚，诚恳。④参佐：亦为鬼官。⑤常伯：对皇帝左右的侍中、常侍之类官员的尊称。⑥荐：草席，此指卧席。簪：动词，插、戴。⑦濡：浸、渍，使之湿。

周式之死

汉下邳周式[1]，尝至东海，道逢一吏，持一卷书，求寄载。行十余里，谓式曰："吾暂有所过[2]，留书寄君船中，慎勿发之。"去后，式盗发视书，皆诸死人录。下条有式名。须臾，吏还，式犹视书。吏怒曰："故以相告，而忽视之。"式叩头流血。良久，吏曰："感卿还相载，此书不可除卿名。今日已去，还家，三年勿出门，可得度也。勿道见吾书。"式还不出，已二年余，家皆怪之。邻人卒亡，父怒，使往吊之。式不得已，适出门，便见此吏。吏曰："吾令汝三年勿出，而今出门，知复奈何。吾求不见，连累为鞭杖。今已见汝，无可奈何。后三日中，当相取也。"式还，涕泣具道如此。父故不信，母昼夜与相守。至三日日中时，果见来取，便死。

译文

汉代下邳人周式，曾经到东海去，路上遇见一个官吏，手拿一卷书，请求搭乘他的船。走了十多里，那官吏对周式说："我要去探望一个人，先把这卷书寄放在你的船上，千万不要打开。"官吏离开以后，周式偷偷地打开书看，上面都是死人的姓名录。下条还有周式的名字。一会儿，官吏返回来，周式还在看那卷书。官吏生气地说："特意告诉你，而你不听。"周式赶紧叩头，都流出血来。过了好半天，官吏说："感谢你让我乘船，但这文书不能除掉你的名字。今天我离开后，你赶快回家，三年不要出门，可以渡过死亡这一关。千万不要说看见我这文书了。"周式回家后再不出门了，已经过了两年多，家里人都觉得奇怪。邻居死了人，父亲生气地让他去吊唁。周式没有办法，刚一出门，便看见那个官吏。官吏说："我让你三年不要出门，可你今天出门了，你知道该怎么办吗？我找不到你，被连累挨鞭子打。今天既然看见你了，我也没办法了。三天以后的中午，我来取你。"周式回家以后，哭着把这件事的经过一一叙说了。他父亲还是不信，母亲日夜守着他。到第三天的中午，官吏果然来找他，他就死了。

注释

①下邳（pī）：古县名。治所在今江苏睢宁西北。②过：拜访、探望。

王莽摄政

王莽居摄，刘京上言："齐郡临淄县亭长辛当，数梦人谓曰：'吾天使也，摄皇帝当为真。即不信我，此亭中当有新井出。'"亭长起视，亭中果有新井，入地百尺。"

译文

王莽摄政，刘京上朝进言说："齐郡临淄县亭长辛当，多次梦见有人对他说：'我是天使，摄政假皇帝会成为真皇帝。如果不信我的话，这个亭中会有一口新井出来作为验证。'"亭长起来察看，亭中果然有一口新井，深入地下有一百尺。

评点

这一卷原本有十个故事，这里选了八个，都是神话故事。古代先民认为现世中有神灵的存在，而且鬼神有人格和意志，有超自然的力量。所以这八个故事都与神灵有关。《蒋子文求祠》就是典型的人死魂灵仍在的故事。《丈夫打虎》《丁姑显灵》则显示了神灵的力量。《蒋神与望子》是一则人神恋爱的动人故事。体现了古代先民的良好而幼稚的愿望，希望能太平无事，希望得到神灵的保佑。

卷六

妖怪

妖怪者，盖精气之依物者也[①]。气乱于中，物变于外。形神气质，表里之用也[②]。本于五行，通于五事[③]。虽消息升降[④]，化动万端，其于休咎之征[⑤]，皆可得域而论矣。

译文

妖怪是精气依附于物体而形成的。精气充斥于物体的内部，物体外部就会发生变化。物体的形神气质，是物体内外的表现。它依于金、木、水、火、土，通达于貌、言、视、听、思。即使生灭增减，变化万端，它在善恶吉凶方面的征兆，都可以根据精气的存在之物来论述。

注释

①精气：指天地万物的元气。②表里：指物的内外。③五事：指古代统治者修身的五件事。即貌、言、视、听、思。④消息：即消长。生灭、存亡。消，消灭。息，生长。升降：增减。⑤休咎：善恶、吉凶。

山移国衰

夏桀之时，厉山亡[①]。秦始皇之时，三山亡[②]。周显王三十二年，宋大丘社亡，汉昭帝之末，陈留昌邑社亡[③]。京房《易传》曰："山默然自移，天下兵乱，社稷亡也。"故会稽山阴琅邪中有怪山，世传本琅邪东武海中山也[④]。时天夜，风雨晦冥[⑤]，旦而见武山在焉。百姓怪之，因名曰怪山。时东武县山，亦一夕自亡去。识其形者，乃知其移来。今怪山下见有东武里，盖记山所自来，以为名也。又交州脆州山移至青州[⑥]。凡山徙，皆不极之异也。此二事，未详其世。《尚书·金縢》曰："山徙者，人君不用道士，贤者不兴。或禄去公室，赏罚不由君，私门成群，不救；当为易世变号。"说曰："善言天者，必质于人；善言人者，必本于天。故天有四时，日月相推，寒暑迭代。其转运也，和而为雨，怒而为风，散而为露，乱而为雾，凝而为霜雪，立而为蝃蝀[⑦]。此天之常数也。人有四肢五脏，一觉一寐，呼吸吐纳，精气往来；流而为荣卫，彰而为气色[⑧]，发而为声音。此亦人之常数也。若四时失运，寒暑乖违，则五纬盈缩，星辰错行，日月薄蚀，彗孛流飞，此天地之危诊也[9]；寒暑不时，此天地之蒸否也；石立土踊，此天地之瘤赘也；山崩地陷，此天地之痈疽也[10]；冲风暴雨，此天地之奔气也；雨泽不降，川渎涸竭[11]，此天地之焦枯也。”

译文

夏桀的时候，厉山消失了。秦始皇的时候，三山也不见了。周显王三十二年，宋国大丘的神社没有了。京房《易传》上说：“山悄悄地自行移动，天下会有战乱，社稷会灭亡。”原来会稽山阴县琅邪山中有一座怪山，相传是琅邪郡东武县海中的山。那天夜里，风雨交加，一片昏暗，天明就看见武山在那里了。百姓们觉得它很奇怪，因此给它取名为怪山。当时东武县这座山，也在一个晚上自己消失离去了。记得它的形状的人，才知道它移到山阴来了。现在怪山下有一个东武里，大概是标记这座山的由来，以它作为名称。另外交州的一座山移到青州朐县。凡是山迁移，都是不正常的怪异现象。这两件事，不知道它发生的年代。《尚书·金縢》上说：“山迁移，是国君不用有道之士，贤人得不到荐举。有的是禄位归于诸侯，赏罚由不得国君，营私舞弊的现象成群，得不到整治；这样将会改换朝代，变更年号。”有论说道：“善于讲天道的，必须对应于人事；善于讲人道的，必须依据于天。所以天有春、夏、秋、冬四季，日月相推移，寒暑相更替。它的循环运转，和协而成为雨，盛怒而为风，分散而形成露，混乱变为雾，凝聚成为霜雪，伸展而成为虹蜺，这是天的正常规律。人有四肢和五脏，一醒一睡，呼吸吐纳，精气得以循环流通；流动而成为血气，显现出来成为面色，发出来就成声音，这也是人生命的正常规律。如果四时失去运行，寒暑违背了常规，那么就会五行消长，星辰错乱移动，日月无光亏损，妖星流动飞行，这是天地危险的征兆啊！寒暑不合时令，天地之气阻塞，石头兀立土地踊起，这是天地生出了赘瘤；山崩地陷，这是天地长出了毒疮；狂风暴雨，这是天地的精气奔泻；雨露不能下降，河流涸竭，这是天地的焦燥干枯。”

注释

①厉山：在湖北随县北。据说炎帝神农出生在那里。所以神农号厉山氏。②三山：指蓬莱、方丈、瀛州三座仙山。③陈留、昌邑：县名，秦置。④东武：古县名，即今山东诸城。⑤晦冥：昏暗不清。⑥朐州：“朐”应作“朐”，朐州，应是“朐县”。⑦蝃蝀：也作“蝃蝀”，“虹”的别称。荣卫：即中医所指的人体的营养作用、卫外机能和血气循环。荣，指血。卫，指气。⑧彰：明显，显现。⑨五纬：指金、木、水、火、土五星。薄蚀：日月光为薄，亏损为蚀。彗孛：即彗星，俗称“扫帚星”。⑩痈疽：化脓了的毒疮。⑪渎：小沟渠。

地陷地长

周隐王二年四月，齐地暴长，长丈余，高一尺五寸。京房《易妖》曰："地四时暴长。占：春夏多吉，秋冬多凶。"历阳之郡[1]，一夕沦入地中而为水泽，今麻湖是也。不知何时，《运斗枢》[2]曰："邑之沦，阴吞阳，下相屠焉。"

译文

周隐王二年四月，齐国一个地方猛长，长一丈多，高一尺五寸。京房《易妖》上说："地四季猛然上长，占卦结果是：春夏多有吉利，秋冬多有凶险。"历阳郡城，一个晚上沦陷进地下成为水泽，就是现在的麻湖。不知是什么时候发生的。《运斗枢》上说："城郭沦陷，是阴吞食阳，天下将互相屠杀。"

注释

①历阳之郡：晋永兴元年(公元304年)置，治所在今安徽和县。②《运斗枢》：书名。现已佚。

近豕为祸

鲁严公八年[1]，齐襄公田于贝丘，见豕[2]，从者曰："公子彭生也[3]。"公怒，射之。豕人立而啼。公惧，坠车伤足，丧屦。刘向以为近豕祸也[4]。

译文

鲁庄公八年，齐襄公在贝丘打猎，看见一头猪，随从说："这是公子彭生。"齐襄公很恼怒，用箭射猪。猪像人一样站立着啼叫。齐襄公很害怕，掉下车来，摔伤了脚，丢了鞋。刘向认为接近猪会有灾祸。

注释

①鲁严公：应为"鲁庄公"，汉避讳，将"庄"改为"严"。②田：打猎。贝丘：齐地。③公子彭生：齐国公子。④刘向：西汉经学家，著有《列女传》、《说苑》等书。

蛇斗国门

鲁严公时，有内蛇与外蛇斗郑南门中，内蛇死。刘向以为近蛇孽也[①]。京房《易传》曰："立嗣子疑[②]，厥妖蛇居国门斗。"

译文

鲁庄公时，郑国城内的蛇和城外的蛇在城南门中搏斗，城内的蛇死了。刘向认为接近蛇会有灾祸生。京房《易传》上说："立继承人有疑义，它的不祥之兆就是蛇在国门搏斗。"

注释

①孽：灾祸、罪恶。②嗣子：继承人，后代。

牡马生子

秦孝公二十一年，有马生人。昭王二十年，牡马生子死[①]。刘向以为皆马祸也。京房《易传》曰："方伯分威[②]，厥妖牡马生子。上无天子，诸侯相伐，厥妖马生人。"

译文

秦孝公二十一年，有一匹马生下个人。昭王二十七年，一匹公马因生马崽而死了。刘向认为这都是马生祸患。京房《易传》说："诸侯之长侵分天子的威严，那不祥之兆就是公马生子。上面没有天子，诸侯互相攻伐，它的不祥之兆就是马生人。"

注释

①牡马：公马。②方伯：一方诸侯之长。后来泛指地方长官。威：《法苑珠林》作"灭"。

女变男

魏襄王十三年，有女子化为丈夫。与妻，生子。京房《易传》曰："女子化为丈夫，兹谓阴昌，贱人为王；丈夫化为女子，兹谓阴胜阳，厥咎亡。"一曰："男化为女，宫刑滥；女化为男，妇政行也。"

译文

魏襄公十三年，有一女子变成男人。他娶了妻，生了孩子。京房《易传》上说："女人变为男人，这是阴昌盛，会有下贱人称王；男人变为女人，这叫阴胜过阳，其灾祸是灭亡。"又说："男人变成女人，是宫刑滥施；女人变为男人，是妇人当政。"

牛生五足

秦孝文王五年，游朐衍，有献五足牛[1]。时秦世大用民力，天下叛之。京房《易传》曰："兴徭役，夺民时，厥妖牛生五足。"

译文

秦惠文王在更元五年时，巡行朐衍，有人献上五条腿的牛。当时秦国大肆征用民力，遭到天下人的反对。京房《易传》上说："大兴徭役，侵夺百姓生产的时节，其不祥之兆就是牛长出五条腿。"

注释

①秦孝文王：应为"秦惠文王"。五年：指更元五年。朐衍：战国时北戎之地。足：指腿。

十二金人

秦始皇二十六年，有大人，长五丈，足履六尺，皆夷狄服[1]。凡十二人，见于临洮。乃作金人十二，以象之。

译文

秦始皇二十六年，有巨人出现，身长五丈，脚上的鞋子有六尺长，都穿着外族的衣服。一共有十二人，出现在临洮县。于是秦始皇就做了十二个金人，像巨人一样。

注释

①夷狄：古代对异族的泛称，多用于东方民族。春秋后，多用为对中原以外各族的蔑称。

马生角

汉文帝十二年，吴地有马生角[1]，在耳前，上向。右角长三寸，左角长二寸，皆大二寸[2]。刘向以为马不当生角，犹吴不当举兵向上也。吴将反之变云。京房《易传》曰："臣易上，政不顺，厥妖马生角。兹谓贤士不足。"又曰："天子亲伐，马生角。"

译文

汉文帝十二年，吴郡地方有一匹马长出了角，在耳朵前面，向上伸着。右角长有三寸，左角长有二寸，全都有二寸粗。刘向认为马不应该生角，就像吴王不应该发兵攻打朝廷一样。这是吴王将反叛作乱的征兆啊。京房《易传》上说："臣子改换君主，国政不顺，其征兆就是马长角。这是说贤能的人太少了。"又说："天子亲自攻伐，马就生角。"

注释

①吴地：指吴郡，汉初以会稽郡治所在吴县，故亦称吴郡。②大：粗。

狗长角

文帝后元五年六月，齐雍城门外有狗生角。京房《易传》曰："执政失，下将害之，厥妖狗生角。"

译文

汉文帝后元五年六月，齐国雍城门外有一条狗长出角来。京房《易传》曰："执政者失误，下属将会谋害他，其征兆是狗生角。"

人长角

汉景帝元年九月，胶东下密人年七十余[1]，生角，角有毛。京房《易传》曰："家宰专政[2]，厥妖人生角。"《五行志》以为人不当生角，犹诸侯不当举兵以向京师也。其后遂有七国之难。至晋武帝泰始五年，元城人年七十，生角。殆赵王伦篡乱之应也[3]。

译文

汉景帝元年九月，胶东下密有人七十多岁了，头上长了角，角上还有毛。京房《易传》上说："冢宰独揽政权，其征兆就是人头上长角。"《五行志》上认为人不应该长角，就如诸侯不应该举兵进犯京城一样。从那以后就发生了吴楚七国之乱。到了晋武帝泰始五年，元城县有人七十岁，头上也生了角。这大概是赵王伦篡权作乱的兆应吧！

注释

①胶东：汉郡国名。治所在今山东平度。下密：胶东属县，故城在今山东昌邑县东南。②冢宰：官名。《周礼》中为辅佐天子的官，后世称为宰相。③赵王伦：即司马伦，封赵王。

异类相交

汉景帝三年，邯郸有狗与彘交[①]。是时赵王悖乱[②]，遂与六国反，外结匈奴以为援。《五行志》以为犬兵革失众之占，豕北方匈奴之象。逆言失听，交于异类，以生害也。京房《易传》曰："夫妇不严，厥妖狗与豕交，兹谓反德，国有兵革。"

译文

汉景帝三年，邯郸郡有一条狗与猪相交配。当时赵王叛乱，于是和六国一同谋反，向外勾结匈奴来援助他们。《五行志》上认为狗是战争失去民心的卦象，猪是北方匈奴的卦象。叛逆的话没有人听，与异类相交，是残害生灵。京房《易传》说："夫妇不能互相尊敬，其征兆是狗与猪交配，这就是违反了道德，国家就有战争发生。"

注释

①彘(zhì)：猪。②悖：原为违背意，引申为背叛、反叛。

乌鹊相斗

景帝三年十一月，有白颈乌与黑乌，群斗楚国吕县。白颈不胜，堕泗水中，死者数千。刘向以为近白黑祥也。时楚王戊暴逆无道，刑辱申公，与吴谋反[①]。乌群斗者，师战之象也。白颈者小，明小者败也。堕于水者，将死水地。王戊不悟，遂举兵应吴，与汉大战，兵败而走，至于丹徒，为越人所斩[②]。堕泗水之效也。京房《易传》曰："逆亲亲，厥妖白黑乌斗于国中。"燕王旦之谋反也，又有一乌一鹊，斗于燕宫池上，乌堕池死。《五行志》以为楚、燕皆骨肉藩臣，骄恣而谋不义，俱有乌鹊斗死之祥。行同而占合，此天人之明表也。燕阴谋未发，独王自杀于宫，故一乌而水色者死；楚炕阳举兵[③]，军师大败于野，故乌众而金色者死。天道精微之效也。京房《易传》曰："颛征劫杀[④]，厥妖乌鹊斗。"

译文

汉景帝三年十一月，有白脖子乌鸦和黑乌鸦，它们在楚国吕县群斗。白脖子乌鸦战败，堕落在泗水里，死了几千只。刘向认为这是黑白的征兆。当时楚王刘戊暴虐无道，用刑罚侮辱申公，和吴王谋反。乌鸦群斗，是军队作战的象征。白脖乌鸦比黑乌鸦小，这表明小的要失败。堕落水中，表明战败者将在有水的地方。楚王刘戊不明白这个道理，于是发兵响应吴王，和汉朝廷作战，结果兵败逃跑，到了丹徒，被越人杀死。这是乌鸦堕落泗水的应验。京房《易传》上说："背逆亲戚，其征兆是黑白乌鸦在国内争斗。"燕王刘旦谋反的时候，也有一只乌鸦和一只喜鹊，在燕宫池上争斗，结果乌鸦堕入池水而死。《五行志》上认为楚王和燕王都是朝廷的骨肉，王室的诸侯，但是都骄傲放纵并且有图谋不义的举动，所以都有乌鸦和喜鹊争斗而死的征兆。他们行为举动相同而占卜结果相合，这是天事人道的明显表现。燕王阴谋未得逞，自己在宫中自杀，所以一只银色乌鸦死了；楚王对臣民不施恩泽而举兵作乱，军队在野外大败，所以许多金色的乌鸦死了。这是天道精微的效应。京房《易传》上说："专擅征伐劫杀，其征兆就是乌鹊相斗。"

注释

①楚王戊：即刘戊。申公：名培。刘戊为太子时，申培为太傅，刘戊为王后，不好学，对申公施以徒刑，申公耻而归鲁。居家为《诗经》作训诂。其训《诗》被称为"鲁诗"。②越人：一个民族。古时江浙粤闽等地为越族所居，也称"百越"。又称"百粤"。③炕阳：干枯。引申为无恩泽之意。④颛：通"专"，专擅，独断专行。

黄鼠跳舞

汉昭帝元凤元年九月，燕有黄鼠，衔其尾，舞王宫端门中[1]。王往视之，鼠舞如故。王使吏以酒脯祠。鼠舞不休，一日一夜死。时燕王旦谋反，将死之象也。京房《易传》曰："诛不原情，厥妖鼠舞门。"

译文

汉昭帝元凤元年九月，燕国有一只黄鼠，衔着自己的尾巴在王宫端门里跳舞。燕王去看它，那黄鼠还是那样跳。燕王派官吏用酒肉来祭祀它，黄鼠仍跳个不休，跳了一天一夜就死了。当时燕王刘旦谋反，这是将要死亡的征兆。京房《易传》说："杀人不追究情源，其征兆就是鼠在门中跳舞。"

注释

①端门：宫殿南面的正门。

虫子咬字

昭帝时，上林苑中大柳树断[1]，仆地。一朝起立，生枝叶。有虫食其叶，成文字，曰"公孙病已立[2]"。

译文

汉昭帝时，上林苑中的一棵大柳树折断了，倒在地上。一天早上又重新立起来，并且长出了新的枝叶。有虫子吃它的叶子，在树叶上咬出文字，是"公孙病愈将立"。

注释

①上林苑：宫苑名，秦始皇建都咸阳时所造，武帝时重建。故址在今陕西西安市西。
②公孙：诸侯之孙为公孙。此指戾太子之孙刘询，后为宣帝。病已：病已经痊愈。

狗戴帽子

昭帝时，昌邑王贺见大白狗冠方山冠而无尾[①]。至熹平中，省内冠狗带绶[②]，以为笑乐。有一狗突出，走入司空府门。或见之者，莫不惊怪。京房《易传》曰："君不正，臣欲篡，厥妖狗冠出朝门。"

译文

汉昭帝时，昌邑王刘贺看见一条大白狗戴着方山冠而又没有尾巴。到汉灵帝熹平年间，宫内有人也给狗戴上帽子，系上绶带，以此来开玩笑取乐。有一条狗突然跑出宫门，跑到司空府门里。有人看见这狗的打扮，没有不惊怪的。京房《易传》说："国君不正，臣下想要篡位，其征兆就是狗戴帽子跑出宫门。"

注释

①昌邑王贺：即刘贺，汉武帝之孙。方山冠：汉代祀宗庙时乐人所戴的帽子。②省内：指宫内。省，指宫禁、天子所居之地。

牝鸡雄鸣

汉宣帝黄龙元年，未央殿辂铃中雌鸡化为雄，毛衣变化，而不鸣不将，无距[①]。元帝初元元年，丞相府史家，雌鸡伏子，渐化为雄，冠距鸣将。至永光中，有献雄鸡生角者。《五行志》以为王氏之应[②]。京房《易传》曰："贤者居明夷之世[③]，知时而伤，或众在位，厥妖鸡生角。"又曰："妇人专政，国不静；牝鸡雄鸣，主不荣。"

译文

汉宣帝黄龙元年，未央殿辂軨厩中有一只雌鸡变为雄鸡，羽毛变化了，但是不打鸣不领着鸡群，没有足距。元帝初元元年，丞相府史家，有一只雌鸡孵卵，渐渐地变为雄鸡，长出了鸡冠足距，能打鸣，还率领着鸡群。到了永光年中，有人向朝廷献上一只长角的雄鸡。《五行志》上认为这是外戚王氏专权的征兆。京房《易传》说："贤明的人不遇明主，不能显其智，知时世而忧伤，有的平庸的人却居于高位，其征兆就是鸡生角。"又说："妇人专权，国家不安宁；雌鸡像雄鸡那样打鸣，君主不能昌盛。"

注释

①辂铃：即“軨軨”，汉代厩名。将：带领。距：鸡爪，特指公鸡脚爪后面突出像脚趾的部分。②王氏之应：指元帝皇后王氏及其侄王莽等外戚专权。③明夷：《周易》六十四卦之一。

天下草

汉元帝永光二年八月，天雨草而叶相樛结[1]，大如弹丸。至平帝元始三年正月，天雨草，状如永光时。京房《易传》曰：“君吝于禄，信衰贤去，厥妖天雨草。”

译文

汉元帝永光二年八月，天像下雨一样降下草来，而且草叶互相绞结，像弹丸那样大。到了平帝元始三年正月，天又降下草来，形状和永光年间的一样。京房《易传》上说：“国君吝啬俸禄，信誉丧失，贤人离去，其征兆是天像下雨一样下草。”

注释

①雨(yù)：像下雨一样降下。樛（jiū）：通“摎”，绞结。

槐断又起

元帝建昭五年，兖州刺史浩赏，禁民私所自立社[1]。山阳橐茅乡社[2]，有大槐树，吏伐断之。其夜，树复立故处。说曰：“凡枯断复起，皆废而复兴之象也。是世祖之应耳[3]。”

译文

汉元帝建昭五年，兖州刺史浩赏禁止百姓私自设立社庙。山阳橐县茅乡社庙里，有一棵大槐树，官吏伐断了它。那天夜里，大树又重新立在原处。有议论说：“凡是枯树断树再立起，都是荒废的事物重新兴盛的征象。这是世祖光武帝的应兆啊！”

注释

①社：祭祀土地神的地方，社庙。②山阳：郡名，治所在今山东金乡县西北。③世祖：指东汉光武帝刘秀。

老鼠在树上筑巢

汉成帝建始四年九月，长安城南，有鼠衔黄藁[①]、柏叶上民冢柏及榆树上为巢。桐柏为多[②]。巢中无子，皆有干鼠矢数升。时议臣以为恐有灾。鼠盗窃小虫，夜出昼匿。今正昼去穴而登木，象贱人将居贵显之占。桐柏，卫思后园所在也。其后赵后自微贱登至尊，与卫后同类。赵后终无子而为害。明年，有鸢焚巢杀子之象云[③]。京房《易传》曰："臣私禄罔干[④]，厥妖鼠巢。"

译文

汉成帝建始四年九月，长安城南有老鼠衔着稻、麦的秆、柏树叶爬到百姓墓地上的柏树和榆树上筑巢。桐柏那个地方最多。巢中没有鼠子，都有几升干鼠屎。当时议论此事的大臣们认为恐怕有水灾发生。老鼠本来是盗窃财物的小动物，晚上出去白天躲起来。如今恰恰是白天离开巢穴去爬树，这是贱人将要身居显贵的征兆。桐柏，是卫皇后陵园所在的地方。从那以后，赵皇后从微贱的地位登上了最尊贵的皇后宝座，和卫皇后是一样的。赵皇后最终因没有儿女而被害。第二年，有老鹰自己烧了巢穴并杀死小鹰的征兆。京房《易传》上说："臣子把俸禄据为私有而欺骗君主，其征兆是老鼠在树上筑巢。"

注释

①藁：同"稿"，稻、麦的秆子。②桐柏：长安城南一地名。③鸢：老鹰。④私禄：将俸禄为私有。罔：欺骗。干：王华宝考证：《汉书·五行志》"干"作"辟"，李寄曰："辟，君也。擅私爵禄，诬罔其君。"见其文《〈搜神记〉汪校补正》。

天降下鱼

成帝鸿嘉四年秋，雨鱼于信都，长五寸以下。至永始元年春，北海出大鱼，长六丈，高一丈，四枚。哀帝建平三年，东莱平度出大鱼，长八丈，高一丈一尺，七枚，皆死。灵帝熹平二年，东莱海出大鱼二枚，长八九丈，高二丈余。京房《易传》曰："海数见巨鱼，邪人进，贤人疏。"

译文

汉成帝鸿嘉四年秋天，信都像下雨一样下了很多鱼，不到五寸长。到了永始元年春天，北海出现了大鱼，有六丈长，一丈高，共四条。哀帝建平三年，东莱郡平度县也出现了大鱼，有八丈长，一丈一尺高，共七条，但都死了。汉灵帝熹平二年，东莱海出现两条大鱼，有八九丈长，二丈多高。京房《易传》上说："海里多次出现大鱼，是邪佞之人得到任用，贤能的人被疏远。"

树生人形

成帝永始元年二月，河南街邮樗树生枝如人头[①]，眉目皆具，亡发耳。至哀帝建平三年十月，汝南西平遂阳乡有材仆地[②]，生枝如人形，身青黄色，面白，头有髭发，稍长大，凡长六寸一分。京房《易传》曰："王德衰，下人将起，则有木生为人状。"其后有王莽之篡。

译文

汉成帝永始元年二月，河南郡街邮有一棵臭椿树的树枝长得像人头一样，眉毛、眼睛、胡须都有，只是没有头发。到了哀帝建平三年十月，汝南郡西平县遂阳乡有一棵树的树干倒在地上，长出的树枝也像人一样，身体是青黄色的，脸是白色的，头上有须发，渐渐长大后，有六寸一分长。京房《易传》上说："君王德行衰落，卑贱的人就会兴起，就有树长成人的形状。"从那以后发生了王莽篡权的事。

注释

①樗（chū）：即"臭椿"。②材：木梃，即树的树干部分。

燕子生麻雀

成帝绥和二年三月，天水平襄，有燕生雀，哺食至大，俱飞去。京房《易传》曰："贼臣在国，厥咎燕生雀，诸侯销。"又曰："生非其类，子不嗣世。"

译文

成帝绥和二年三月，天水郡平襄县有燕子生下了麻雀，把它们喂大以后，都一起飞走了。京房《易传》上说："贼臣在朝廷执政，其祸咎就是燕子生麻雀，诸侯受损害。"又说："生的不是自己的同类，子孙不能继承祖业。"

三足驹

汉哀帝建平三年，定襄有牡马生驹，三足，随群饮食。《五行志》以为：马，国之武用；三足，不任用之象也。

译文

汉哀帝建平三年，定襄郡有一匹公马生下个小马驹，三条腿，随着马群一起饮食。《五行志》认为，马是国家军队所用的；三条腿的马，是不能胜任的象征。

枯树再生

哀帝建平三年，零陵有树僵地，围一丈六尺，长十丈七尺。民断其本，长九尺余，皆枯。三月，树卒自立故处。京房《易传》曰："弃正作淫，厥妖木断自属。妃后有颛，木仆反立，断枯复生。"

译文

汉哀帝建平三年，零陵郡有一棵树仆倒在地上，树围一丈六尺，长十丈七尺。人们砍断了它的根，有九尺多长，都枯干了。三月，这棵树又自己站立在原来的地方。京房《易传》说："丢弃正当的而实行淫乱，其征兆就是树断了又自己接上。后妃有独擅专权的，就有树倒地又立起，折断的枯树又重新活了。"

赵春死而复生

汉平帝元始元年二月，朔方广牧女子赵春病死，既棺殓，积七日，出在棺外。自言见夫死父，曰："年二十七，汝不当死。"太守谭以闻[①]，说曰："至阴为阳，下人为上，厥妖人死复生。"其后王莽篡位。

译文

汉平帝元始元年二月，朔方郡广牧县女子赵春得病死了，已经把尸体放进棺材里，灵柩停留了七天，她又活过来走出棺材。自己说见到了死去的父亲，父亲说："才二十七岁，你还不该死。"朔方太守谈论着这件事，解释说："极阴变为阳，卑贱变为高贵，其征兆就是人死了又活过来。"那以后王莽就篡位了。

注释

①谭：通"谈"，议论。

畸形儿

汉平帝元始元年六月，长安有女子生儿，两头两颈，面俱相向，四臂共胸，俱向前，尻上有目[①]，长二寸所。京房《易传》曰："'睽孤，见豕负涂[②]。'厥妖人生两头。下相攘善[③]，妖亦同。人若六畜首目在下，兹谓亡上，政将变更。厥妖之作，以谴失正，各象其类。两颈，下不一也；手多，所任邪也；足少，下不胜任，或不任下也。凡下体生于上，不敬也；上体生于下，媟渎也[④]；生非其类，淫乱也；人生而大，上速成也；生而能言，好虚也。群妖推此类，不改，乃成凶也。"

译文

汉平帝元始元年六月，长安有个妇女生了个儿子，两个头两个脖颈，两张脸相对着。四支手臂长在一个胸脯上，都朝前面伸着，臀上长着眼睛，有二寸左右长。京房《易传》上说："'背井离乡的孤独之人，遇见猪伏在路上。'其征兆是人长两个头。国君的臣子们互相侵夺别人的功绩，其兆头也是这样。人如果是六畜的头，眼睛长在身下，这是说国君要死亡，政权要变换。这种征兆的出现，是谴责国家失去正道，它们各自象征着自己的类型。两颈，臣下不一条心；手多，是所任用的多是邪佞之人；脚少，是臣下不能胜任其职务，或者是国君不能任用臣下。凡是身体下部器官生在上部，是不恭敬君主；上部器官生在下部，是轻慢放荡；生下的不是自己的同类，是淫乱；人生下来就很大，是国君急于求成，人生下来就能说话，是喜好虚荣。这些征兆以此类推，不能改正，就会有灾祸。”

注释

①尻：臀部。②睽：违背，不合。此指背井离乡的人。负：通“伏”。涂：通“途”。③攘善：掠美。即掠夺别人的功绩而为己有。攘，侵夺。④媟（xiè）渎：轻慢、亵狎。媟，狎慢，不恭敬。

甲兵的象征

汉桓帝即位，有大蛇见德阳殿上。洛阳市令淳于翼曰[1]：“蛇有鳞，甲兵之象也。见于省中，将有椒房大臣受甲兵之象也[2]。”乃弃官遁去。到延熹二年，诛大将军梁翼，捕治家属，扬兵京师也。

译文

汉桓帝即位后，有一条大蛇出现在德阳殿上。洛阳市令淳于翼说：“蛇有鳞甲，是铠甲和兵器的象征。出现在宫禁之中，是椒房大臣要遭到兵革之祸的象征。”于是他辞去官职隐居起来。到了延熹二年，汉桓帝诛杀了大将军梁翼，逮捕咎罚了他的家属，在京师动用了军队。

注释

①市令：官名，职掌为管理市场。②省：宫禁，天子所居之地。椒房：汉皇后所居的宫殿，以椒和泥涂抹墙壁，取温、香、多子之义。

三七之验

汉灵帝数游于西园中，令后宫采女为客舍主人，身为估服[1]，行至舍间，采女下酒食，因共饮食，以为戏乐。是天子将欲失位，降在皂隶之谣也[2]。其后天下大乱。古志有曰：“赤厄三七。”三七者，经二百一十载，当有外戚之篡，丹眉之妖。篡盗短祚[3]，极于三六，当有飞龙之秀，兴复祖宗。又历三七，当复有黄首之妖，天下大乱矣。自高祖建业，至于平帝之末，二百一十年，而王莽篡。盖因母后之亲。十八年而山东贼樊子都等起[4]，实丹其眉，故天下号曰“赤眉”。于是光武以兴祚，其名曰秀。至于灵帝中平元年而张角起，置三十六万，徒众数十万，皆是黄巾，故天下号曰“黄巾贼”。至今道服由此而兴。初起于邺，会于真定，诳惑百姓曰：“苍天已死，黄天立。岁名甲子年，天下大吉。”起于邺者，天下始业也；会于真定也。小民相向跪拜趋信，荆扬尤甚。乃弃财产，流沉道路，死者无数。角等初以二月起兵，其冬十二月悉破。自光武中兴，至黄巾之起，未盈二百一十年，而天下大乱，汉祚废绝。方应三七之运。

译文

汉灵帝多次在西园中游玩，让后宫宫女当客舍主人，身穿商贩的服装，走到客舍里，宫女摆下酒菜，于是他和宫女一起饮食，以此作为游戏取乐。这是天子将要失去帝位，降低为贱役的征兆。从那以后天下大乱。古代有记载说：“赤色厄运三七。”三七，就是经过二百一十年，就会有外戚篡夺帝位，以及赤色眉的祸患。篡夺帝位的盗贼福短，只有三六的数，就会有飞龙之秀，复兴祖宗的大业。又经过三七之数，就又有黄首的灾祸，天下就大乱了。从汉高祖创建帝业，到汉平帝末年，一共是二百一十年，而王莽篡位。这是因为母后的亲情关系。十八年后山东贼寇樊宗、刁子都等人起义，用红色涂抹眼眉，所以天下人叫他们“赤眉”。这时光武皇帝复兴祖业，他的名字叫刘秀。到了汉灵帝中平元年，张角起义，设置三十六方，聚集几十万人，都用黄巾裹头，所以天下人叫他们“黄巾贼”。至今的道教服装就是由此而兴起的。开始在邺都起义，在真定会合，欺骗迷惑百姓说：“苍天已死，黄天当立。岁在甲子，天下大吉。”在邺都而起，天下开始行事，在真定会合。百姓都向他们跪拜，趋奉崇信他们，在荆州、扬州尤其盛行。于是人们抛弃了财产，流亡于道路，死的人无数。张角等人在二月开始起兵，在冬季十二月都被攻破。自从光武帝中兴，到黄巾起义，未满二百一十年，而天下大乱，汉朝被废止。正应验了三七的运数。

注释

①西园：汉上林苑的别名。采女：后汉时，六宫的称号，唯皇后、贵人，又置美人、宫人、采女三等。估服：商贾之服。②皂隶：古代对贱役或差役的通称。谣：当为“妖”字，征兆之义。③祚：福。④樊子都：即樊宗、刁子都。新莽末年聚众起义，将眉染成红色，为“赤眉起义”。

男女之衣

灵帝建宁中，男子之衣，好为长服，而下甚短。女子好为长裾[1]，而上甚短。是阳无下而阴无上，天下未欲平也。后遂大乱。

译文

汉灵帝建宁年间，男子穿衣服，喜欢穿长衣服，而下衣很短。女子喜欢穿长裙，而上衣很短。这是阳没有下而阴没有上，天下还不能太平。后来终于天下大乱。

注释

①裾(jū)：《后汉书》作“裙”，下衣。

夫妻相食

灵帝建宁三年春，河内有妇食夫，河南有夫食妇[1]。夫妇阴阳二仪，有情之深者也，今反相食，阴阳相侵，岂特日月眚哉[2]！灵帝既没，天下大乱。君有妄诛之暴，臣有劫弑之逆。兵革相残，骨肉为仇，生民之祸极矣。故人妖为之先作。恨而不遭辛有、屠乘之论[3]，以测其情也。

译文

汉灵帝建宁三年的春季，河内地区出现了妻子吃丈夫的事，河南地区出现了丈夫吃妻子的事。夫妇是阴阳相配，有深厚感情的，而如今反而互相吞食，这是阴阳互相侵犯，哪里只是日月的灾祸啊！汉灵帝死后，天下大乱。国君有乱杀臣下的暴虐，臣子有杀害国君的逆行。武力相争，骨肉间成为仇敌，给百姓带来了极大的灾难。所以人妖在此之前已经兴起。很遗憾不能遇见像辛有、屠黍那样的先见之论，来测定当时的情景。

注释

①河内：指黄河以北地区。河南：指黄河以南地区。②眚：灾祸，过失。③辛有：周朝大夫。屠乘：当为“屠黍”，晋太史，见晋乱而出奔周。

东壁黄人

灵帝熹平二年六月，洛阳民讹言：“虎贲寺东壁中有黄人，形容须眉良是。观者数万，省内悉出，道路断绝。”到中平元年二月，张角兄弟起兵冀州[①]，自号“黄天”。三十六方，四面出和。将帅星布，吏士外属。因其疲馁[②]，牵而胜之。

译文

汉灵帝熹平二年六月，洛阳百姓谣传：“虎贲寺东面墙壁中有黄人，面貌胡须眉眼都很清楚。观看的人很多，皇宫里的人也都去了，道路拥挤，断绝了交通。”到中平元年的二月，张角兄弟在冀州起兵，自称“黄天”。设三十六方，四处的人都出来应和。他们将帅众多，朝廷的一些官吏也归属他们。后来他们因疲惫和饥饿，被朝廷军队牵制而打败了。

注释

①冀州：古九州之一。②馁：同“馁”，饥饿。

草成人形

光和七年，东郡，陈留济阳，长垣，济阴冤句、离狐界中，路边生草，悉作人状，操持兵弩，牛马龙蛇鸟兽之形，白黑各如其色，羽毛、头目、足翅皆备，非但仿佛，像之尤纯。旧说曰“近草妖也”。是岁有“黄巾贼”起，汉遂微弱。

译文

汉灵帝光和七年，东郡，陈留郡济阳县、长垣县，济阴郡冤句县、离狐县境内，路边长的草，都是人的形状，拿着兵器。还有牛马龙蛇鸟兽的形状，白黑各有自己不同的颜色，羽毛、头眼、脚和翅膀一应俱全，不仅是相似，而是特别像。依照旧的说法是“草在做怪”。这一年有“黄巾军”起义，汉朝于是就衰弱了。

麻雀相残

中平三年八月中，怀陵上有万余雀，先极悲鸣，已因乱斗相杀，皆断头，悬著树枝枳棘[①]。到六年，灵帝崩。夫陵者，高大之象也。雀者，爵也。天戒若曰：“诸怀爵禄而尊厚者，还自相害，至灭亡也。”

译文

汉灵帝中平三年的八月中，怀陵上有一万多只麻雀，先非常悲哀地鸣叫，后来就互相残杀乱斗，结果都断了头，悬挂在树枝和灌木丛中。到了中平六年，汉灵帝死了。陵墓，是高大的象征。麻雀，是爵禄的意思。上天告诫说：“那些有爵禄而又尊贵的人，自相残杀乱斗，最后必然灭亡。”

注释

①枳棘：带刺的灌木和小乔木。

京城怪俗

汉时，京师宾婚嘉会，皆作魁櫑[①]。酒酣之后，续以挽歌。魁櫑，丧家之乐；挽歌，执绋相偶和之者[②]。天戒若曰：“国家当急殄悴[③]，诸贵乐皆死亡也。”自灵帝崩后，京师坏灭，户有兼尸虫而相食者。魁櫑、挽歌，斯之效乎？

译文

汉朝时，京城里举行宾宴婚礼庆会，都要做傀儡。饮酒尽兴之后，接着唱挽歌。傀儡，是丧家的哀乐；挽歌，是牵引灵柩下葬时互相唱和的。上天这样告诫说：“国家很快就要非常困苦，许多显贵的欢乐都要失去了。”自从汉灵帝死了以后，京城毁灭，家家都有兼尸虫互相吞食。傀儡、挽歌，这是它们的效应吗？

注释

①魁櫑：即“傀儡”。②绋：通“绋”，牵引棺材的绳索。③殄(tiǎn)悴：也作“殄瘁”，困病、困苦。殄、悴都指病。

京师谣言

灵帝之末，京师谣言曰："侯非侯，王非王，千乘万骑上北邙。"到中平六年，史侯登蹑至尊[1]。献帝未有爵号，为中常侍段珪等所执，公卿百僚，皆随其后，到河上[2]，乃得还。

译文

汉灵帝末年，京城流传歌谣说："侯非侯，王非王，千乘万骑上北邙。"到了中平六年，史侯刘辩登上天子之位，汉献帝还没有封爵号，他便被中常侍段珪等人所劫持。朝廷公卿百官都跟随在他的后面，一直到黄河边上才得以返回。

注释

①史侯：指汉少帝刘辩，号曰史侯。至尊：指天子之位。②中常侍：官名，出入宫廷，侍奉皇帝。河上：指黄河边上。

女子歌吟

建安初，荆州童谣："八九年间始欲衰，至十三年无孑遗[1]。"言自中兴以来，荆州独全，及刘表为牧[2]，民又丰乐，至建安九年当始衰。始衰者，谓刘表妻死，诸将并零落也。十三年无孑遗者，表又当死，因以丧败也。是时华容有女子，忽啼呼曰："将有大丧。"言语过差，县以为妖言，系狱。月余，忽于狱中哭曰："刘荆州今日死。"华容去州数百里，即遣马里验视[3]，而刘表果死。县乃出之。继又歌吟曰："不意李立为贵人。"后无几，曹公平荆州，以涿郡李立字建贤为荆州刺史。

译文

建安初年，荆州有儿童歌谣说："八九年间世道要开始衰落，到了建安十三年就没有遗留的人了。"说是自汉光武帝中兴以来，荆州能独自保全，等到刘表任荆州牧时，百姓生活丰裕快乐，到建安九年便开始衰落。所说的开始衰落，是说刘表的妻子死，许多将领跟着衰亡。所说的十三年无遗留，是说刘表又要死去，荆州也就因此衰败了。这时华容县有一个女人，忽然啼哭喊叫说："将要有大丧了。"由于言语不正常，县官以为是妖妄之言，就把她关进狱中。一个多月后，这女人忽然在狱中哭着说："刘荆州今天死了。”华容离荆州有几百里远，县里立即派马吏去荆州察看，而刘表果真死了。县官便放出了那女子。那女人又接着唱道：“想不到李立成为显贵的人。”后来没多久，曹操平定了荆州，任涿郡李立字建贤的那人为荆州刺史。

注释

①孑遗：残留、剩余。②中兴：《后汉书集解》载：“何焯校本‘兴’作‘平’。”牧：指州牧，即一州的军政长官，在郡守之上。③马里：《续汉志》作“马吏”，即掌马的官吏。

魏武帝崩

建安二十五年正月，魏武在洛阳起建始殿，伐濯龙祠树而血出[①]。又掘迸梨，根伤而血出。魏武恶之，遂寝疾，是月崩。是岁为魏武黄初元年。

译文

建安二十五年正月，魏武帝在洛阳造建始殿，砍伐濯龙祠旁的树，树流出血来。又挖梨树移植，梨树根受伤也流出血来。魏武帝很厌恶，于是病卧在床上，当月就死了。这一年是魏武帝黄初元年。

注释

①魏武：指曹操，其子曹丕称帝后，追尊他为魏武帝。濯龙：池名。

魏室之怪

魏景初元年，有燕生巨鷇[①]于卫国李盖家，形若鹰，吻似燕。高堂隆曰：“此魏室之大异，宜防鹰扬之臣于萧墙之内[②]。”其后宣帝起，诛曹爽，遂有魏室。

译文

魏明帝景初元年，卫国李盖家的燕子生下一只很大的雏鸟，身体像鹰，嘴巴像燕。高堂隆说：“这是魏国的怪事，应该提防朝廷内部的勇武之臣。”后来司马懿专权，诛杀了曹爽，独揽了魏国大权。

注释

①彀（kòu，又读gòu）：待母哺食的雏鸟。②鹰扬之臣：指像鹰一样飞扬的勇武之臣。萧墙：门屏，古代宫室用以分隔内外的当门小墙。萧墙之内：指朝廷内部。

东吴风起

吴孙权太元元年八月朔[1]，大风。江海涌溢，平地水深八尺。拔高陵树二千株[2]，石碑差动，吴城西门飞落。明年，权死。

译文

东吴孙权太元元年的八月初一，刮大风。江海波涛汹涌，溢出平地有八尺深。大风把高陵上的树拔起二千株，石碑也略微摇动了，吴郡两扇城门被吹落。第二年，孙权死了。

注释

①朔：夏历每月初一。②高陵：孙权父孙坚的陵墓。

稗草变稻

吴孙亮五凤元年六月，交阯稗草化为稻[1]。昔三苗将亡[2]，五谷变种。此草妖也。其后亮废。

译文

东吴孙亮五凤元年六月，交阯的稗草变为稻谷。以前三苗要灭亡时，五谷变种。这是草失其本性而变为妖。后来孙亮被废除帝位。

注释

①交阯：也作“交趾”。辖境相当今广东、广西大部。②三苗：古代部族名，原居长江中游一带，后西徙。

衣服之制

孙休后，衣服之制，上长下短。又积领五六，而裳居一二[①]。盖上饶奢，下俭逼[②]；上有余，下不足之象也。

译文

吴景帝孙休之后，衣服的规格，上衣长下衣短。并且堆积的衣领占五六，下衣只占一二。上边衣服过于宽大富裕，下边衣服过于节俭窄瘦，这是上有余下不足的征象。

注释

①领：指衣领。裳：指下衣或裙子。②饶奢：指衣服宽大富裕。俭逼：指衣服节俭狭窄。

评点

本卷故事比较多，原本七十七个，我们精选了四十三个。这些故事记述的都是违反生活常理的一些怪异的现象。显然作者认为这些怪异的现象是妖怪所致，所以本卷的第一个故事就是《妖怪》，作者认为妖怪是精气依附于物体而形成的，精气充于物体之中，物体的外部就会发生变化，就是不祥的征兆。所以“山移国衰”，类似于“牡马生子”“女变男”“牛生五足”“马生角”等等怪异的现象，必然带来战争、徭役、叛乱、臣子谋反等不利于国家和百姓的事。所以写了各种征兆的事，就连当时人们的衣着服饰都带有象征性，如《男女之衣》《衣服之制》等，把生活的习俗、生活中一些现象与历史的变化结合起来，反映了当时人们对自然界和某些生活现象以及对国家政治肤浅而幼稚的认识。故事简洁，通俗易懂，有的是历史上发生的事件，具有一定的史料性。

卷七

裂石之图

初，汉元、成之世，先识之士有言曰：“魏年有和[1]，当有开石于西三千余里，系五马，文曰‘大讨曹’。”及魏之初兴也，张掖之柳谷有开石焉。始见于建安，形成于黄初，文备于太和。周围七寻，中高一仞[2]。苍质素章，龙马、麟鹿、凤皇、仙人之象，粲然咸著[3]。此一事者，魏晋代兴之符也。至晋泰始三年，张掖太守焦胜上言：“以留郡本国图校今石文，文字多少不同，谨具图上。”案其文有五马象：其一有人平上帻[4]，执戟而乘之；其一有若马形而不成。其字有“金”，有“中”，有“大司马”，有“王”，有“大吉”，有“正”，有“开寿”；其一成行，曰“金当取之”。

译文

起初，汉元帝、汉成帝年间，有先见之明的人就说：“魏年号太和时，会有裂开的石头在西面三千多里的地方，裂开的石头是五马形，上有文字为‘大讨曹’。”等到魏国刚刚兴起时，张掖的柳谷果然有一块裂开的石头。它在建安年间出现，到黄初年间形成，太和年间文字具备。石头有七寻那么长，一仞那么高。青色的质地，白色的纹理，龙马、麟鹿、凤凰、仙人等形象，都很清晰地显现出来。这一件事是魏晋交替兴起的符号。到了晋泰始三年，张掖太守焦胜上奏说：“用留郡本地的玄石图校对这块石头上的纹路，发现文字略有不同，现在一一绘成图呈上。”查考上面的纹路有五马的形象：其中一个是有人戴着武官的头巾，拿着戟骑在马上；还有一个像马的形状但还没完全形成。图上的文字有“金”，有“中”，有“大司马”，有“王”，有“大吉”，有“正”，有“开寿”；还有的字甚至排成一行，为“金当取之”。

注释

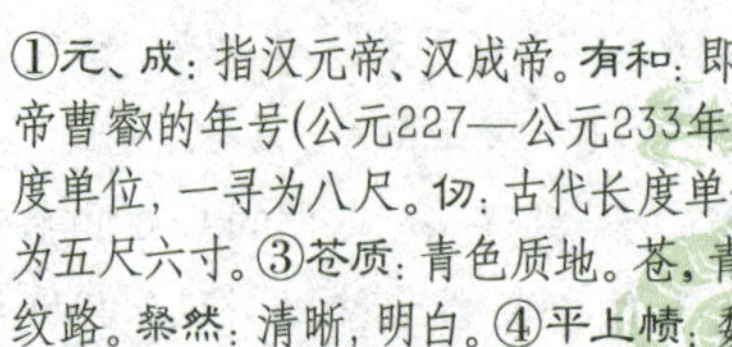

①元、成：指汉元帝、汉成帝。有和：即太和，当指魏明帝曹叡的年号(公元227—公元233年)。②寻：古代长度单位，一寻为八尺。仞：古代长度单位，东汉末一仞为五尺六寸。③苍质：青色质地。苍，青色。章：条理、纹路。粲然：清晰，明白。④平上帻：魏晋时武官所戴的头巾，因帻上平如屋顶，故名。帻，包头发的巾。

晋时车服

晋武帝泰始初，衣服上俭下丰，着衣者皆厌腰[①]，此君衰弱，臣放纵之象也。至元康末，妇人出两裆，加乎交领之上，此内出外也[②]。为车乘者，苟贵轻细，又数变易其形，皆以白篾为纯[③]，盖古丧车之遗象。晋之祸征也。

译文

晋武帝泰始初年，衣服流行上面窄瘦下面肥大，穿衣服的人都束腰。这是国君衰弱、臣子放纵的象征。到了元康末年，妇人穿着坎肩，套在外衣的上面，这是内超出外了。制造车辆的人，随意地以轻便细小为贵，又多次改变车的形状，并都用白篾做边，是古代丧车遗留下来的样子。这是晋朝有灾祸的征兆啊。

注释

①**厌腰**：窄腰，即“束腰”“掐腰”。厌，窄。②**两裆**：即裲裆，衣物的专称，俗称“背心”或“坎肩”。**交领**：古代衣领，下连到衣襟，故称“交领”，本文应指外衣。**内出外**：指裲裆本为内衣，穿在外面，故称“内出外”。③**白篾**：去掉青皮的薄竹片。**纯**：边、边缘。

武库见二龙

太康五年正月，二龙见武库井中。武库者，帝王威御之器所宝藏也，屋宇邃密，非龙所处。是后七年，藩王相害[①]。二十八年，果有二胡僭窃神器[②]，皆字曰“龙”。

译文

晋武帝太康五年正月，有两条龙出现在兵器库的井里。兵器库是皇帝威慑防御的器械所珍藏的地方，房屋深邃严密，不是龙所能居住的。从那时起七年后，藩王互相残杀。二十八年后，果然有两个胡人要窃取帝位，他们的字都有“龙”。

注释

①**藩**：藩国或藩镇，封建王朝的属国或属地。②**二胡**：据《宋书》载，“皆”上有“勒、虎二逆”四字。勒，指羯族人石勒(字世龙)、石虎(字季龙)叔侄二人，石虎在十六国时为后赵的国君。**僭**：过分、超越。

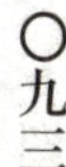

南阳两足虎

晋武帝太康六年，南阳获两足虎。虎者，阴精而居乎阳，金兽也。南阳，火名也。金精入火而失其形，王室乱之妖也。其七年十一月景辰[①]，四角兽见于河间。天戒若曰："角，兵象也；四者，四方之象。当有兵革起于四方。"后河间王遂连四方之兵，作为乱阶[②]。

译文

晋武帝太康六年，南阳郡捕获一只两只脚的老虎。老虎，是阴间的精灵而在阳世居住，是金兽。南阳，是火的名称。金精进入火里就失去了它的形状，是王室混乱的妖兆。太康七年十一月丙辰那天，一只四角兽出现在河间郡。上天这样告诫人们说："角，是军队的象征；四，是四方的象征。将有战争在四方兴起。"后来河间王联合四方的军队，作为叛乱所凭借的力量。

注释

①景辰：即"丙辰"，避讳"丙"而写"景"。②乱阶：叛乱的凭借力量。乱，叛乱、反叛。

鲤鱼现屋上

太康中，有鲤鱼二枚现武库屋上。武库兵府，鱼有鳞甲，亦是兵之类也。鱼既极阴，屋上太阳，鱼现屋上，象至阴以兵革之祸干太阳也。及惠帝初，诛皇后父杨骏，矢交宫阙。废后为庶人，死于幽宫。元康之末，而贾后专制，谤杀太子，寻亦诛废[①]。十年之间，母后之难再兴，是其应也。自是祸乱构矣。京房《易妖》曰："鱼去水，飞入道路，兵且作。"

译文

太康年间，有两条鲤鱼出现在武库房顶上。武库收藏兵器，鱼有鳞甲，也属兵甲之类的东西。鱼已经属于极阴，屋顶有阳气，鱼出现在屋顶上，象征着极阴用兵革的灾祸来冲破极阳。到晋惠帝初年，诛杀了杨皇后的父亲杨骏，在宫中兵箭相交。杨皇后又被废为庶人，死在幽宫里。元康末年，贾皇后专权，诬杀了太子，不久也被人废掉杀死。十年之间，皇后的劫难两次发生，这是鲤鱼出现在武库上的兆应。从此晋朝的祸乱形成了。京房《易妖》上说："鱼离开了水，飞入道路上，战争就要发生。"

注释

①寻：不久。

男女之屐

初作屐者，妇人圆头，男子方头。盖作意欲别男女也。至太康中，妇人皆方头屐，与男无异。此贾后专妒之征也。

译文

起初制作的木屐，女人的是圆头的，男人的是方头的。大概是有意要区别男女吧！到太康年间，女人都穿方头屐，和男人的没什么不同。这是贾皇后专权妒忌的征兆啊。

晋时，妇人结发者，既成，以缯急束其环，名曰撷子髻[1]。始自宫中，天下翕然化之也。其末年，遂有怀、愍之事[2]。

译文

晋朝时，妇女结扎头发，已经扎好了，还要用丝带紧紧扎住发圈，起名叫撷子髻。开始从宫中兴起，后来民间也都流行仿效起来。到晋朝末年，于是发生了晋怀帝、晋愍帝的事件。

注释

①缯（zēng）：丝织品的总称。此指丝带。急：紧。撷(xié)子髻：当时流行的发式。②怀、惠：《太平御览》中“惠”作“愍”。指晋怀帝、晋愍帝，先后被刘曜(十六国时期前赵国君)所杀。

折杨柳歌

太康末，京洛为《折杨柳》之歌[①]，其曲始有兵革苦辛之辞，终以擒获斩截之事。自后杨骏被诛，太后幽死，杨柳之应也。

译文

太康末年，京城洛阳流行《折杨柳》歌。这支歌曲开始有描写战争苦难的歌辞，最后叙述擒敌斩杀的故事。从那以后，杨骏被杀，太后被幽禁而死，这是杨柳歌的兆应啊。

注释

①《折扬柳》：古乐府中横吹曲名。六朝以后，多为伤别之作。

王室祸乱之征

晋武帝太熙元年，辽东有马生角，在两耳下，长三寸。及帝晏驾[①]，王室毒于兵祸。

译文

晋武帝太熙元年，辽东有一匹马长了角，在两耳下面，三寸长。到晋武帝死后，王室遭到了战祸的危害。

注释

①晏驾：古代帝王死亡的讳语。

兵器之饰

晋惠帝元康中，妇人之饰有五兵佩。又以金、银、象角、玳瑁之属，为斧、钺、戈、戟而戴之，以当笄[①]。男女之别，国之大节，故服物异等。今妇人而以兵器为饰，盖妖之甚者也。于是遂有贾后之事。

译文

晋惠帝元康年间，妇女佩带的服饰有五件是兵器的样子。用金、银、象角、玳瑁之类的东西，做成斧子、钺、戈、戟等来佩带，还把它们当成发笄。男女有别，是国家的重要礼节，所以服饰饮食都不同。如今妇女用兵器做饰物，大概是妖孽的事严重了。于是就发生了贾皇后的事。

注释

①钺：大斧，古代一种兵器。笄(jī)：古代盘头发或别住帽子用的簪子。

晋元康三年闰二月，殿前六钟皆出涕，五刻乃止[1]。前年贾后杀杨太后于金墉城，而贾后为恶不悛，故钟出涕，犹伤之也。

译文

晋惠帝元康三年闰二月，太极殿前的六座铜钟都流出了眼泪，一直流了五刻才停止。前年贾皇后在金墉城杀了杨太后，可是贾皇后做恶仍不改悔，所以铜钟流泪了，好像很哀伤。

注释

①钟：青铜制成的古乐器，用槌叩击以发声。涕：眼泪。刻：时间单位。古代用漏壶计时，一昼夜一百刻。

乌头杖

元康中，天下始相效为乌杖，以柱掖[1]。其后稍施其镦，住则植之[2]。及怀、愍之世，王室多故，而中都丧败。元帝以藩臣，树德东方，维持天下，柱掖之应也。

译文

晋惠帝元康年中，天下开始互相仿效制作乌头杖，用来支撑臂膀。从那以后渐渐地在杖的末端增加平底金属套，走路停留时竖立起来支撑身体。等到晋怀帝、愍帝的时代，王室多难，京都衰败。晋元帝凭借藩臣的地位，在东方建立恩德，维持天下，这是乌杖支撑胳膊的兆应。

注释

①乌杖：杖头似乌的形状，故称乌杖。柱掖：支撑腋窝。柱，通“拄”，支撑。掖，“腋”的古字，胳肢窝。②镦（duì）：原指矛戟柄末端的铜套，底锐的叫镈，平底的叫“镦”。此指乌杖末端的套。植：竖立。

大石登岸

惠帝太安元年，丹阳湖熟县夏架湖，有大石，浮二百步而登岸。百姓惊叹，相告曰：“石来！”寻而石冰入建邺[1]。

译文

晋惠帝太安元年，丹阳郡湖熟县夏架湖中，有一块大石，飘浮了二百步登上岸来。百姓们惊讶叹息，奔走相告说：“大石来了。”不久石冰率军攻进建邺。

注释

①石冰：西晋时农民起义军的将领。

宫室空虚

太安元年四月，有人自云龙门入殿前，北面再拜曰："我当作中书监[①]。"即收斩之。禁庭尊秘之处[②]，今贱人竟入，而门卫不觉者，宫室将虚，下人踰上之妖也。是后帝迁长安，宫阙遂空焉。

译文

晋惠帝太安元年四月，有一人从云龙门进入宫殿前，面向北拜了两次说："我将担任中书监。"禁军立即逮捕并杀了他。宫廷机秘的地方，如今下贱的人竟然闯入，可是门卫却没有发觉，这是宫室将要空虚，低贱的人要超越高贵的人的妖兆。从这以后皇帝迁都到长安，宫殿于是就空虚了。

注释

①中书监：官名，三国魏时设置，掌管机要，为事实上的宰相。②禁庭：此指皇宫。禁，指宫殿。宫殿门户皆设禁，所以称宫殿为"禁"。

牛言吉凶

太安中，江夏功曹张骋所乘牛忽言曰[①]："天下方乱，吾甚极为，乘我何之？"骋及从者数人皆惊怖，因绐之曰[②]："令汝还，勿复言。"乃中道还。至家，未释驾，又言曰："归何早也？"骋益忧惧，秘而不言。安陆县有善卜者，骋从之卜。卜者曰："大凶，非一家之祸，天下将有兵起，一郡之内，皆破亡乎！"骋还家，牛又人立而行。百姓聚观。其秋，张昌贼起，先略江夏，诳曜百姓，以汉祚复兴，有凤凰之瑞，圣人当世[③]。从军者皆绛抹头，以彰火德之祥[④]。百姓波荡，从乱如归，骋兄弟并为将军都尉[⑤]，未几而败。于是一郡破残，死伤过半，而骋家族矣[⑥]。京房《易妖》曰："牛能言，如其言，占吉凶。"

译文

晋惠帝太安年中，江夏郡功曹张骋所乘的牛忽然开口说话道："天下将要大乱，我的力量已经用尽了，还乘我到什么地方去啊？"张骋和随从的几个人都很惊讶恐怖，于是欺骗牛说："让你回去，你不要再说话了。"于是半路就返回去了。到家了，还投等卸下车驾，牛又说道："为什么回来这么早？"张骋更加害怕，把这件事隐秘起来不敢提起。

安陆县有一个人善于占卜，张骋就去找他。占卜的人说："这是凶兆，不是一家的灾祸，而是天下将要有战争，一郡之内，都要败亡了！"张骋回家，那牛又像人一样立起来行走。百姓们都围聚观看。这年秋天，张昌率领农民起义，先攻占了江夏，又用汉朝国统复兴、有凤凰的吉兆、圣人出世等来迷惑百姓。参加起义的人都把额头抹成深红色，用来显示火德的吉祥。百姓动荡不安，都参加了起义军，张骋兄弟们都担任将军都尉，不久起义军就失败了。于是一郡破败凋零，死伤的人超过半数，张骋的家也被灭族了。京房《易妖》上说："牛能说话，事情就像它说的一样，可以占卜吉凶。"

注释

①功曹：官名，汉代郡守下有功曹史，简称功曹，相当于郡守的总务长。②绐(dài)：哄骗、欺骗。③张昌：西晋农民起义的领袖。诳曜：欺骗，迷惑。贼：古代称起义军为"贼"。祚：原指"福"或"赐福"，引申为某一封建王朝的国统。瑞：凶吉的预兆。也特指吉兆。④火德：秦汉方士以金、木、水、火、土五行相生相克的道理来附会王朝的命运，称为五德。以帝王受命正值五行的火运，称为火德。⑤将军都尉：起义军自己设置的官职称号。⑥族：灭族。

人生他物

永嘉五年，抱罕令严根婢产一龙、一女、一鹅。京房《易传》曰："人生他物，非人所见者，皆为天下大兵。"时帝承惠帝之后，四海沸腾，寻而陷于平阳，为逆胡所害。

译文

晋怀帝永嘉五年，抱罕县令严根的婢女生下一条龙、一个女婴、一只鹅。京房《易传》上说："人生下其他动物，是人所没见过的，这都是天下要有战争的兆头。"当时晋怀帝继承惠帝位之后，天下大乱，不久就被俘到平阳，被作乱的胡人所杀害。

辛螫之木

永嘉六年正月，无锡县欻有四枝茱萸树，相樛而生，状若连理[①]。先是，郭璞筮延陵蝘鼠，遇"临"之"益"，曰："后当复有妖树生，若瑞而非，辛螫之木也[②]。倘有此，东西数百里，必有作逆者。"及此生木。其后吴兴徐馥作乱，杀太守袁琇。

译文

永嘉六年正月，无锡县忽然有四枝茱萸树，互相缠结着生长，形状像连理枝一样。在这之前，郭璞占卜延陵蝘鼠，遇到“临”卦变“益”卦时，他说：“以后会又有妖树生长，像吉兆而又不是，是有毒的树木。如果有这样的树，东西数百里，一定会有犯上作乱的人。”到这时果然长出了妖树。从那以后，吴兴的徐馥聚众造反，杀了太守袁琇。

注释

① 欻（xū）：忽然。樛(jiū)：通“摎”，绞，缠结。连理：不同根的草木，其枝干连生在一起。②瑞：吉祥征兆。辛螫：指毒虫刺蜇人。

服衰服

永嘉中，士大夫竞服生笺单衣[1]。识者怪之，曰：“此古练縗之布[2]，诸侯所以服天子也。今无故服之，殆有应乎？”其后怀、愍晏驾。

译文

永嘉年间，士大夫们争相穿生绢缝制的单衣。有识见的人很奇怪，说：“这是古代用来作丧服的布，是诸侯为天子所穿的丧服。如今无缘无故穿它，大概是有兆应吧？”那以后，怀帝、愍帝都死了。

注释

①生笺：即生绢，没有漂煮过的绢。古时以此为笺，用来题诗、写信等。②练縗：一种丧服，由细疏布制成。

一身两头的牛

晋元帝建武元年七月，晋陵东门有牛生犊，一体两头。京房《易经》曰：“牛生子，二首一身，天下将分之象也[1]。”

译文

晋元帝建武元年七月，晋陵县城东门有一条牛生下一只小牛犊，一个身体两颗头。京房《易经》上说："牛生子，二颗头一个身体，是天下将要分裂的象征。"

注释

①"牛生子"一句：《晋书·五行志》有愍帝被二胡所杀，元帝即位，天下一分为二等记载，为牛一身二首之应也。

女阴在脐上

太兴初，有女子，其阴在腹，当脐下。自中国来至江东。其性淫而不产。又有女子，阴在首，居在扬州，亦性好淫。京房《易妖》曰："人生子，阴在首，则天下大乱；若在腹，则天下有事；若在背，则天下无后[①]。"

译文

晋元帝太兴初年，有一女子，她的阴部长在腹上，在肚脐下面。她从中原地区来到江东，性情淫荡却不能生育。还有一个女子，阴部长在头上，住在扬州，也是性情淫荡。京房《易妖》上说："人生孩子，阴部在头上，那么天下将会大乱；如果在腹部，那么天下就有战争；如果在背上，那么皇上没有子嗣。"

注释

①天下无后：指皇上没有儿子，国家则没有继承人。

火灾妄起

太兴中，王敦镇武昌，武昌灾，火起，兴众救之，救于此而发于彼，东西南北数十处俱应，数日不绝。旧说所谓"滥灾妄起，虽兴师不能救"之谓也。此臣而行君，亢阳失节[①]。是时王敦陵上，有无君之心，故灾也。

译文

晋元帝太兴年间，王敦镇守武昌，武昌发生了火灾，大火燃起，发动很多人去救火，可是救了这里那里又起火了，东西南北方圆几十处都一起烧了起来，几天不停。这就是以前所说的“难以控制的灾祸随意兴起，虽兴师动众也不能挽救”的意思。这是臣子行使了君主的权力，阳气盛而没有节制。当时王敦凌驾于君王之上，有无视国君之心，所以出现火灾。

注释

①亢阳：指阳盛。亢，高大。

红袋缚髻

太兴中，兵士以绛囊缚紒。识者曰：“紒在首为乾[①]，君道也。囊者为坤[②]，臣道也。今以朱囊缚紒，臣道侵君之象也。”为衣者，上带短，才至于掖；著帽者，又以带缚项：下逼上，上无地也。为裤者，直幅为口，无杀[③]，下大之象也。寻而王敦谋逆，再攻京师。

译文

晋元帝太兴年间，兵士们用深红色的袋子来捆绑发髻。有见识的人说：“发髻在头上属于乾，表示为君之道。口袋属于坤，表示为臣之道。如今用红色口袋捆绑发髻，是臣道侵犯君道的象征。”做衣服，上面带子短，只能系到掖下；戴帽子，又用带子拴在脖子上，这是下逼迫上，上无处容身。制作套裤，用直幅布做裤口，不收束，是下面大的象征。不久王敦谋划造反，两次攻打京城。

注释

①乾：八卦之一，代表天。②坤：八卦之一，代表地。③杀：收束。

枯木生花

太兴四年，王敦在武昌，铃下仪杖生花[①]，如莲花，五六日萎落。说曰：“《易》说[②]：‘枯杨生花，何可久也？’今狂花生枯木，又在铃阁之间[③]，言威仪之富，荣华之盛，皆如狂花之发，不可久也。”其后王敦终以逆命，加戮其尸[④]。

译文

晋元帝太兴四年，王敦在武昌，侍从门卒所持的剑戟生出了花，像莲花一样，五六天就枯萎了。有言论说：“《易·大过》上说：‘枯干的杨树生花，怎么能长久呢?’如今不正常的花生在枯木上，又在将帅所居住的地方，这是说仪仗随从的强大，富贵荣耀的鼎盛，都像这不正常的花开放一样，不能长久。”后来王敦终于因为违抗王命，被处于戮尸之刑。

注释

①铃下：指侍从、门卒。因在铃阁之下，有警则掣铃以呼，故名。仪仗：侍从所持的剑戟之类。②《易》：指《易·大过》：“枯杨生华，何可久也？”③铃阁：将帅所居住的地方。④戮尸：古代的一种酷刑，即斩戮死者的尸体。

大蛇居邑中

晋明帝太宁初，武昌有大蛇，常居故神祠空树中。每出头，从人受食。京房《易传》曰：“蛇见于邑，不出三年，有大兵，国有大忧。”寻有王敦之逆。

译文

晋明帝太宁初年，武昌有一条大蛇，常常居住在旧神祠中的空树里。每天伸出头来，接受人们给的食物。京房《易传》上说：“蛇出现在城市里，不出三年，将有大的战争，国家将有大的忧患。”不久发生了王敦谋反。

评点

本卷的故事与第六卷内容基本相同，主要还是有关征兆的事。魏晋时期，社会动荡不安，朝代更迭频繁，对其原因，人们缺乏深层次的认识，便在外在事物方面寻找征兆，认为是天意所致。但不同的是本卷记载当时的民间习俗较多，比如《晋时车服》《男女之屐》《撷子髻》《服袁服》《红袋缚髻》等都是当时的服饰习惯，虽然作者认为是不正常、不吉祥的征兆，但是却为我们保留了当时的服饰文化，具有一定的历史和文化价值。

卷八

舜得玉历

虞舜耕于历山，得玉历于河际之岩[1]。舜知天命在己，体道不倦。舜龙颜大口，手握褒[2]。宋均注曰："握褒，手中有'褒'字，喻从劳苦，受褒饬，至大祚也[3]。"

译文

虞舜在历山耕作，在河边的岩石山得到玉历。舜知道上天受命给自己，便不断地体验实行道德义理。舜高眉阔口，手里握着褒。宋均解释说："握褒，手中有'褒'字，比喻从事辛勤劳作，受到嘉奖和表彰，一定能登上帝位。"

注释

①历山：山名。有历山的地方较多，此处疑为河南范县历山。玉历：指牒记符谶之类的，专门记载改朝换代的日期的。②褒：赞美、嘉奖。③宋均：魏博士，东汉经学大师郑玄弟子。褒饬：嘉奖表彰。饬，通"饰"，表彰。祚：帝位。

商汤祈雨

汤既克夏，大旱七年。洛川竭。汤以身祷于桑林，剪其爪发，自以为牺牲[1]，祈福于上帝。于是大雨即至，洽于四海。

译文

商汤战胜了夏以后，天下大旱七年。洛河水也涸竭了。商汤在桑林用自己的身体去祈祷，剪掉了自己的头发和指甲，把自己当做祭祀用的牲畜，祈求上帝降福。于是大雨马上降下来，浸润了天下万物。

注释

①牺牲：古时祭祀用的牲畜的通称。色纯的为"牺"，体全的为"牲"。

周文王遇吕望

吕望钓于渭阳，文王出游猎。占曰："今日猎得一兽，非龙非螭，非熊非罴[①]。合得帝王师。"果得太公于渭之阳。与语，大悦，同车载而还。

译文

吕望在渭水边钓鱼，周文王到野外去打猎。占卜说："今天能猎到一兽，既不是龙也不是螭，既不是熊也不是罴。正适合做军队的统帅。"周文王在渭水边果然见到姜太公吕望。周文王和吕望交谈，谈得很高兴，就用车一同将吕望带回来了。

注释

①螭：古代传说中的一种动物，蛟龙之类。罴（pí）：熊的一种。

武王伐纣

武王伐纣，至河上。雨甚，疾雷，晦冥，扬波于河。众甚惧，武王曰："余在，天下谁敢干余者!"风波立济。

译文

周武王讨伐商纣王，来到黄河边上。当时雨下得很大，雷声轰鸣，天色一片昏暗，河水波浪翻涌。兵士们很害怕，周武王说："我在这里，天下人谁敢来冒犯我!"风浪立刻就停止了。

麒麟吐字

鲁哀公十四年，孔子夜梦三槐之间，丰、沛之邦，有赤氤气起[①]，乃呼颜回、子夏同往观之。驱车到楚西北范氏街，见刍儿打麟[②]，伤其左前足，束薪而覆之。孔子曰："儿来！汝姓为谁？"儿曰："吾姓为赤松，名时乔，字受纪。"孔子曰："汝岂有所见乎？"儿曰："吾所见一禽，如麇[③]，羊头，头上有角，其末有肉。方以是西走。"孔子曰："天下已有主也。为赤刘[④]，陈、项为辅。五星入井，从岁星[⑤]。"儿发薪下麟，示孔子。孔子趋而往。麟向孔子，蒙其耳，吐三卷图，广三寸，长八寸，每卷二十四字。其言："赤刘当起日周亡。赤气起，火耀兴，玄丘制命，帝卯金[⑥]。"

译文

鲁哀公十四年，孔子夜晚做梦梦见三槐之间，丰、沛一带地方，有红色的雾气升起，于是就叫颜回、子夏一同前去观看。他们驱车来到楚地西北的范氏街上，看见一个小孩在打麒麟，打伤了它的前足，又取来柴草盖它。孔子说："小孩过来！你姓什么？"小孩说："我姓赤松，叫时乔，字受纪。"孔子说："你难道看见什么了吗？"小孩说："我看见一个动物，像麇，长个羊头，头上有角，角的末端上有肉。刚刚从这里往西方走。"孔子说："天下已经有君主了，是赤帝子刘邦，陈胜、项羽为辅佐。五星进入井星，随着岁星。"小孩揭开柴草让孔子看麒麟，孔子赶快过去看。麒麟面对着孔子，蒙上耳朵，吐了三卷图，宽三寸，长八寸，每卷二十四个字。上面说："赤帝子刘邦将要兴起，周朝灭亡。赤气升腾，火、日照耀，孔丘颁布天命，皇帝姓刘。"

注释

①**鲁哀公**：春秋时鲁国最后一个君主。**三槐**：相传周代宫廷外种有三棵槐树，朝见天子时，三公面向三槐而立。后来便用三槐代指为三公一类的高级官员和国君听政之处。**氤气**：即天地阴阳之气聚合而形成的雾气。②**刍儿**：草野之儿。刍，喂牲口的草。③**麇**(jūn)：兽名，即"獐"。④**赤刘**：指汉高祖刘邦，传说他是赤帝子。⑤**井**：星名，二十八宿之一。也称"东井"。**岁星**：即木星。⑥**火耀**：即火光、日光的照耀。**玄丘**：指孔子，古称孔子为玄圣。**卯金**：代指"刘"字，因刘的繁体写作"劉"。

孔子受黄玉

孔子修《春秋》，制《孝经》，既成，斋戒①。向北辰而拜，告备于天。天乃洪郁起白雾，摩地，赤虹自上而下，化为黄玉，长三尺，上有刻文。孔子跪受而读之，曰："宝文出，刘季握。卯金刀，在轸北②。字禾子③，天下服。"

译文

孔子修订《春秋》，创制《孝经》，完成以后，开始斋戒。他向北辰星跪拜，一一向天禀告，于是天空云气浓盛郁结，白雾翻腾迫近地面，一条红色的彩虹从天上飞下，化为黄玉，有三尺长，上面刻着文字。孔子跪着接受黄玉并阅读上面的文字，说："宝文出现，刘季掌握。卯金刀，在轸星的北面。字禾子，天下顺服。"

注释

①斋戒：古人在祭祀前沐浴更衣，不饮酒，不吃荤，不与妻妾同寝，整洁心身，以示虔诚。②卯金刀："即"刘"(劉)字。轸：星名，二十八宿之一。③禾子：是"季"字拆开。

雌雄二童

秦穆公时，陈仓人掘地得物，若羊非羊，若猪非猪。牵以献穆公，道逢二童子。童子曰："此名为媪。常在地食死人脑。若欲杀之，以柏插其首。"媪曰："彼二童子名为陈宝，得雄者王，得雌者伯①。"陈仓人舍媪，逐二童子。童子化为雉，飞入平林。陈仓人告穆公。穆公发徒大猎②，果得其雌。又化为石。置之汧、渭之间③。至文公时，为立祠陈宝。其雄者飞至南阳，今南阳雉县是其地也④。秦欲表其符，故以名县。每陈仓祠时，有赤光长十余丈，从雉县来，入陈仓祠中，有声殷殷如雄雉。其后光武起于南阳⑤。

译文

秦穆公时，陈仓有一人挖地得到一个怪物，像羊又不是羊，像猪又不是猪。他牵着怪物去献给秦穆公，路上遇到两个小孩。孩子说："这个怪物名叫媪，常常在地下吃死人的脑。如果想要杀它，就把柏树枝插进它的头里。"媪说："那两个小孩叫陈宝，能得到雄的就能称王天下，得到雌的可以称霸天下。"陈仓人丢下媪，去追两个小孩。孩子化为野鸡，飞进树林。陈仓人把这件事告诉了秦穆公。穆公发动众人去围猎，果然得到了那只雌野鸡。雌野鸡又变为石头，秦穆公把它放在汧、渭两水之间。到了秦文公时，立了一座祠，名叫陈宝祠。那只雄的飞到了南阳，如今的南阳雉县就是它飞落的地方。秦国想要表明这件事，就以它作为县名。每当陈仓人祭祀祠庙时，就有十多丈长的红色的光，从雉县过来，进入陈仓祠中，并发出殷殷像雄雉一样的叫声。后来光武皇帝果然从南阳兴起。

注释

①王：称王。伯：通"霸"，此指称霸。②徒：徒党，门徒，此指众人。③汧、渭之间：指汧水、渭水，即陈仓一带。④南阳雉县：古县名，故治在今河南南召县南。⑤光武：指东汉光武帝刘秀。

邢史子臣预言

宋大夫邢史子臣明于天道[①]。周敬王之三十七年，景公问曰："天道其何祥[②]？"对曰："后五十年，五月丁亥，臣将死。死后五年，五月丁卯，吴将亡。亡后五年，君将终。终后四百年，邾王天下[③]。"俄而皆如其言。所云"邾王天下"者，谓魏之兴也。邾，曹姓；魏亦曹姓，皆邾之后。其年数则错，未知邢史失其数耶？将年代久远，注记者传而有谬也？

译文

宋国大夫邢史子臣精通天象。周敬王三十七年，宋景公问他说："天象有什么征兆吗？"他回答说："以后五十年，五月丁亥日，我将死去。我死后五年，五月丁卯日，吴国将灭亡。吴国灭亡后五年，您将寿终正寝。您寿终后四百年，邾国将称王天下。"不久所发生的一切都像他说的一样。他所说的"邾称王天下"，是说魏的兴盛。邾是曹姓；魏也是曹姓，都是邾的后代。只是年数有错，不知道是邢史说错了年数呢？还是时代久远，记载史实的人传记有误呢？

注释

①邢史子臣：人名。邢史，复姓。②景公：即宋景公，春秋时宋国君。③郕：春秋时古国名，后改作“邹”。传为颛顼后裔所建立，曹姓。

荧惑星之言

吴以草创之国，信不坚固，边屯守将，皆质其妻子[1]，名曰“保质”。童子少年，以类相与娱游者，日有十数。孙休永安三年三月[2]，有一异儿，长四尺余，年可六七岁，衣青衣，忽来从群儿戏。诸儿莫之识也，皆问曰：“尔谁家小儿，今日忽来？”答曰：“见尔群戏乐，故来尔。”详而视之，眼有光芒，爚爚外射[3]。诸儿畏之，重问其故，儿乃答曰：“尔恐我乎？我非人也，乃荧惑星也[4]。将有以告尔：三公归于司马[5]。”诸儿大惊。或走告大人。大人驰往观之。儿曰：“舍尔去乎！”耸身而跃，即以化矣。仰而视之，若曳一匹练以登天。大人来者，犹及见焉。飘飘渐高，有顷而没。时吴政峻急[6]，莫敢宣也。后四年而蜀亡，六年而魏废，二十一年而吴平，是归于司马也。

译文

吴国因为是刚刚建立的国家，信誉还没有完全树立起来，戍守边境的将领都把妻子儿女作为人质，留在都城，这叫做“保质”。这些做人质的童子少年，他们经常在一起游乐，每天都有十几个。孙休永安三年三月，有一个不同寻常的小孩，有四尺多高，六七岁左右的年纪，穿着青色衣服，忽然来和这群小孩一起玩。这些孩子没有认识他的，都问他说：“你是谁家的孩子，为什么今日突然来这里？”小儿回答说：“我看你们在一起游戏娱乐，所以才来的。”大家仔细看这个孩子，见他的眼睛光芒闪闪，耀眼夺目。孩子们都害怕他，再一次询问他，小儿回答说：“你们害怕我吗？我不是人，是荧惑星。我有事告诉你们：魏、蜀、吴三国政权将归于司马。”孩子们大吃一惊。有的跑回去告诉大人。大人们也跑来观看。小孩说：“我离开你们走啦！”说完耸身一跳，就不见了。大家抬头去看，他好像拽着一条白练登上了天。来到的大人，还赶上看见了。他飘飘忽忽渐渐升高，一会儿就不见了。当时吴国时局紧张，没有人敢说这件事。过后四年蜀国灭亡了，六年后魏国被废除，二十一年后吴国被铲平，天下政权真的归司马氏所有了。

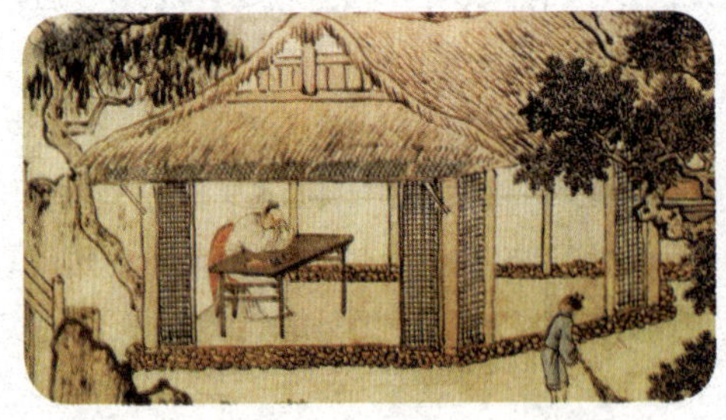

注释

①质：人质。②孙休：三国时吴景帝。永安：孙休的年号。③爚爚：形容光明耀目。④荧惑星：火星的别名，因隐现不定，令人迷惑，故名。⑤三公：此指魏、蜀、吴三国政权。⑥峻急：原指水势湍急，在此指吴国局势严峻紧张。

神人语戴洋

都水马武举戴洋为都水令史[①]。洋请急[②]，还乡。将赴洛，梦神人谓之曰："洛中当败，人尽南渡。后五年，扬州必有天子[③]。"洋信之，遂不去。既而皆如其梦。

译文

都水使者马武推举戴洋任都水令史。戴洋请假，准备回家乡。将要奔赴家乡洛阳，晚上梦见神人对他说："洛阳必定失陷，人们都要向南逃去。此后五年，扬州会有天子出现。"戴洋相信了神人的话，没有回洛阳。后来一切都像梦中所说的一样。

注释

①都水：官名。秦汉有都水长、都水丞，主管陂池灌溉，保守河渠。戴洋：吴兴长城人，好道术。②请急：即请假。晋人谓假曰急。③天子：指晋元帝司马睿，当时任安东将军，都督扬州江南诸军事。

评点

这一卷内容比较少，主要是以记事为主，文字比较简约，但是却记录了历史事件，而且有鲜明的作者思想倾向，如《舜得玉历》《商汤祈雨》《周文王遇吕望》《武王伐纣》等故事，在简单的记述中透露出作者对舜帝和商汤的肯定。而像《麒麟吐字》《孔子受黄玉》《雌雄二童》等，故事性很强，情节也很生动，有点像寓言故事。

卷九

赤蛇显灵

车骑将军巴郡冯绲[①]，字鸿卿，初为议郎，发绶笥[②]，有二赤蛇，可长二尺，分南北走。大用忧怖。许季山孙宪，字宁方，得其先人秘要。绲请便卜。云："此吉祥也。君后三岁，当为边将，东北四五里[③]，官以东为名。"后五年，从大将军南征。居无何，拜尚书郎、辽东太守、南征将军。

译文

车骑将军巴郡人冯绲，字鸿卿，当初任议郎时，有一次打开装印绶的箱子，里面有两条红色的蛇，约二尺长，分别往南北两个方向爬。冯绲很惊恐害怕。许季山的孙子宪，字宁方，学得前人的方术秘诀。冯绲请他为自己占卜。许宪说："这是吉祥的兆应。你三年后，就会成为边将，东北四五千里的地方，你的官职将以东为名。"五年以后，冯绲跟随大将军南征。没多久，升为尚书郎、辽东太守、南征将军。

注释

①车骑：将军的名号。②议郎：官名，秦置。绶笥（sì）：装印绶的箱子。笥，盛东西的竹器。③东北四五里：《太平御览》引《风俗通》"五"下有"千"字。

天降金印

常山张颢，为梁州牧[①]。天新雨后，有鸟如山鹊，飞翔入市，忽然坠地，人争取之，化为圆石。颢椎破之，得一金印，文曰"忠孝侯印"。颢以上闻，藏之秘府[②]。后议郎汝南樊衡夷上言："尧舜时旧有此官，今天降印，宜可复置。"颢后官至太尉。

译文

常山人张颢，任梁州相。一天刚刚下过雨，有一只鸟像山鹊一样，飞进街市，忽然坠落到地上。人们争着去捡它，它变成一块圆石。张颢用铁椎打破它，里面有一枚金印，印文写着“忠孝侯印”。颢把它呈送给皇帝，藏在秘府里。后来议郎汝南人樊衡夷上奏说：“尧舜时代有这一官职，今天上天降下此印，应该重新设置此官。”张颢后来官职升到太尉。

注释

①梁州牧：应为“梁州相”。②秘府：也称“秘阁”，古代皇宫中收藏典籍的地方。

张氏传钩

京兆长安[1]，有张氏，独处一室。有鸠自外入，止于床。张氏祝曰：“鸠来，为我祸也，飞上承尘[2]；为我福也，即入我怀。”鸠飞入怀。以手探之，则不知鸠之所在，而得一金钩[3]。遂宝之。自是子孙渐富，资财万倍。蜀贾至长安，闻之，乃厚赂婢。婢窃钩与贾。张氏既失钩，渐渐衰耗。而蜀贾亦数罹穷厄，不为己利。或告之曰：“天命也，不可力求。”于是赍钩以反张氏[4]，张氏复昌。故关西称张氏传钩云。

译文

京都长安，有一姓张的人，一天独自呆在一间屋里。有一只斑鸠从外面飞进屋来，落在床上。张氏祷告说：“斑鸠来，给我带来灾祸，你就飞上天棚；给我带来福份，就飞入我的怀里。”斑鸠飞到他的怀里。他用手摸它，却不知斑鸠在哪里，而摸到一只金钩。于是他把金钩当做宝贝。从此以后他的子孙越来越富有，资财增加万倍。蜀地一个商人来到长安，听说了这件事，就用重金贿赂张家的奴婢。奴婢偷了金钩给商人。张氏丢了金钩以后，家业渐渐衰败。而那个蜀地商人也多次遭遇到穷困，金钩没给他带来利益。有人告诉商人说：“这是天命，不能勉强求取。”于是商人就拿着金钩返回给张氏，张氏又家道昌盛。所以关西便有“张氏传钩”的传说。

注释

①京兆：汉代京畿的行政区划名，为三辅之一，即今陕西西安市以东至华县之地。后世因称京都为京兆。②承尘：藻井，即天花板，室内天棚。③钩：形状弯曲，用于钩取、连结或悬挂的工具。④反：通"返"，返回，返给。

老妪授符策

汉征和三年三月，天大雨。何比干在家[1]，日中，梦贵客车骑满门。觉以语妻。语未已，而门有老妪，可八十余，头白，求寄避雨。雨甚而衣不沾渍。雨止，送至门。乃谓比干曰："公有阴德，今天锡君策[2]，以广公之子孙。"因出怀中符策，状如简，长九寸，凡九百九十枚，以授比干，曰："子孙佩印绶者，当如此算[3]。"

译文

汉武帝征和三年三月，天下了一场大雨。何比干在家里，中午睡觉，梦见贵客车马挤满了家门。醒来以后告诉妻子，话还未说完，门外来了一个老妇人，约八十多岁年纪，满头白发，请求在何家避雨。当时雨下得很大，可是老妇人的衣服却没有湿。雨停了，何比干把她送到门外。老妇人对比干说："你有阴德，今上天赐给你符策，以使你子孙发达兴旺。"于是拿出怀中的符策，形状如同竹简，有九寸长，共九百九十枚，全部交给比干，说："你的子孙佩戴印绶的，就像这符策的数一样。"

注释

①何比干：汉武帝时为廷尉正。②策：策书，古代命官受爵，用策书为符信。③算：数、计数。

贾谊作《鹏鸟赋》

贾谊为长沙王太傅，四月庚子日，有鹏鸟飞入其舍，止于坐隅[1]，良久乃去。谊发书占之，曰："野鸟入室，主人将去。"谊忌之，故作《鹏鸟赋》，齐死生而等祸福，以致命定志焉[2]。

译文

贾谊被贬为长沙王太傅，四月庚子那一天，有一只鵩鸟飞到他的房里，停落在座位的角落上，很长时间才离去。贾谊打开书占卜，书上说："野鸟进入室中，主人将要离去。"贾谊对此很忌讳，因此作了一篇《鵩鸟赋》，把死生祸福都看成是等同的东西，并且表示要舍弃生命以坚定自己的志向。

注释

①鵩鸟：又名山鸮（xiāo），夜鸣，声恶。②齐：相同。致命：舍弃生命。世俗认为鵩鸟为不祥之物。贾谊为贬长沙、鵩鸟入室而感伤，遂作此赋。

公孙渊被斩之应

魏司马太傅懿平公孙渊[1]，斩渊父子。先时，渊家数有怪，一犬著冠帻绛衣上屋；欻有一儿，蒸死在甑中[2]。襄平北市生肉，长围各数尺[3]，有头目口喙，无手足而动摇。占者曰："有形不成，有体无声，其国灭亡。"

译文

魏大将军太傅司马懿平定公孙渊，斩杀了公孙渊父子。在此以前，公孙渊家乡多次出现怪事，一只狗戴着帽子穿着红色衣服爬上屋顶；忽然有一个小孩被蒸死在甑中。襄平县北面的市场上生出肉来，长围各有几尺，有头有眼有嘴巴，没有手脚却能摇动。占卜的人说："有人形却不成人，有身体却没声音，这个国家要灭亡了。"

注释

①公孙渊：三国时魏辽东太守。后自立为燕王，置百官有司。②甑（zèng）：古代蒸食炊器，如同现代的蒸笼。③市：交易物品的场所，市场。围：量词，两臂合抱的圆周长。

诸葛恪之死

吴诸葛恪征淮南归[1]，将朝会之夜，精爽扰动，通夕不寐。严毕趋出，犬衔引其衣。恪曰："犬不欲我行也。"出仍入坐。少顷复起，犬又衔衣，恪令从者逐之。及入，果被杀。其妻在室，语使婢曰："尔何故血臭？"婢曰："不也。"有顷，愈剧。又问婢曰："汝眼目瞻视，何以不常？"婢蹶然起跃，头至于栋，攘臂切齿而言曰[2]："诸葛公乃为孙峻所杀。"于是大小知恪死矣。而吏兵寻至。

译文

三国东吴诸葛恪征伐淮南郡回来，将要朝见君王的头天晚上，精神不安，通宵未眠。早上穿戴好衣服走出门去，狗衔着他的衣服不放。诸葛恪说："这是狗不让我走啊。"出了门又回来坐下。一会儿诸葛恪又起身要走，狗又衔着他的衣服，诸葛恪命令随从赶跑了狗。等他入朝，果然被杀了。他的妻子在家，对奴婢说："你身上为什么有血腥味？"奴婢说："没有呀。"一会儿，血腥味更浓。她又问奴婢说："你的眼睛看东西，为什么和平常不一样？"奴婢一下子跳起来，头撞到屋梁上，捋着胳膊狠狠地说："诸葛恪公被孙峻杀害了。"于是一家大小才知道诸葛恪已经死了。而官吏和士兵不久也来了。

注释

①诸葛恪（què）：三国吴大将军。②攘臂：即捋胳膊。

贾充失踪

贾充伐吴时，常屯项城[①]，军中忽失充所在。充帐下都督周勤，时昼寝，梦见百余人录充，引入一径[②]。勤惊觉，闻失充，已出寻索，忽睹所梦之道，遂往求之，果见充。行至一府舍，侍卫甚盛，府公南面坐，声色甚厉，谓充曰："将乱吾家事者，必尔与荀勖[③]。既惑吾子，又乱吾孙。间使任恺黜汝而不去，又使庾纯詈汝而不改，今吴寇当平，汝方表斩张华，汝之暗戆[④]，皆此类也。若不悛慎，当旦夕加诛。"充因叩头流血。府公曰："汝所以延日月而名器若此者，是卫府之勋耳。终当使系嗣死于钟虡之间，大子毙于金酒之中，小子困于枯木之下[⑤]。荀勖亦宜同。然其先德小浓，故在汝后。数世之外，国嗣亦替。"言毕命去。充忽然得还营，颜色憔悴，性理昏错，经日乃复。至后，谧死于钟下，贾后服金酒而死，贾午考竟[⑥]，用大杖终。皆如所言。

译文

贾充率兵征伐吴国时，曾经屯兵项城。一天军营中忽然不见贾充的踪迹。贾充帐下都督周勤，白天睡觉，梦见一百多人把贾充捉走了，他们把贾充带到一条路上。周勤惊醒过来，听说贾充失踪了，就出来寻找，忽然看到梦中所见的那条路，于是前去寻找，果然看见了贾充。贾充走到一座官府，门前侍卫很多，府公向南坐着，脸色很严厉，他厉声地对贾充说："将要扰乱我家事的，一定是你和荀勖。你们已经迷惑了我的儿子，又来扰乱我孙子。曾让任恺贬退你，你不离去，又让庾纯责骂你，你又不改，如今东吴贼寇应当扫平，你又上表要斩张华，你的愚钝不悟，都像这些事一样。如果不小心谨慎，迟早要诛杀你。"贾充连忙叩头以至流出血来。府公又说："你之所以能延长寿命并享有现在的爵号和车服，是因为当初护卫司马氏有功。但是最终要让你的后嗣死于钟虡之间。大女儿死于金酒之中，小女儿死于枯木之下。荀勖也会和你一样。只是他的先辈功德厚重，所以死在你后。几代之后，封国和后嗣也要废弃。"说完命令贾充回去。贾充很快回到军营，颜面憔悴，精神昏乱，一天之后才恢复常态。后来，韩谧死在钟下，大女儿贾后服金酒自杀。小女儿贾午在狱中，用大杖拷问致死。这一切都像府公说的一样。

注释

①常：通"尝"，曾经。②帐下都督：军中监督兵卒的小官。录：逮捕。③荀勖（xù）：西晋大臣。④任恺：西晋大臣。庾纯：西晋大臣。詈：骂、责骂。张华：西晋大臣，文学家。戆（gàng）：愚而刚直。⑤系嗣：指韩谧，贾充外孙。虡（jù）：悬挂钟、磬的木架。大子：指贾充大女儿，即贾后。小子：指贾充小女贾午，韩谧的母亲。⑥考竟：拷问死于狱中。

厕中怪物

庾亮字元规，鄢陵人[①]。镇荆州。登厕，忽见厕中一物，如方相[②]，两眼尽赤，身有光耀，渐渐从土中出。乃攘臂以拳击之，应手有声，缩入地。因而寝疾。术士戴洋曰："昔苏峻事，公于白石祠中祈福，许赛其牛[③]，从来未解，故为此鬼所考，不可救也。"明年，亮果亡。

译文

庾亮，字元规，鄢陵人。镇守荆州。一天他上厕所，忽然看见厕所里有一个东西，像方相，两眼都是红的，身上有光在闪耀，慢慢地从土里钻出来。庾亮于是捋胳膊挥拳打它，随着拳头落下它发出声响，又缩入地下。庾亮从此生病卧床。术士戴洋说："从前苏峻做乱时，您曾在白石祠祈求神灵赐福于您，并且向神许愿用牛祭祀，可您从来未还愿，所以鬼神用这个来惩罚您，不能挽救了。"第二年，庾亮果然死了。

注释

①庾亮：东晋颍州鄢陵人，明帝皇后的哥哥。鄢陵：今河南鄢陵西北。②方相：古代驱疫避邪的神像。后来民间扎制模型，用以送丧，为开路之神，作仪仗的前驱。其样子狰狞可怕。③许赛：即许赛愿，祈神还愿。赛，旧时酬神称赛。

评点

这一卷一共选了七个故事，内容仍以怪诞征兆为主。但故事性很强，像《张氏传钩》，很生动有趣，而且态度鲜明：巧取豪夺的商人是不会得到神的保佑的。《老妪授符策》中告诉人们的是善良的人终久会得到好报的。这是两个典型的民间故事，内容是积极的。《诸葛恪之死》《贾充失踪》在历史真实的基础上赋予了神灵怪诞的色彩，有迷信色彩，但是情节和人物倒比较完整了。

卷十

梦中登天

汉和熹邓皇后[1]，尝梦登梯以扪天，体荡荡正清滑，有若钟乳状，乃仰嗡饮之。以讯诸占梦，言："尧梦攀天而上。汤梦及天舐之，斯皆圣王之前占也。吉不可言。"

译文

汉和熹邓皇后，曾经梦见自己登上梯子摸到了天，天体平坦广大而又清澈光滑，有的地方像钟乳石的形状，于是她便仰头吸吮它。后来她询问占卜的人，占卜人说："尧帝梦见自己攀登上天，商汤梦见自己上天并舐天，这都是成为圣王的前兆啊！这梦的吉利是不可说了。"

注释

①汉和熹邓皇后：东汉和帝皇后，即邓绥。颇有政绩，死后谥号熹。

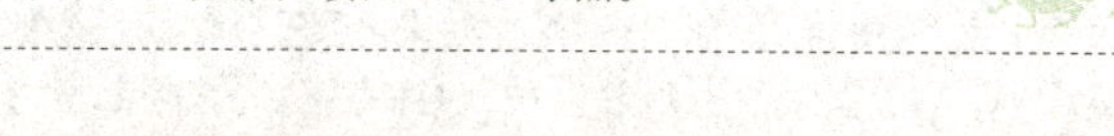

日月入怀

孙坚夫人吴氏，孕而梦月入怀，已而生策。及权在孕，又梦日入怀。以告坚曰："妾昔怀策，梦月入怀。今又梦日，何也？"坚曰："日月者，阴阳之精，极贵之象。吾子孙其兴乎？"

译文

孙坚的夫人吴氏，怀孕后梦见月亮进入她的怀中，后来生下了孙策。等到怀孙权时，又梦见太阳进入她的怀里。她告诉孙坚说："我以前怀孙策时，梦见月亮进入怀里。如今又梦见太阳进入怀里，这是怎么回事呢？"孙坚说："日月，是阴阳的精灵，极高贵的象征。这是我的子孙要兴旺发达了吧？"

蔡茂做梦

汉蔡茂字子礼，河内怀人也①。初在广汉②，梦坐大殿，极上有禾三穗，茂取之，得其中穗，辄复失之。以问主簿郭贺，贺曰："大殿者，官府之形象也；极而有禾，人臣之上禄也；取中穗，是中台之象也③。于字，禾失为秩④，虽曰失之，乃所以禄也。衮职有阙⑤，君其补之。"旬月而茂征焉。

译文

汉代蔡茂，字子礼，是河内怀邑人。当初他在广汉时，梦见自己坐在大殿里，殿里梁上有一株三个穗的禾苗。蔡茂把它拿下来，拔下中间那个谷穗，但很快又丢了。他就去问主簿郭贺，郭贺说："大殿，是官府的象征；屋梁上有禾苗，是臣子的最高俸禄；你拿了中间的穗，是中台的象征。对于字来说，禾苗失去组成字是'秩'，虽然说是丢失了，但仍是俸禄的意思，皇上有未尽职之处，需要你去弥补。"一个月以后，蔡茂果然被征用了。

注释

①蔡茂：西汉末儒士。怀：古邑名，在今河南武陟西南。②广汉：郡名，即今四川广汉北。③主簿：官名。中台：三台之一。汉晋以来，用三台象征三公的职位。中台象征司徒或司空，为朝廷要职，掌管国家的土地和人民。④秩：官吏的俸禄，后引申为官吏的品级第次。⑤衮职有阙：意为皇帝有未尽职之处，臣子来弥补。衮，古代帝王或三公所穿的礼服。阙，同"缺"，缺点，过失。

周擥啧借钱

周擥啧者，贫而好道①。夫妇夜耕，因息卧，梦天公过而哀之，敕外有以给与②。司命按录籍③，云："此人相贫，限不过此。唯有张车子应赐钱千万，车子未生，请以借之。"天公曰："善。"曙觉，言之。于是夫妇戮力，昼夜治生，所为辄得，赀至千万④。先时有张妪者，尝往周家佣赁，野合有身⑤，月满当孕，便遣出外，驻车屋下。产得儿。主人往视，哀其孤寒，作粥糜食之。问："当名汝儿作何？"妪曰："今在车屋下而生，梦天告之，名为车子。"周乃悟曰："吾昔梦从天换钱，外白以张车子钱贷我，必是子也。财当归之矣。"自是居日衰减。车子长大，富于周家。

译文

周犨啧，贫穷但乐守仁道。夫妇俩晚上耕田，累了就卧在地上休息，梦见天公从此经过，可怜他，就命令部下赐给他钱财。司命查询了簿录说："这个人面相贫穷，不能超过目前的限度。只有张车子应该赐给一千万钱，但车子还没有出生，请允许先借给他。"天公说："可以。"天亮醒来，周犨啧把这个梦告诉了妻子。于是夫妇两个努力耕作，日夜不停精心治理家业，所做的都有收获，资财积攒到千万。以前有一个姓张的妇人，曾经在周家当用人，因不合礼仪而结婚有了身孕，怀胎月满要生孩子了，主人便把她撵到外面，让她住在放车子的屋里。她生下一个儿子。主人去看她，可怜她孤寒，做了粥给她吃。问她："你的儿子叫什么名字？"妇人说："如今住在车屋生下了他，我梦见天公告诉我，取名叫车子吧。"周犨啧于是醒悟道：我以前梦见从天公那里借钱，他的下属禀报说用张车子的钱借给我，一定是这个孩子。资财应当归还给他。"从那以后周家的家业渐渐衰败。车子长大后，比周家富裕多了。

注释

①道：指圣贤之道，即仁义道德。②敕：告诫，嘱咐。特指皇帝的命令或诏书。③司命：神名。④赀：通"资"，资财，钱财。⑤野合：不合礼仪的婚配。身：指怀孕。

登楼自焚

后汉张奂为武威太守[①]。其妻梦帝与印绶[②]，登楼而歌。觉以告奂，奂令占之，曰："夫人方生男，后临此郡，命终此楼。"后生子猛。建安中，果为武威太守，杀刺史邯郸商，州兵围急，猛耻见擒，乃登楼自焚而死。

译文

后汉张奂任武威太守。他的妻子梦见自己带着张奂的官印，登上城楼唱歌。醒来以后告诉了张奂，张奂让人占卜，占卜说："夫人要生男孩，以后他要在此郡做官，并在城楼上了结自己的生命。"后来果然生了儿子猛。建安年间，张猛真的当上武威太守，他杀了刺史邯郸商，州军围困武威，情形危急，张猛耻于被俘，就登上城楼自焚而死。

注释

①武威：郡名，即今甘肃武威。②帝与：《后汉书》作"带奂"。

汉灵帝之梦

汉灵帝梦见桓常怒曰："宋皇后有何罪过，而听用邪孽，使绝其命？渤海王悝既已自贬[①]，又受诛毙。今宋氏及悝，自诉于天，上帝震怒，罪在难救。"梦殊明察[②]，帝既觉而恐，寻亦崩。

译文

汉灵帝梦见桓帝发怒说："宋皇后有什么罪过，你却听信谗言，让她死去？渤海王悝已经被贬谪，你又诛杀他。如今宋皇后和悝都向天帝申诉，天帝非常愤怒，你的罪行难以拯救了。"梦境非常清晰，灵帝醒来以后很恐惧，不久就驾崩了。

注释

①渤海王悝：桓帝的弟弟，自杀而死。②殊：特殊、非常。

郭伯猷之死

会稽谢奉与永嘉太守郭伯猷善[①]。谢忽梦郭与人于浙江上争樗蒲钱[②]，因为水神所责，堕水而死，已营理郭凶事。及觉，即往郭许[③]，共围棋。良久，谢云："卿知吾来意否？"因说所梦。郭闻之怅然，云："吾昨夜亦梦与人争钱，如卿所梦，何期太的的也[④]！"须臾如厕，便倒气绝。谢为凶具，一如其梦。

译文

会稽人谢奉和永嘉太守郭伯猷一向很好。谢奉忽然有一天梦见郭伯猷和别人在钱塘江上为赌博的钱而争执，于是被水神责罚，落入水中死了，自己为郭伯猷操办丧事。等他醒来，马上来到郭伯猷的住处，和他一起下围棋。过了好长时间，谢奉说："您知道我的来意吗？"于是把梦中事告诉了郭伯猷。郭伯猷听了，脸上现出惆怅的样子，他说："我昨天也梦见与人争钱，和您做的梦是一样的，没想到这梦这么清晰鲜明。"一会儿郭伯猷去上厕所，便倒在地上死了。谢奉为他操办丧事用具，一切都和梦里的情形一样。

注释

①永嘉：郡名，治所在今浙江省温州市。②浙江：此指水名，即钱塘江。樗蒲：古代一种赌博。③许：处所，地方。④的：鲜明、明亮的样子。

嘉兴涂泰，幼丧父母，叔父隗养之，甚于所生。隗病，泰营侍甚勤。是夜三更中，梦二人乘船持箱，上泰床头，发箱，出簿书示曰："汝叔应死。"泰即于梦中叩头祈请。良久，二人曰："汝县有同姓名人否？"泰思得，语二人曰："张隗，不姓涂。"二人云："亦可强逼①。念汝能事叔父，当为汝活之。"遂不复见。泰觉，叔病乃差②。

译文

嘉兴人徐泰，幼年失去了父母，叔父徐隗抚养他。对他超过了亲生儿子。徐隗病了，徐泰精心服侍他。这天晚上三更时，徐泰梦见两个人乘船提着箱子，来到徐泰床头，打开箱子，拿出文书出示给徐泰说："你叔父应该死了。"徐泰在梦中立刻叩头恳请二人。过了很久，二人说："你们县里还有与你叔父同姓名的人吗？"徐泰想了想，告诉二人说："有张隗，不姓徐。"二人说："也可算勉强接近。念你能侍奉叔叔，就为你让他活着。"说完两人就不见了。徐泰醒来，叔叔的病就好了。

注释

①逼：接近，迫近。②差（chài）：同"瘥"，病愈。

评点

本卷只有十二个故事，在此选了八个，内容很集中，都是写梦境。古代人很迷信，认为梦是吉祥祸福的预兆。所以在这八个故事里每一宗梦都有预兆，而且都很灵验。其实梦是虚幻的，它是人们潜意识的一种表现，与吉凶祸福并没有关系。这些故事只能说明古人认识的浅陋和愚昧。但从艺术上看，却很精练，寥寥数笔就能将故事情节完整地记述下来，表现出小说"童年"时代的特点。

卷十一

虚发而射鸟

楚王游于苑，白猿在焉。王令善射者射之。矢数发，猿搏矢而笑。乃命由基[1]。由基抚弓，猿即抱木而号。及六国时，更羸谓魏王曰："臣能为虚发而下鸟[2]。"魏王曰："然则射可至于此乎？"羸曰："可。"有顷，闻雁从东方来，更羸虚发而鸟下。

译文

楚王在园林游猎，遇见一只白猿。楚王命令善于射箭的人射它，连发多箭，白猿用手搏着箭而笑。楚王于是命令养由基去射。养由基拿起弓箭，白猿就抱着树木哭号。到六国时，更羸对魏王说："我能用虚箭使鸟掉下来。"魏王说："难道你的射技达到这样的地步吗？"更羸说："是的。"一会儿，听见大雁从东方飞来，更羸拉开弓雁就掉了下来。

注释

①由基：即养由基，春秋时楚国大夫，善射，能百步穿杨。②更羸(léi)：战国时魏人，著名射手。虚发：空发。只拉开弓而不放箭。

古冶子杀鼋

齐景公渡于江沅之河，鼋衔左骖没之[1]。众皆惊惕。古冶子于是拔剑从之。邪行五里，逆行三里，至于砥柱之下[2]。杀之，乃鼋也。左手持鼋头，右手挟左骖，燕跃鹄踊而出。仰天大呼，水为逆流三百步。观者皆以为河伯也。

译文

齐景公渡江沅，一只大鼋咬着他的左骖沉入河中，大家都很惊恐。这时古冶子拔剑追赶去。他斜着追了五里，又逆水追了三里，来到砥柱下。杀了它，才知是大鼋。古冶子左手提着鼋头，右手挟着左骖，像燕子、天鹅一样飞跃出水面。他仰天大叫，水为他倒流了三百步。观看的人都以为他是河伯呢。

注释

①江沅：当指长江和沅江。按《春秋》记载，齐景公并未到此二河。疑江沅并非实指，当是黄河。骖(cān)：四匹驾马中辕马边上的马。②砥柱：山名，亦名三门山。原在今河南三门峡市东北黄河中，河水至此分流，包山而过。因山见水中，故名砥柱。

干将莫邪

楚干将、莫邪为楚王作剑[①]，三年乃成。王怒，欲杀之。剑有雌雄。其妻重身当产[②]，夫语妻曰："吾为王作剑，三年乃成。王怒，往必杀我。汝若生子是男，告之曰：'出户望南山，松生石上，剑在其背。'"于是即将雌剑[③]，往见楚王。王大怒，使相之[④]："剑有二，一雄一雌。雌来，雄不来。"王怒，即杀之。莫邪子名赤，比后壮[⑤]，乃问其母："吾父所在？"母曰："汝父为楚王作剑，三年乃成。王怒，杀之。去时嘱我：'语汝子：出户望南山，松生石上，剑在其背。'"于是子出户南望，不见有山，但睹堂前松柱下，石低之上[⑥]，即以斧破其背，得剑。日夜思欲报楚王。王梦见一儿，眉间广尺，言："欲报仇。"王即购之于千金。儿闻之，亡去[⑦]。入山行歌[⑧]。客有逢者[⑨]，谓："子年少，何哭之甚悲耶？"曰："吾干将、莫邪子也。楚王杀吾父，吾欲报之！"客曰："闻王购子头千金，将子头与剑来，为子报之。"儿曰："幸甚！"即自刎，两手捧头及剑奉之，立僵[⑩]。客曰："不负子也。"于是尸乃仆。客持头往见楚王，王大喜。客曰："此乃勇士头也。当于汤镬煮之[⑪]。"王如其言。煮头三日三夕，不烂。头踔出汤中，踬目大怒[⑫]。客曰："此儿头不烂，愿王自往临视之，是必烂也。"王即临之。客以剑拟王，王头随堕汤中。客亦自拟己头[⑬]，头复堕汤中。三首俱烂，不可识别。乃分其汤肉葬之，故通名"三王墓"。今在汝南北宜春县界。

译文

楚国的干将、莫邪为楚王铸剑，三年才铸成。楚王很生气，要杀他们。剑有雄雌，当时干将的妻子莫邪有孕在身而且就要分娩，丈夫对妻子说："我为楚王铸剑，三年才铸成。楚王生气，我去送剑他一定要杀我。你如果生了男孩，告诉他说：'出门看南山上，有松树生在石头上，剑就在树背里。'"于是干将带着雌剑，去见楚王。楚王大怒，让人察看剑，察看的人说剑有两把，一雄一雌，现在雌剑送来了，雄剑还未送来。"楚王愤怒了，杀了干将。莫邪的儿子叫赤，等他长大了，问他母亲："我父亲在哪里？"母亲说："你父亲为楚王铸剑，三年才成。楚王生气了，杀了你父亲。他离开家时嘱咐我：'告诉儿子，出门望见南山，有棵松树长在石头上，剑就在松树背里。'"于是赤出门向南望去，不见有山，只看见堂前一根松树柱子立在基石上，就用斧头劈开松柱，得到了那只雄剑。赤日夜想着要向楚王报仇。楚王梦见一个男孩，眉间有一尺宽，向楚王说："要报仇。"楚王醒来，立刻悬赏千金买赤的头。赤听到消息，赶紧逃跑了。他跑到山里，边走边哭。遇到一位侠客，侠客对他说："你年纪还小，为什么哭得这样悲伤呢？"赤说："我是干将、莫邪的儿子。楚王杀了我父亲，我要报仇！"侠客说："听说楚王用千金购买你的头，把你的头和剑给我，我为你报仇。"赤说："太好了！"说完拔剑自刎，两手捧着头和剑送给侠客，尸体僵立不倒。侠客说："我一定不辜负你。"于是尸体才倒下。侠客拿着头去见楚王，楚王很高兴。侠客说："这是勇士的头，你应当用汤锅煮了它。"楚王依照他的话去做了。可是头煮了三天三夜，也没有煮烂，还时时跳出汤来，瞪大眼睛，怒视着楚王。侠客说："这孩子的头煮不烂，您应亲自到锅边看看，这样就会煮烂了。"楚王就到汤锅边上看，侠客用剑对准楚王的头砍去，楚王的头随即落入汤中。侠客也砍下了自己的头，头也掉进汤里。三颗头便都煮烂了，无法辨别出是谁。于是楚王手下的人把汤中的骨肉分成三份埋葬了，所以取名为"三王墓"。如今三王墓在汝南郡北宜春县境内。

注释

①干将：春秋时铸剑名匠。莫邪：干将之妻。夫妻二人善作雄雌二剑，锋利无比，后来就以干将、莫邪为雄雌二剑之名。②重（chóng）身：双身，即怀孕。③将：携带。④相：察看。⑤比：及至、等到。⑥低：疑应作"砥"，柱下基石。⑦亡去：逃离开，逃亡。⑧行歌：且走且唱。⑨客：指侠客。⑩立僵：死后身体僵立不倒。⑪镬（huò）：形似鼎而无足，秦汉时用作刑具，烹有罪的人。⑫踔（zhuō）：跳跃。踬（zhì）：疑应作"瞋"，瞋目，睁大眼睛。⑬拟：比准，对准。意为用剑对准头砍去。

贾雍失头

汉武时，苍梧贾雍为豫章太守，有神术。出界讨贼，为贼所杀，失头，上马回营，营中咸走来视雍。雍胸中语曰："战不利，为贼所伤。诸君视有头佳乎？无头佳乎？"吏涕泣曰："有头佳。"雍曰："不然，无头亦佳。"言毕，遂死。

译文

汉武帝时，苍梧郡人贾雍任豫章太守，他有神术。一次出郡界讨伐贼寇，被贼寇杀害，丢失了脑袋，身子上马回到军营，营中将士都跑来看望他。他在胸中发出声音说："战斗失利，被贼寇伤害。各位你们看是有头好呢？还是无头好呢？"属吏哭泣着说："有头好。"贾雍说："不对，无头也好。"说完，就死了。

怪物挡道

汉武帝东游，未出函谷关，有物当道，身长数丈，其状象牛，青眼而曜睛[1]，四足入土，动而不徙。百官惊骇。东方朔乃请以酒灌之。灌之数十斛而物消。帝问其故。答曰："此名为患，忧气之所生也。此必是秦之狱也。不然，则罪人徒作之所聚。夫酒忘忧，故能消之也。"帝曰："吁！博物之士，至于此乎！"

译文

汉武帝往东方巡游，还未走出函谷关，有一个怪物挡住了去路，这个怪物身长好几丈，样子像牛，青眼光耀明亮，四只脚伸进土里，不断在动却不能移开。随行的官员都很惊讶害怕。东方朔便请求用酒灌它。灌了几十斛酒，这个怪物消失了。武帝问其中的原因，东方朔回答说："这怪物名叫患，是忧伤之气所生的。此地一定是秦朝的监狱，不然就是犯罪的人所聚集的地方。酒可以解忧，所以能消除它。"武帝说："啊！你真是知识渊博的人，竟达到这样的程度。"

注释

①曜(yào)：光耀、明亮。

自曝庭中求雨

后汉谅辅，字汉儒，广汉新都人。少给佐吏，浆水不交[①]。为从事，大小毕举，郡县敛手[②]。时夏枯旱，太守自曝中庭[③]，而雨不降。辅以五官掾[④]，出祷山川，自誓曰："辅为郡股肱[⑤]，不能进谏纳忠，荐贤退恶，和调百姓，至令天地否隔，万物枯焦，百姓喁喁，无所控诉，咎尽在辅[⑥]。今郡太守内省责己，自曝中庭，使辅谢罪，为民祈福，精诚恳到，未有感彻。辅今敢自誓，若至日中无雨，请以身塞无状。"乃积薪柴，将自焚焉。至日中时，山气转黑起，雷雨大作，一郡沾润。世以此称其至诚。

译文

后汉谅辅，字汉儒，是广汉新都人。年轻时供职佐吏，为官清廉，不接受酒水之贿。后来任从事，大小事情都能办好，郡县的人都很恭敬他。当时正是夏天干旱，太守在庭院中让太阳晒着来求雨，可雨还是不降下来。谅辅以五官掾的身份，亲自出来祈祷山川，他发誓说："谅辅是郡的辅佐，不能劝谏皇上接纳忠言，推举贤才摒退恶人，调和百姓，而导致天地阻隔，万物枯焦，百姓仰望苍天，无处申诉久旱之苦，其罪责都在我谅辅一人。而今郡太守反省责备自己，曝晒于庭院之中，让我谅辅谢罪，为百姓祈福，心意恳切真挚，仍未能感动神明。我谅辅今天发誓，如果到中午还不降雨，请允许我用自己的身体来弥补罪过。"于是谅辅堆积起柴草，准备自焚。到了中午，山上的云气涌起变黑，雷雨交加，一郡之地都湿润了。当世的人因此称谅辅为最诚挚的人。

注释

①佐吏：古将帅府中的参谋议、备顾问的官员。浆：指酒。交：接触。②从事：官名，汉制，州刺史的佐吏，如别驾、治中、主簿、功曹等，均称为从事史。敛手：拱手，表示恭敬。③曝：晒。④五官掾：郡国的属官。署功曹及诸曹之事。⑤股肱：在此比喻辅佐的得力助手。股，大腿。肱，泛指手臂。⑥喁(yóng)喁：群鱼口向上，比喻百姓仰望天空祈盼下雨。喁，鱼口露出水面。咎：罪过、过失。

王业与白虎

王业字子香，汉和帝时，为荆州刺史。每出行部，沐浴斋素，以祈于天地，当启佐愚心，无使有枉百姓。在州七年，惠风大行，苛慝不作[1]，山无豺狼。卒于湘江。有二白虎，低头曳尾，宿卫其侧。及丧去，虎逾州境，忽然不见。民共为立碑，号曰"湘江白虎墓"。

译文

王业，字子香，汉和帝时，任荆州刺史。每次巡行考察行政，他都要洗浴斋戒素食，向天地祈祷，让天地帮助启发其愚昧之心，不要辜负百姓。在荆州任职七年，他施行恩惠仁爱之风，暴虐邪恶的事没有发生，连山中都没有豺狼。他死在湘江时，有两只白虎，低着头拖着尾巴，日夜守卫在他的身旁。埋葬了他以后，白虎越过荆州境，忽然不见了。百姓一齐为王业和虎立了墓碑，号称"湘江白虎墓"。

注释

①苛慝：暴虐邪恶。

大槎横水

吴时，葛祚为衡阳太守。郡境有大槎横水[1]，能为妖怪。百姓为立庙，行旅祷祀，槎乃沉没，不者槎浮，则船为之破坏。祚将去官，乃大具斧斤，将去民累。明日当至。其夜，闻江中汹汹有人声[2]，往视之，槎乃移去，沿流下数里，驻湾中。自此行者无复沉覆之患。衡阳人为祚立碑，曰"正德祈禳[3]，神木为移"。

译文

三国吴时，葛祚任衡阳太守。郡境内有一个大竹筏横在江上，兴妖作怪。百姓为此立了一座庙，行旅过江的人都去庙里祷告祭祀，竹筏就沉没江底，不这样它就浮上来，船就被它撞坏了。葛祚就要离任了，他准备了很多斧头，要为百姓去掉这个累赘。第二天他们就要到江上去，这大夜里，就听见江中有喧闹纷乱的人声，人们到江上去看，发现竹筏竟然自己移动了，它沿着江流向下流了几里远，停留在江湾中。从此以后行旅者不再有行船沉覆的忧患了。衡阳人为葛祚立了一块碑，碑上写着"正德祈禳，神木为移"。

注释

①槎(chá)：用竹木编成的筏。②汹汹：水往上涌。此指人声喧闹或纷乱的样子。③正德：使自己德行端正。祈禳：祈求福祥，祛除灾变。

曾参之孝

曾子从仲尼在楚而心动[1]，辞归问母。母曰："思尔啮指[2]。"孔子曰："曾参之孝，精感万里。"

译文

曾子跟随孔子在楚国而心有感应，他辞别孔子回家问候母亲。母亲说："我想你咬了自己的手指。"孔子说："曾参的孝心，能感应万里。"

注释

①曾子：即曾参，孔子的学生，以孝著称。仲尼：孔子的字。②啮：咬。

王祥至孝

王祥字休征[1]，琅邪人。性至孝，早丧亲，继母朱氏不慈，数谮之[2]。由是失爱于父，每使扫除牛下。父母有疾，衣不解带[3]。母欲生鱼，时天寒冰冻，祥解衣，将剖冰求之，冰忽自解，双鲤跃出，持之而归。母又思黄雀炙，复有黄雀数十入其幕[4]，复以供母。乡里惊叹，以为孝感所致。

译文

王祥，字休征，是琅邪人。他生性孝顺，小时候母亲就死了，继母朱氏对他不好，经常说他坏话。他因此也失去了父爱，常常要他打扫牛棚。后来父母生病了，他日夜侍候着。继母想吃鲜鱼，当时正值天寒冰冻，王祥脱下衣服，要剖开冰去捉鱼，冰忽然自己解冻，一对鲤鱼从水里跃出，王祥拿着鱼回家了。继母又想吃烤黄雀，又有几十只黄雀飞进王祥的帐子里，再供给继母吃。乡亲们都惊讶赞叹，认为是王祥的孝心感动了上天，所以才会这样。

注释

①王祥：晋代人，官至太保。《晋书》有《王祥传》。②谮（zèn）：说坏话诬谄别人。③衣不解带：指晚上不休息，不脱衣服。④幕：帐子，帐篷。

卧冰取鱼

楚僚早失母，事后母至孝。母患痈肿，形容日悴，僚自涂涂吮之，血出，迨夜即得安寝[1]。乃梦一小儿语母曰："若得鲤鱼食之，其病即差，可以延寿。不然，不久死矣。"母觉而告僚，时十二月冰冻。僚乃仰天叹泣，脱衣上冰卧之。有一童子，决僚卧处，冰忽自开，一双鲤鱼跃出。僚将归奉其母，病即愈，寿至一百三十三岁。盖至孝感天神，昭应如此。此与王祥、王延事同。

译文

楚僚小时候母亲就死了，他对待后母非常孝顺。后母得了痈疽脓肿，容颜日渐憔悴，楚僚就亲自用嘴为她慢慢吸吮痈肿，吸出脓血，到了晚上后母就能安稳地睡觉了。一天后母梦见一个小孩对她说："如果你能吃到鲤鱼，你的病就会好了，还可以延长寿命。不然的话，不久你就会死的。"后母醒来把这事告诉了楚僚，当时正是隆冬腊月，天寒地冻。楚僚仰天叹息哭泣，他脱下衣服在冰面上躺下。这时有一小孩，要砸开楚僚躺卧的冰面，冰忽然自己裂开，一对鲤鱼从河里跳出来。楚僚把鱼带回家进奉给后母，后母的病立刻就好了，活到了一百三十三岁。大概是楚僚的孝心感动了天神，才有这样明显的反应。这件事和王祥、王延的事是一样的。

注释

①迨（dài）：同"逮"，等到、到。

颜含字宏都[1]，次嫂樊氏，因疾失明。医人疏方，须蚺蛇胆[2]，而寻求备至，无由得之。含忧叹累时。尝昼独坐，忽有一青衣童子，年可十三四，持一青囊授含。含开视，乃蛇胆也。童子逡巡出户[3]，化成青鸟飞去。得胆药成，嫂病即愈。

译文

颜含，字宏都，他的二嫂樊氏，因为有病而双目失明。医生给开了药方，需配一枚蟒蛇胆，到处寻找也没找到。颜含忧愁叹息了好长时间。一天他独自坐着，忽然有一个穿青衣的孩子，约十三四岁的年纪，拿着一只青色口袋送给他。他打开一看，里面正是蛇胆。这孩子一会儿就走出门去，变成一只青鸟飞走了。得到了蛇胆，药也配成了，嫂子的病很快就好了。

注释

①颜含：据《晋书·颜含传》云：“仕吴，至中书侍郎。”②蚺蛇：蟒蛇。③逡巡：顷刻、一会儿。

孝子埋儿得金

郭巨，隆虑人也，一云河内温人[1]。兄弟三人，早丧父。礼毕，二弟求分。以钱二千万，二弟各取千万。巨独与母居客舍，夫妇佣赁，以给公养[2]。居有顷，妻产男。巨念与儿妨事亲，一也；老人得食，喜分儿孙，减馔[3]，二也。乃于野凿地，欲埋儿。得石盖，下有黄金一釜[4]，中有丹书，曰：“孝子郭巨，黄金一釜，以用赐汝。”于是名振天下。

译文

郭巨是隆虑县人，又说是河内郡温县人。他们兄弟三个，早年死了父亲。葬礼结束，两个弟弟要求分家。当时家有资财二千万，两个弟弟各取一千万。郭巨自己与母亲住在一起，夫妻俩给人干活，来供养母亲。过了一段时间，妻子生下一个男孩。郭巨考虑抚养儿子妨碍侍奉母亲，这是一；老人得到食物，总喜欢分点给孙子，减少了她自己的食物，这是二。于是他就到野外去挖地，想把儿子埋掉。他挖到一块石盖，石盖下面有一釜黄金，里面有一封丹砂写的文书，上面写着：“孝子郭巨，黄金一釜，拿来赏你。”从此郭巨孝顺的名声传遍天下。

注释

①隆虑：古县名，即今河南林县。河内温：河内郡温县，即今河南温县东。②公养：《艺文类聚》作“供养”。③馔：食物，多指美食。④釜：古代容量单位，六斗四升为一釜。

田里种玉

杨公伯雍，洛阳县人也，本以侩卖为业[1]，性笃孝。父母亡，葬无终山，遂家焉。山高八十里，上无水，公汲水，作义浆于坂头[2]，行者皆饮之。三年，有一人就饮，以一斗石子与之，使至高平好地有石处种之，云："玉当生其中。"杨公未娶，又语云："汝后当得好妇。"语毕不见。乃种其石。数岁，时时往视，见玉子生石上，人莫知也。有徐氏者，右北平著姓[3]，女甚有行，时人求，多不许。公乃试求徐氏。徐氏笑以为狂，因戏云："得白璧一双来，当听为婚。"公至所种玉田中，得白璧五双，以聘。徐氏大惊，遂以女妻公。天子闻而异之，拜为大夫。乃于种玉处，四角作大石柱，各一丈，中央一顷地，名曰"玉田"。

译文

杨伯雍是洛阳县人。本来以做中间人介绍买卖为生计，生性非常孝顺。父母死后，他把父母葬在无终山，就住在墓旁守孝。无终山高八十里，山上没有水，杨伯雍从山下取水，在山坡上免费供应众人饮用，过往的行人都能喝到水。三年后，有一个人来饮水，给了杨伯雍一斗石子，让他种到高山上平整的有石头的地方，说："玉就会从里面长出来。"杨伯雍还没娶妻，他又告诉杨伯雍说："你以后一定能娶到好媳妇。"说完就不见了。杨伯雍把石子种下。几年来，他常常去看，见玉子真的从石头上长出来了，没有人知道这件事。有一户姓徐的人家，是右北平郡名声显赫的望族，家里的女儿很有德行，当时许多人去求婚，都没答应。杨伯雍也尝试着去求婚。徐氏笑他，认为他狂妄，于是戏弄他说："你要能拿来一双白璧，就答应你的求婚。"杨伯雍到种玉的田里，得到五双白璧，用它们做聘礼。徐氏大吃一惊，于是就把女儿嫁给他了。天子听了这件事觉得很不寻常，就任杨伯雍为大夫。又在种玉的地方，四角立了大石柱，各有一丈高，中央那顷地称为"玉田"。

注释

①侩卖：做中间人介绍买卖。②义浆：便利公众免费供应的饮料。坂：山坡。③著姓：指望族，有显著名声的世家。

柏为涕枯

王裒字伟元，城阳营陵人也[①]。父仪，为文帝所杀。裒庐于墓侧[②]，旦夕常至墓所拜跪，攀柏悲号。涕泣著树，树为之枯。母性畏雷，母没，每雷，辄到墓曰："裒在此。"

译文

王裒，字伟元，是城阳郡营陵县人。父亲王仪，被晋文帝杀害。王裒就住在父亲的坟墓旁，日夜到墓前拜跪，攀扶着柏树悲泣号哭。眼泪流到树上，树也因他的悲伤而枯萎了。他母亲怕雷声，母亲死后，每当打雷时，他就来到母亲墓前说："王裒在这里。"

注释

①裒：读póu。②庐：原指房舍，简陋的房屋，此指居住。

东海孝妇

汉时，东海孝妇，养姑甚谨[①]。姑曰："妇养我勤苦，我已老，何惜余年，久累年少。"遂自缢死。其女告官云："妇杀我母。"官收系之，拷掠毒治。孝妇不堪苦楚，自诬服之。时于公为狱吏[②]，曰："此妇养姑十余年，以孝闻彻，必不杀也。"太守不听。于公争不得理，抱其狱词，哭于府而去。自后郡中枯旱，三年不雨。后太守至，于公曰："孝妇不当死，前太守枉杀之，咎当在此。"太守即时身祭孝妇冢，因表其墓。天立雨，岁大熟。长老传云："孝妇名周青。青将死，车载十丈竹竿，以悬五旛[③]。立誓于众曰：'青若有罪，愿杀，血当顺下；青若枉死，血当逆流。'既行刑已，其血青黄，缘旛竹而上标[④]，又缘旛而下云。"

译文

汉朝时，东海郡有一个孝顺媳妇，侍奉婆婆恭敬谨慎。婆婆说："媳妇伺候我很勤苦，我已经老了，何必吝惜残年，长久地拖累年轻媳妇呢？"于是她悬梁自尽了。她的女儿告到官府说："这个妇人杀了我母亲。"官府拘捕了孝妇，严刑拷打，凶狠毒辣。孝妇忍受不住酷刑的苦楚，被迫承认了被诬陷的罪名。当时于公任狱吏，他说："这个妇人侍奉婆婆十几年，因为孝顺而名扬天下，她不会杀害婆婆。”太守不听。于公与他争辩不成，抱着狱词，痛哭着离开了官府。从此以后东海郡遭到大旱，三年不下雨。后任的太守到了，于公说：“孝妇不应该死，前任太守冤枉并杀了她，灾祸就在这里。”太守听了立即动身亲自到孝妇坟前祭扫，还在她坟前立了标志来表彰她。天立刻下起雨来，年景特别好。年长的人传说：“孝妇名叫周青。周青临刑前，车上载着十丈高的竹竿，竹竿上悬挂着五旛。她在众人面前发誓说：‘周青如果有罪，甘愿被杀，我的血当顺着竹竿流下；如果我是冤枉死的，血就会沿着竹竿倒流。’行刑以后，周青的血变成青黄色，顺着旛竹竿流上最顶端，然后又顺着旛流了下来。”

注释

①姑：婆婆。谨：小心，谨慎，此指恭谨。②于公：汉宣帝时廷尉于定国的父亲。《汉书·于定国传》说：“其父于公为县狱吏、郡决曹。决狱平，罗文法者，于公所决皆不恨。郡中为之生立祠，号曰于公祠。”③五旛(fān)：青黄赤白黑五种颜色的旗帜。旛，又作“幡”，是挑起来直着挂的长条形旗子。④标：树梢。此指竹杆顶端。

孝女投江寻父

犍为叔先泥和[①]，其女名雄。永建三年，泥和为县功曹。县长赵祉，遣泥和拜檄谒巴郡太守[②]。以十月乘船，于城湍堕水死，尸丧不得。雄哀恸号咷，命不图存，告弟贤及夫人，令勤觅父尸，若求不得，吾欲自沉觅之。时雄年二十七，有子男贡，年五岁；贳，年三岁。乃各作绣香囊一枚，盛以金珠环，预婴二子[③]。哀号之声，不绝于口，昆族私忧[④]。至十二月十五日，父丧不得。雄乘小船，于父堕处，哭泣数声，竟自投水中，旋流没底。见梦告弟云：“至二十一日，与父俱出。”至期，如梦，与父相持，并浮出江。县长表言，郡太守肃登，承上尚书，乃遣户曹掾为雄立碑，图象其形，令知至孝。

译文

犍为郡人叔先泥和，他的女儿叫叔先雄。永建二年，泥和任县功曹。县长赵祉，派叔先泥和呈送公文进见巴郡太守。他十月乘船，在城边急流中落水而死，尸体也找不到了。叔先雄悲痛得号啕大哭，甚至自己也不想活了。她告诉弟弟叔先贤和弟媳，让他们尽力寻找父亲的尸体，如果还找不到，就自己沉到江里去寻找。当时叔先雄二十七岁，她有儿子贡，五岁，贯，三岁。她给儿子各做了一个绣花香囊，装上金珠环，预先给两个儿子带上。她哀恸号哭的声音，一直没停过，同族的人私下里都很担忧。到了十二月十五日，父亲的尸体还未找到。叔先雄乘着小船，在父亲落江的地方，哭泣了几声，竟然跳进水里，随着江流沉没水底。然后出现在弟弟的梦里，告诉弟弟说："到二十日那天，我和父亲一起浮出水面。"到了那一天，真的像梦中说的一样，她与父亲互相扶持着，一起浮出水来。县长上书说明此事，郡太守肃登，转承给尚书，尚书于是派户曹掾为叔先雄立了一块碑，画上她的像，让大家都知道她的孝顺。

注释

①犍(qián)为：郡名，治所在今贵州遵义市西。叔先：复姓。②拜檄(xí)：上呈公文书。檄，文书。③婴：缠绕、系上。④昆族：同族。昆，兄、后裔。

以死保姑

河南乐羊子之妻者，不知何氏之女也。躬勤养姑。尝有他舍鸡谬入园中，姑盗杀而食之。妻对鸡不食而泣。姑怪问其故，妻曰："自伤居贫，使食有他肉。"姑竟弃之。后盗有欲犯之者，乃先劫其姑，妻闻，操刀而出。盗曰："释汝刀。从我者可全；不从我者，则杀汝姑。"妻仰天而叹，刎颈而死。盗亦不杀姑。太守闻之，捕杀盗贼，赐妻缣帛[1]，以礼葬之。

译文

河南郡乐羊子的妻子，不知道是谁家的女儿，亲自辛劳地侍奉婆婆。有一次别人家的鸡误入她家园中，婆婆偷偷地把鸡杀了。乐羊子的妻子对着鸡肉不吃却在哭泣。婆婆很奇怪，问她为什么这样，乐羊子妻说：“我伤心家里贫穷，使食物中有别人家的肉。”婆婆听了，终于把肉扔掉了。后来有个强盗要凌辱乐羊子妻，就先劫持了她的婆婆，乐羊子妻拿起刀走出门。强盗说：“放下你的刀，顺从我你可以活命；不顺从我，就杀了你婆婆。”乐羊子妻仰天长叹，刎颈死去。强盗也没杀她婆婆。太守听说了这件事，把强盗抓起来杀了，赏赐给乐羊子妻许多绢帛，按照礼节把她安葬了。

注释

①缣：双丝的细绢。帛：丝织物的总称。

韩凭夫妇

宋康王舍人韩凭[①]，娶妻何氏，美，康王夺之。凭怨，王囚之，论为城旦[②]。妻密遗凭书，缪其辞曰：“其雨淫淫，河大水深，日出当心[③]。”既而王得其书，以示左右，左右莫解其意。臣苏贺对曰：“其雨淫淫，言愁且思也；河大水深，不得往来也；日出当心，必有死志也。”俄而凭乃自杀。其妻乃阴腐其衣[④]。王与之登台，妻遂自投台，左右揽之，衣不中手而死[⑤]。遗书于带曰：“王利其生，妾利其死。愿以尸骨，赐凭合葬。”王怒，弗听。使里人埋之[⑥]，冢相望也。王曰：尔夫妇相爱不已，若能使冢合，则吾弗阻也。”宿昔之间[⑦]，便有大梓木生于二冢之端，旬日而大盈抱，屈体相就，根交于下，枝错于上。又有鸳鸯，雌雄各一，恒栖树上，晨夕不去，交颈悲鸣，音声感人。宋人哀之，遂号其木曰“相思树”。相思之名，起于此也。南人谓此禽即韩凭夫妇之精魂。今睢阳有韩凭城，其歌谣至今犹存。

译文

宋康王的舍人韩凭，娶了妻子何氏，何氏很美，宋康王抢走了她。韩凭很气愤，宋康王就把他囚禁起来，判他为城旦刑。韩凭妻子偷偷给韩凭写信，言辞隐讳曲折地说：“其雨淫淫，河大水深，日出当心。”后来宋康王得到了这封信，拿给左右的人看，没有人理解其中的含意。臣子苏贺解释说：“其雨淫淫，是说愁思深长；河大水深，是说不能互相往来；日出当心，是说心里有自杀的决心。”不久韩凭就自杀死了。他的妻子暗暗地使衣服腐烂。宋康王和韩凭妻一起登台，韩凭妻于是就从台上跳了下去，左右的人去拉她，但因为衣服已经腐烂拉不住掉下去摔死了。衣带上有遗书说："王愿意我生，我愿意死。希望把我的尸骨，恩赐给韩凭合葬。"宋康王大怒，不愿这么做。他让韩凭乡里的人把她埋了，两个坟墓隔路相望。康王说："你们夫妇相爱不已，如果能使两冢相合在一起，那我就不阻拦了。"很短时间，便有两棵大梓树从两个坟头上长出，十天就有一围多粗，它们树干互相靠拢，树根在地下交接，树枝在天空交错。又有两只鸳鸯，一雄一雌，栖息在树上，早晚都不离开，它们依偎着悲鸣，声音哀泣感人。宋国人悲悯它们，于是称那两棵树为"相思树"。相思的名字，就来源于这里。南方人说这一对鸳鸯就是韩凭夫妇的精魂。如今睢阳还有韩凭城，在那里至今还流传着有关韩凭夫妇的歌谣。

注释

①舍人：官职名，类似门客。②论：定罪。城旦：一种苦刑，黥面髡首，遣送边境，白天防备敌寇，夜晚筑城。③缪其辞：使语句的含义曲折隐讳。缪，同"缭"，缭绕曲折的意思。淫淫：久雨不止为淫，比喻愁思深长。日出当心：太阳照着心。当，正对。意为向太阳发誓，表示自杀的决心。④阴：暗暗地。⑤投台：跳向台下。不中手：是说因衣腐烂，经不住手拉。⑥里人：韩凭夫妇同里之人。里，古代一种居民组织，先秦以二十五家为里。⑦宿昔：比喻很短时间。宿，通"夙"。昔，通"夕"。

姑迫媳改嫁

后汉南康邓元义，父伯考，为尚书仆射[①]。元义还乡里，妻留事姑，甚谨[②]。姑憎之，幽闭空室，节其饮食。羸露日困[③]，终无怨言。时伯考怪而问之。元义子朗，时方数岁，言："母不病，但苦饥耳。"伯考流涕曰："何意亲姑，反为此祸。"遣归家，更嫁为华仲妻[④]。仲为将作大匠[⑤]，妻乘朝车出。元义于路旁观之，谓人说："此我故妇，非有他过，家夫人遇之实酷。本自相贵。"其子朗，时为郎[⑥]，母与书，皆不答，与衣裳，辄以烧之。母不以介意。母欲见之，乃至亲家李氏堂上，令人以他词请朗。朗至见母，再拜涕泣，因起出。母追谓之曰："我几死，自为汝家所弃，我何罪过，乃如此耶？"因此遂绝。

译文

东汉时南康郡人邓元义，他的父亲邓伯考，任尚书仆射。邓元义回家乡去时，把妻子留下来侍奉婆婆，妻子对婆婆非常恭敬。婆婆却讨厌她，把她单独锁在空屋子里，限制她的饮食。她瘦弱得一天比一天厉害，但始终没有怨言。当时邓伯考觉得很奇怪，就询问其原因。邓元义的儿子邓朗，当时只有几岁，他说："母亲没有病，只是因为饥饿而已。"邓伯考流着泪说："为什么侍奉婆婆，反而遭到这样祸害。"就把她送回娘家，让她改嫁做了应华仲的妻子，应华仲后来任将作大匠，他的妻子乘坐朝廷的车子出门，邓元义在路旁看见她，对别人说："这是我原来的妻子。她没有别的过错，是我家母亲对她太严酷了，本来她的相貌是富贵的。"他儿子邓朗，当时任郎官，母亲给他写信，他从不回复。给他衣裳，他就把衣裳烧掉。母亲并不把这事放在心上。母亲想要见他，就来到亲家李氏的家里，叫人用其他托词请邓朗来。邓朗见到母亲，哭泣着拜了两次，就起身跑了出去。母亲追上去对他说："我差点饿死，是你家抛弃了我，我有什么罪过，你竟这样呢？"从此他们就断绝了来往。

注释

①南康：郡名。治所在今江西赣州市。尚书仆射(yè)：官名，尚书的副手。分掌奏章文书等。②姑：指婆婆。谨：恭敬。③羸：瘦弱。露：此处也为"羸"义。困：严重，厉害。④更嫁：改嫁。⑤将作大匠：官名，职掌宫室、宗庙、陵寝及其他土木营建。⑥郎：帝王侍从官的通称。

生死之别

汉范式，字巨卿，山阳金乡人也。一名汜。与汝南张劭为友，劭字元伯，二人并游太学[①]。后告归乡里，式谓元伯曰："后二年当还，将过拜尊亲，见孺子焉。"乃共克期日[②]。后期方至，元伯具以白母，请设馔以候之。母曰："二年之别，千里结言，尔何相信之审耶[③]？"曰："巨卿信士，必不乖违。"母曰："若然，当为尔酝酒。"至期果到。升堂拜饮，尽欢而别。后元伯寝疾甚笃，同郡郅君章、殷子征晨夜省视之[④]。元伯临终，叹曰："恨不见我死友[⑤]。"子征曰："吾与君章，尽心于子，是非死友，复欲谁求？"元伯曰："若二子者，吾生友耳；山阳范巨卿，所谓死友也。"寻而卒。式忽梦见元伯，玄冕垂缨，屣履而呼曰[⑥]："巨卿，吾以某日死，当以尔时葬，永归黄泉。子未忘我，岂能相及？"式恍然觉悟，悲叹泣下，便服朋友之服[⑦]，投其葬日，驰往赴之。未及到而丧已发引。既至圹，将窆，而柩不肯进[8]。其母抚之曰："元伯，岂有望耶？"遂停柩。移时，乃见素车白马，号哭而来。其母望之曰："是必范巨卿也。"既至，叩丧言曰："行矣元伯，死生异路，永从此辞。"会葬者千人，咸为挥涕。式因执绋而引[9]，柩于是乃前。式遂留止冢次，为修坟树，然后乃去。

译文

汉代人范式，字巨卿，是山阳郡金乡县人。一名汜。他与汝南郡的张劭是朋友，张劭字元伯，他们两人一同在太学读书。后来他们退学回家乡，范式对元伯说："过两年我要回来，将拜见你的父母，看看孩子。"于是两个人共同约定了会见的日期。后来约期快到了，元伯告诉母亲，请母亲准备酒食等候范式。母亲说："分别两年了，千里之外的口头订约，你怎么能相信是真的呢？"元伯说："巨卿是守信用的人，他一定不会违背诺言的。"母亲说："如果是这样，我为你们酝酒。"到了约定的日期，范式果然到了。他登上厅堂拜见元伯的父母，一起饮酒，欢乐尽兴，然后才告别。后来元伯生病卧床，而且很重，同郡的郅君章、殷子征早晚都来看护他。元伯临终时，感叹地说："遗憾不能见到我的死友。"子征说："我和君章，尽心对待你，这不是死友，你还想见谁呢！"元伯说："你们二位，是我的生友；山阳的范巨卿，是我所说的死友。"不久元伯就病死了。一天范式忽然梦见元伯，戴着黑色礼帽，帽子上垂着飘带，拖着鞋呼叫着说："巨卿，我在某日死了，将在某时埋葬，永远回归黄泉之下。你没忘了我，怎么能最后相见呢？"范式猛然惊醒，悲泣流泪，穿上为朋友服丧的丧服，赶着元伯下葬的日子，往元伯家奔去。范式还没等赶到就已经发丧了。灵柩到了墓地，将要下葬时，灵柩却不肯进入墓穴。元伯的母亲抚着灵柩说："元伯，你难道还盼望谁吗？"于是让灵柩停下来。过了一会儿，就见一辆白马驾着的素车，车上人号啕大哭赶来。元伯母亲望着马车说："这一定是范巨卿。"范式赶到后，向灵柩叩头吊唁说："你走了，元伯！死生不能同路，咱们从此永别了！"当时送葬的有一千人，都痛哭流涕。范式于是拉着绳索引柩，灵柩这时才向前移动。范式就留在墓地，为元伯修坟栽树，然后才离开。

注释

①遊：同“游”，即游学，到外乡去求学。太学：汉时官办的最高学府，设五经博士。②克：严格限定。③审：确实。④郅君章：汝南西平人，官至长沙太守。殷子证：上蔡卜。⑤死友：与“生友”相对，指不仅是生前友好，而且是幽冥与共，至死不渝的忠实朋友。⑥玄冕：黑色礼帽。乘缨：《后汉书》作“垂缨”，即帽上挂着飘带。屣履：拖着鞋。⑦朋友之服：为朋友奔丧所穿的丧服。⑧圹：墓穴。窆(biǎn)：葬时穿土下棺。⑨绋：大绳，特指引棺的绳索。

评点

本卷故事较多，而且内容比较丰富，主要包含了以下几个方面：一是赞美人们的智慧和勇敢，敢于反抗强暴、追求真理的正义行为；如《怪物拦道》称赞了东方朔的聪明才智；《干将莫邪》中干将、莫邪之子为了给父亲报仇，不畏强暴，敢于和楚王进行斗争。这里表现的是人民对于残暴的统治者强烈的复仇精神。二是反映了人们勇于牺牲自己，和大自然进行斗争的无畏精神。如《自曝庭中求雨》写后汉谅辅为了给百姓求雨，不惜自己曝于庭院中，甚至点火自焚，以至于他的诚挚感动了上苍，下起雨来。《大樣横水》歌颂了葛祚为百姓除害的无所畏惧的品格。三是宣扬了孝道，像《王祥至孝》《卧冰取鱼》《孝子埋儿得金》《孝女投江寻父》《东海孝妇》等等，孝道是中国传统文化中很重要的内容，在古老的传说中，宣扬孝道的就占了很大比重。本卷所选的这些故事有些也成为家喻户晓的民间传说，有些还成为后代文学创作的题材，如《东海孝妇》的故事，被元代关汉卿改编为元曲《窦娥冤》。在商品社会的今天，这些故事对我们仍有极大的教育意义。四是对忠贞爱情的肯定。《韩凭夫妇》《姑迫媳改嫁》都是对生死不渝的爱情的赞美，体现了下层对美好爱情的向往和追求。上述这些故事内容都是积极健康的，在今天对我们仍有极大的教育意义。

从文学性的角度看，这些故事情节更加曲折，人物形象更加完整。如《干将莫邪》中的赤为了替父报仇，毅然自刎，将自己的头颅交给“山中行客”，故事情节虽然离奇，但是却具有震撼人心的力量，表现出的是悲壮的美。鲁迅将其改编为故事新编《眉间尺》。《韩凭夫妇》则刻画了韩凭妻子何氏不惧宋康王的淫威，不为其富贵所诱，为了爱情和自己的尊严以身殉情的烈女形象。故事结尾是一个民间故事中常见的诗意的幻想，具有浪漫主义的色彩。后世的“梁山伯与祝英台”的故事结尾，就是受此影响。这些故事已经初步具备了短篇小说的规模。

卷十二

五行的变化

天有五气[①]，万物化成。木清则仁，火清则礼，金清则义，水清则智，土清则思[②]，五气尽纯，圣德备也。木浊则弱，火浊则淫，金浊则暴，水浊则贪，土浊则顽。五气尽浊，民之下也。中土多圣人[③]，和气所交也；绝域多怪物，异气所产也。苟禀此气，必有此形；苟有此形，必生此性。故食谷者智慧而文，食草者多力而愚；食桑者有丝而蛾，食肉者勇敢而悍[④]，食土者无心而不息，食气者神明而长寿，不食者不死而神。大腰无雄，细腰无雌。无雄外接，无雌外育。三化之虫，先孕后交；兼爱之兽，自为牝牡[⑤]。寄生因夫高木，女萝托乎茯苓[⑥]。木株于土，萍植于水。鸟排虚而飞，兽跖实而走[⑦]，虫土闭而蛰，鱼渊潜而处。本乎天者亲上[⑧]，本乎地者亲下，本乎时者亲旁，各从其类也。千岁之雉，入海为蜃；百年之雀，入海为蛤[⑨]；千岁龟鼋，能与人语；千岁之狐，起为美女；千岁之蛇，断而复续；百年之鼠，而能相卜；数之至也。春分之日，鹰变为鸠；秋分之日，鸠变为鹰；时之化也。故腐草之为萤也，朽苇之为蛬也，稻之为蛩也[⑩]，麦之为蝴蝶也，羽翼生焉，眼目成焉，心智在焉，此自无知化为有知而气易也。鹤之为獐也[⑪]，蛇之为鳖也，蛬之为虾也，不失其血气而形性变也。若此之类，不可胜论。应变而动，是为顺常；苟错其方，则为妖眚[⑫]。故下体生于上，上体生于下，气之反者也；人生兽，兽生人，气之乱者也；男化为女，女化为男，气之贸者也[⑬]。鲁牛哀得疾[⑭]，七日化而为虎，形体变易，爪牙施张，其兄启户而入，搏而食之。方其为人，不知其将为虎也；方其为虎，不知其常为人也。故晋太康中，陈留阮士瑀伤于虺[⑮]，不忍其痛，数嗅其疮，已而双虺成于鼻中。元康中，历阳纪元载，客食道龟，已而成瘕，医以药攻之，下龟子数升，大如小钱，头足觳备，文甲皆具，惟中药已死[⑯]。夫妻非化育之气，鼻非胎孕之所，享道非下物之具[⑰]。从此观之，万物之生死也，与其变化也，非神通之思，虽求诸己，恶识所自来。然朽草之为萤，由乎腐也；麦之为蝴蝶，由乎湿也。尔则万物之变，皆有由也。农夫止麦之化者，沤之以灰；圣人理万物之化者，济之以道。其与不然乎？

译文

天有金、木、水、火、土五行之气，万物由此生成。木气纯净就成仁爱，火气纯净就生礼仪，金气纯净就生道义，水气纯净就生智慧，土气纯净就成聪睿，五气皆纯，圣贤之德具备。木气混浊就生虚弱，火气混浊就生淫乱，金气混浊就生暴虐，水气混浊就生贪婪，土气混浊就生愚昧。五气皆浊，百姓就成下流的人。中原地带多生圣人，这是因为中和之气所交融；边远地区多生怪物，是因为怪异之气所产生。如果禀受什么元气，就会具有什么形体；有了什么形体，就具有什么性质。所以吃谷物的聪明而有文采，吃草的力大而愚钝；吃桑叶的吐丝而成蛾虫，吃肉的勇猛而慓悍，吃土的没有心思而不休息，吃元气的圣明而且长寿，什么都不吃的不生不死而成为神物。龟鼍类动物没有雄性，蜂类动物没有雌性。没有雄性的与其他类相交配，没有雌性的由其他动物生育。蚕类的虫子，先产卵后交配；香髦类的野兽，自身具有两性器官。寄生依附于高树，女萝托身于茯苓。树木生长在土里，浮萍生长在水中。鸟翅扇动排击空气而飞翔，兽足践踏着土地而行走，虫子潜伏在土里而冬眠，鱼类潜藏在深渊而生存。来源于天的依附于天，来源于地的依附于地，来源于时令的依附旁物，这是各自依从自己的同类。千岁的野鸡，进入海里就成为蜃；百年的麻雀，进入海里成为蛤；千岁的龟鼋，能与人交谈；千岁的狐狸，能变成美女；千岁的蛇，身体断了又能接上；百年的老鼠，能占卜吉凶，是气数已经达到了。春分的时候，鹰变成斑鸠；秋分的时候，斑鸠变为鹰；这是时令的变化。所以腐烂的草变为萤火虫，腐朽的芦苇变成蟋蟀，稻子变成蛩虫，麦子变成蝴蝶，生出羽毛翅膀，长出眼睛，有心智存在，这是从无知变有知而元气变化了。鹤变成獐，蛇变成鳖，蚕变成虾，是不失它们的血气而形体发生变化。像这样一类的事物，不可胜数。根据变化而行动，是顺从自然规律；如果违背了它的规律，就会变成妖祸。所以身体的下部长在上边，身体的上部长在下边，是元气的逆反；人生出兽，兽生出人，是元气的紊乱；男人变为女人，女人变为男人，也是元气的紊乱。鲁人牛哀得了病，七天变成虎，身体发生变化，长出了爪牙，他哥哥开门进屋，牛哀扑上去把哥哥吃掉了。当他是人的时候，并不知道自己将要变成虎；当他变成虎以后，也不知道自己曾经是人。所以晋武帝太康年间，陈留人阮瑀被毒蛇咬伤，忍受不了疼痛，常常嗅着疮伤，不久两条小蛇长在鼻子里。晋惠帝元康年间，历阳人纪元载，吃了得道的神龟，不久就生了腹痛病，医生用药治疗，排泄出龟子好几升，有铜钱那样大，头、足、甲都有，文彩、角质具备，只是中了药性死了。夫妻不是化育的元气，鼻子不是胎孕的场所，嘴不是排泄的工具。由此看来，万物的生死，及其变化，不是神奇的思维，即使从它们本身去探究，又怎么能知道它们从哪里来的呢？然而朽烂的草变为萤火虫，是由于腐烂；麦子变为蝴蝶，是由于潮湿。万物的变化，都有其缘由。农夫为了制止麦子的变化，用菊灰去沤它；圣人治理万物的变化，用道去帮助。难道不是这样吗？

注释

①五气：指五行之气，即火、水、木、金、土五种生成万物的元气。②思：义同“智”，通达、明智。③中土：指中原地区。④憸(xiān)：怒，此指气势强盛。⑤三化之虫：指蚕。兼爱之兽：《山海经·南山经》：“(亶爱之山)有兽焉，其状如狸而有髦，其名曰类，自为牝牡，食者不妒。”杨慎云：“今云南蒙化府有此兽，土人谓之香髦，具两体。”⑥寄生：指茑，一种缠绕于枫、桑、柳等树木的小灌木。女萝：即松萝，地衣类植物。⑦排虚：指鸟翅扇动排击空气。跖(zhí)实：指兽足践踏土地。跖，践踏。⑧本：来源。亲：亲附。⑨蜃(shèn)：大海蚌。蛤(gé)：蛤蜊。⑩蛬(gǒng)：蟋蟀的别名。蛪(jiā)：米中的小黑甲虫。⑪隺：“鹤”的省体。⑫眚(shěng)：灾祸。⑬贸：通“瞀”，混乱。⑭牛哀：鲁人。《淮南子·俶真训》有其变虎食兄之事。⑮虺(huǐ)：毒蛇。⑯瘕(jiǎ)：一种腹中肿瘤或因寄生虫而引起的腹痛病。文：通“纹”。甲：角质。⑰享道：指嘴或食道。

季桓子穿井

季桓子穿井，获如土缶[①]，其中有羊焉。使问之仲尼曰：“吾穿井而获狗，何耶？”仲尼曰：“以丘所闻，羊也。丘闻之，木石之怪，夔、蝄蜽；水中之怪，龙、罔象；土中之怪，曰贲羊[②]。”《夏鼎志》曰：“罔象，如三岁儿。赤目，黑色，大耳、长臂、赤爪，索缚则可得食。”王子曰：“木精为游光，金精为清明也[③]。”

译文

季桓子挖井，得到一个像土缶一样的东西，里面有一只羊。他派人去问孔子说：“我挖井而得到一条狗，怎么样呢?”孔子说：“据我所知，是一只羊。我听说，木石的精怪，是夔、蝄蜽；水中的精怪，是龙、罔象；土中的精怪，是贲羊。”《夏鼎志》上说：“罔象，像三岁的小孩一样。红眼睛，黑色脸，大耳朵，长胳膊，红爪子，用绳子捆住它就可以拿来吃。”王子说：“木神叫游光，金神叫清明。”

注释

①季桓子：春秋时鲁国大夫。缶(fǒu)：大腹小口的瓦器，打水或装酒用。②夔：传说中的一种怪物。蝄蜽：也作“罔两”，传说山川中的精怪。罔象：为传说中水的精怪。贲羊：土中怪羊。③游光：木神名。清明：金神名。

掘地得犬子

晋惠帝元康中，吴郡娄县怀瑶家，忽闻地中有犬声隐隐。视声发处，上有小窍，大如螾穴[①]。瑶以杖刺之，入数尺，觉有物。乃掘地视之，得犬子，雌雄各一，目犹未开，形大于常犬，哺之而食。左右咸往观焉。长老或云："此名犀犬，得之者，令家富昌，宜当养之。"以目未开，还置窍中，覆以磨砻[②]。宿昔发视，左右无孔，遂失所在。瑶家积年无他祸福。至太兴中，吴郡太守张懋，闻斋内床下犬声，求而不得。既而地坼[③]，有二犬子。取而养之，皆死。其后懋为吴兴兵沈充所杀。《尸子》曰："地中有犬，名曰地狼；有人，名曰无伤。"《夏鼎志》曰："掘地而得狗，名曰贾；掘地而得豚，名曰邪；掘地而得人，名曰聚。聚，无伤也。此物之自然，无谓鬼神而怪之。然则贾与地狼，名异，其实一物也。"《淮南毕万》[④]曰："千岁羊肝，化为地宰，蟾蜍得苽[⑤]，卒时为鹑。"此皆因气化以相感而成也。

译文

晋惠帝元康年间，吴郡娄县人怀瑶家里，忽然听到地下隐隐约约有狗叫声。看出声的地方，地上有一小孔，像蚯蚓洞穴那么大。怀瑶用木棍去探刺它，入地好几尺，感觉到有东西。于是挖开地看，得到小狗崽，雌雄各一只，眼睛还没睁开，身体比一般的小狗崽大，喂它东西它就吃。左邻右舍的人都来观看。年长的人中有人说："这叫犀犬，得到它，会使家里富裕昌盛，应该好好饲养它。"因为小狗眼睛还没睁开，怀瑶就把它们放回洞穴中，用磨砻盖上。过了一天去看，洞孔不见了，于是不知它们到哪里去了。怀瑶家里多年没有祸事。到了太兴年间，吴郡太守张懋，听到屋里床下有狗叫声，到处寻找不见狗。不久地裂开了，看见里面有两只小狗崽。张懋把它们取出来饲养，它们都死了。后来张懋被吴兴叛兵沈充杀死了。《尸子》上说："地中有犬，名叫地狼；有人，名叫无伤。"《夏鼎志》上说："挖地而得到狗，名叫贾；挖地而得到猪，名叫邪；挖地而得到人，名叫聚。聚，就是无伤。这是事物的自然现象，不要说是鬼神而惊怪它。然而贾与地狼，名字不同，实际上是同类动物。"《淮南万毕》上说："千年的羊肝，变化为地神，蟾蜍得到苽，死时变成鹌鹑。"这都是因为元气变化互相感应而形成的。

注释

①螾(yǐn)：同“蚓”，即蚯蚓。②砻(lóng)：用以去掉稻壳的工具，形状像磨，多用木料制成。③坼：分裂、裂开。④《淮南毕万》：《法苑珠林》作“万毕”。即《淮南万毕术》，是《淮南子》的注本。⑤苽：同“菰”，一种多年生草本植物。

如小儿山精

吴诸葛恪为丹阳太守，尝出猎，两山之间，有物如小儿，伸手欲引人。恪令伸之，乃引去故地。去故地即死。既而参佐问其故[1]，以为神明。恪曰：“此事在《白泽图》内[2]，曰：‘两山之间，其精如小儿，见人则伸手欲引人，名曰“傒囊”。引去故地则死。’无谓神明而异之，诸君偶未见耳。”

译文

三国东吴的诸葛恪任丹阳太守时，一次出外打猎，两山之间，有一个像小孩一样的动物，伸手想牵引人。诸葛恪让人伸手给它，于是它引人前往它住的地方，人到了它住的地方就立刻死了。后来诸葛恪的部下问起这件事的缘由，他认为这是神灵。诸葛恪说：“这事在《白泽图》里说：‘两山之间，那里的妖精就像小孩一样，见到人就想伸手牵引人，它名叫“傒囊”。它把人引到它原来住的地方，人立刻就死了。’不要以为是神明而感到奇怪，只是诸位偶然没有见到罢了。”

注释

①参佐：僚属、部下。②《白泽图》：记载鬼神之事的图籍。

涸泽之精

王莽建国四年，池阳有小人景[1]，长一尺余，或乘车，或步行，操持万物，大小各自相称，三日乃止。莽甚恶之。自后盗贼日甚，莽竟被杀。《管子》曰：“涸泽数百岁，谷之不徙，水之不绝者，生庆忌[2]。庆忌者，其状若人，其长四寸，衣黄衣，冠黄冠，戴黄盖，乘小马，好疾驰。以其名呼之，可使千里外一日反报。”然池阳之景者，或庆忌也乎？又曰：“涸小水精，生蚳[3]。蚳者，一头而两身，其状若蛇，长八尺。以其名呼之，可使取鱼鳖。”

译文

王莽建国四年，池阳宫里有小人影，长一尺多，有的乘着车，有的徒步行走，它们手里拿着各种东西，大小和人影都很相称，三天以后才消失。王莽很厌恶这件事。从那以后盗贼一天比一天厉害，王莽竟然被盗贼杀死了。《管子》上说："水泽干涸几百年后，山谷不徙移，水源不断绝，就生庆忌。庆忌，它的形状像人，有四寸长，穿着黄色衣服，戴着黄色帽子，顶着黄色头盖，骑着小马，喜欢飞快奔驰。用它的名字呼唤它，可以使它在千里之外一天返回来。"这个池阳宫的影子，或许是庆忌吧？《管子》上又说："干涸的小水精，生蚳。蚳有一个头两个身子，它的形状像蛇，有八尺长，用它的名字呼唤它，能叫它到水中捉鱼鳖。"

注释

①景：即"影"字。②庆忌：神话中水怪名，相传为涸泽之精。旧时西湖有庆忌塔，以镇水患。③蚳(chí)：疑为"蚔蚳"，兽名。

落头民族

秦时，南方有落头民，其头能飞。其种人部有祭祀，号曰"虫落"，故因取名焉。吴时，将军朱桓得一婢[①]，每夜卧后，头辄飞去。或从狗窦[②]，或从天窗中出入，以耳为翼。将晓复还。数数如此，傍人怪之。夜中照视，唯有身无头。其体微冷，气息裁属[③]，乃蒙之以被。至晓头还，碍被，不得安，两三度堕地，噫咤其愁[④]，体气甚急，状若将死。乃去被，头复起，傅颈[⑤]，有倾和平。桓以为大怪，畏不敢畜，乃放遣之。既而详之，乃知天性也。时南征大将，亦往往得之。又尝有覆以铜盘者，头不得进，遂死。

译文

秦朝时，南方有一个落头民族，他们的头能飞。这个民族部落有一种祭祀，叫做“虫落”，原来是因为落头而取的名。三国吴时，将军朱桓得到一个婢女，每晚睡下后，她的头就飞走了。有时从狗洞里出入，有时从天窗里进出，用耳朵做翅膀，天快亮时就返回来。常常这样，别人都觉得奇怪。夜里点灯去看她，只有身体而没有头，身体有点凉，气息刚刚能连上，人们便用被子把她蒙上。到了天亮时头返回来，由于被子的阻碍，头不得安接，两三次掉到地上，并且忧愁叹气，身体的气息很急促，样子像要死去一样。人们把被子拿掉，头又飞起来，附在脖子上，一会儿就安稳了。朱桓以为她是妖怪，害怕不敢收留她，于是就把她送走了。以后经过详细了解，才知道这是她的天性。当时南征的大将，也常常得到这种人。又曾有人用铜盘盖在他们的身体上，头不能进去与身体相接，于是人就死了。

注释

①朱桓：孙权手下的将领。②窦：孔穴，洞。③裁：通“才”。属：连接。④噫咤：叹息。⑤傅：通“附”，附着。

貙人变虎

江汉之域，有貙人[1]。其先，禀君之苗裔也[2]。能化为虎。长沙所属蛮县东高居民，曾作槛捕虎[3]。槛发，明日众人共往格之，见一亭长，赤帻大冠，在槛中坐。因问：“君何以入此中？”亭长大怒曰：“昨忽被县召，夜避雨，遂误入此中。急出我。”曰：“君见召，不当有文书耶？”即出怀中召文书。于是即出之。寻视，乃化为虎，上山走。或云：“貙虎化为人，好著紫葛衣[4]，其足无踵。虎有五指者，皆是貙。”

译文

在长江汉水流域，有貙人居住。他们的祖先，是禀君的后代。他们能变成虎。长沙郡所属的蛮县东高居民，曾经做槛捕捉老虎。槛的机关发动后，第二天大家一齐去打老虎，看见一位亭长，头上包着红头巾，戴着大帽子，在槛中坐着。人们问他：“你怎么进到这里来了！”亭长大怒说：“我昨天被县里召去，夜里避雨，就误入这里来了。赶快放我出去。”大家说：“你被召唤，不是应该有文书吗？”亭长立刻从怀中拿出召他的文书。于是人们把他放了出去。随即人们看他，他竟然变成一只虎，向山上跑去。有人说：“貙虎能变成人，喜欢穿紫色的葛衣，他们的脚没有脚后跟。老虎当中有五个脚趾的，都是貙虎。”

注释

①貙(chū)：古代氏族名，居于江汉之间。②廪君：传说是生活在四川东部和湖北清江流域的一支少数民族的始祖。③槛：捕捉野兽的木笼，设有机关。④葛衣：用葛草的纤维织成的布(葛布)做的衣服。

猳国盗妇

蜀中西南高山之上，有物，与猴相类，长七尺，能作人行。善走逐人，名曰“猳国”，一名“马化”，或曰“玃猿[①]”。伺道行妇女有美者，辄盗取将去，人不得知。若有行人经过其旁，皆以长绳相引，犹故不免。此物能别男女气臭[②]，故取女，男不取也。若取得人女，则为家室。其无子者，终身不得还。十年之后，形皆类之，意亦迷惑，不复思归。若有子者，辄抱送还其家。产子皆如人形。有不养者，其母辄死。故惧怕之，无敢不养。及长，与人不异，皆以杨为姓。故今蜀中西南多诸杨，率皆是猳国马化之子孙也。

译文

蜀中西南的高山上，有一种动物，与猴相类似，有七尺长，能像人一样行走。它善于跑动追逐人，一名叫“猳国”，一名叫“马化”，有人叫它“玃猿”。它偷看走在路上的妇女，有漂亮的，就强行带走，还不会被人发现。如果有行人经过它的旁边，都要用长绳去相拉，所以仍免不了被带走。这种动物能辨别出男女的气味，因此它只要女的，不要男的。如果得到人家的女儿，就带回去做妻子。那些没有孩子的，终身不能回来。十年之后，她们的形体与猳国相类似，心意也被迷惑，不再想回来了。如果有了孩子，就送她们抱孩子回家。生下的孩子与人的形体一样。不收养孩子的，母亲就得死，所以人们怕死，没有敢不收养孩子的。等到孩子长大了，和人没什么两样，都以“杨”做姓氏。因此现在蜀中西南有很多姓杨的，大概都是猳国马化的子孙吧！

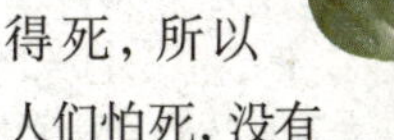

注释

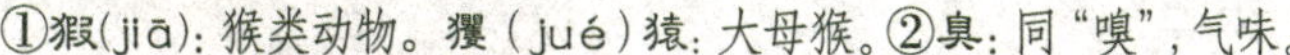

①猳(jiā)：猴类动物。玃(jué)猿：大母猴。②臭：同“嗅”，气味。

越祝之祖

越地深山中有鸟[1]，大如鸠，青色，名曰“冶鸟”。穿大树作巢，如五六升器，户口径数寸，周饰以土垭，赤白相分，状如射侯[2]。伐木者见此树，即避之去。或夜冥不见鸟，鸟亦知人不见，便鸣唤曰：“咄，咄，上去。”明日便宜急上。“咄，咄，下去”，明日便宜急下。若不使去，但言笑而不已者，人可止伐也。若有秽恶及其所止者，则有虎通夕来守，人不去，便伤害人。此鸟白日见其形，是鸟也；夜听其鸣，亦鸟也；时有观乐者，便作人形，长三尺，至涧中取石蟹，就火炙之，人不可犯也。越人谓此鸟是越祝之祖也[3]。

译文

越地的深山中有一种鸟，像鸠鸟那么大，青色羽毛，名叫“冶鸟”。它穿通大树做巢，巢有能容积五六升的器皿那么大，出口直径有好几寸，周围用土垭粉饰，红白相间，形状像射侯一样。伐木的人看见这种树，立刻避开它离去。有时夜里天黑看不见鸟，鸟也知道人们看不见它，就鸣叫着：“咄，咄，上去。”第二天人们就必须赶快往上去伐木。它叫唤“咄、咄，下去”，第二天就应该赶快往下去伐木。如果它不叫人离开，只是说笑不停，人就可以留下来伐木。如果有污秽不洁和它让停止伐木的人，就有老虎来通宵看守，人不离开，老虎就要伤害他。这种鸟白天看它的形状，就是鸟；夜里听它的叫声，也是鸟；时常有喜欢快乐的，就变作人形，有三尺高，到山涧中去找螃蟹，在火上烧烤，人们不能去侵扰它们。越人说这种鸟是越祝的始祖。

注释

①**越地**：越民族所居之地。古时江浙粤闽之地为越族所居，也称“百越”。②**垭**：又作“垩”，白色的土，可用来粉饰墙壁。**侯**：箭靶，用布或皮革做成，上画熊虎等兽形。③**越祝**：越人的巫祝，即祭祀时司告鬼神的人。

鲛人珠泪

南海之外，有鲛人，水居如鱼，不废织绩[1]。其眼泣则能出珠。

译文

南海之外的海域里，有鲛人，像鱼一样在水里居住，还能织布绩麻。她们的眼泪落下来就是珍珠。

注释

①鲛人：神话传说中居于海底的怪人，人面鱼身，善织绡，俗称“美人鱼”。绩：缉线，即把麻搓成绳或线。

含沙射人之域

汉光武中平中，有物处于江水，其名曰“蜮”，一曰“短狐”，能含沙射人。所中者，则身体筋急，头痛发热，剧者至死。江人以术方抑之，则得沙石于肉中。诗所谓“为鬼为蜮，则不可测”也。今俗谓之溪毒。先儒以为男女同川而浴[1]，淫女为主，乱气所生也。

译文

汉灵帝中平年间，长江水中有一种怪物，它的名字叫“蜮”，又叫“短狐”，能含沙射人。被它射中的人，就会身体痉挛，头痛发热，严重的会死去。江边人用法术和方药来整治它，就会在肉中找到沙石。这就是《诗经》上说的“为鬼为蜮，则不可测”。如今民间称它为溪毒。先前儒者认为这是男女同在一条河里洗浴，淫女为主宰，有淫乱之气所生成的。

注释

①先儒：指刘向。

永昌禁水河

汉永昌郡不违县有禁水，水有毒气，唯十一月、十二月差可渡涉[1]。自正月至十月，不可渡，渡辄病，杀人。其气中有恶物，不见其形，其似有声，如有所投击。内中木则折[2]，中人则害，土俗号为“鬼弹”。故郡有罪人，徙之禁防[3]，不过十日，皆死。

译文

汉代永昌郡不韦县有一条禁水河，水中有毒气，只有在十一月、十二月才勉强可以渡河。从正月到十月，都不能渡河，渡河人就有病，甚至会死。这条河的水气中有怪物，看不见它的形状，它所发出的声音，就如同在击打什么东西。击中树木，树木就折断了，击中人，人就被杀死，当地人习惯叫它为“鬼弹”。所以郡中有犯罪的人，就把他们送到禁水旁，不超过十天，都会死掉。

注释

①违：《汉书·地理志》、《续汉书·郡国志》、《水经注》作“韦”。差：稍微地，比较的。②内中木则折：《太平御览》无“内”字。应为“中木则折”。③禁防：《水经注》中“防”为“旁”。

蘘荷嘉草

余外妇姊夫蒋士，有佣客，得疾下血[①]。医以中蛊，乃密以蘘荷根布席下[②]，不使知。乃狂言曰：“食我蛊者，乃张小小也。”乃呼小，小亡云[③]。今世攻蛊，多用蘘荷根，往往验。蘘荷或谓嘉草。

译文

我外妻的姐夫蒋士，得病便血。医生认为是中了蛊毒，就悄悄地把蘘荷根放在床席下面，不让病人知道。于是蒋士就大叫着说：“给我蛊毒的，是张小小。”接着就呼唤张小小，张小小就逃跑走了。如今治疗蛊毒，大都用蘘荷根，常常灵验。蘘荷有人叫它嘉草。

注释

①外妇：旧时称私通之妇，也称外妻。有佣客：《玉烛宝典》及《政和本草》引无此三字。可据此删去。②蘘(ráng)荷：亦称“阳藿”，多年生草本，根状茎可供药用。③小亡云：《太平御览》“云”作“去”。

荥阳郡有一家，姓廖，累世为蛊，以此致富。后取新妇，不以此语之。遇家人咸出，唯此妇守舍。忽见屋中有缸，妇试发之，见有大蛇，妇乃作汤，灌杀之。乃家人归，妇具白其事，举家惊惋。未几，其家疾疫，死亡略尽。

译文

荥阳郡有一户人家，姓廖，几代人畜养毒蛊，以此过得很富裕。后来娶了新媳妇，没有把这事告诉她。一次家里人都外出，只有新媳妇看守房屋。她忽然看见屋里有一口缸，她试着打开缸，看见一条大蛇，媳妇便烧了开水，把大蛇烫死了。等家里人回来，媳妇把这事告诉他们，全家人都很惊骇。不久，他们一家人得瘟病，全都死了。

评点

本卷共十九个故事，在此选了十四个，这些故事主要还是写一些奇异怪诞的事。最出色的是第一篇《五行的变化》，对天地自然进行了解释，说明古人对自然现象已经有了朴素的认识，尽管有些解释比较幼稚。其他几个故事写了一些奇异的事，作者试图也用五行变化去解释：如《季桓子穿井》《掘地得犬子》等，虽然并没有科学性，但是却表达了古人对这些现象最初的理解。

卷十三

神明之泉

泰山之东，有澧泉，其形如井，本体是石也。欲取饮者，皆洗心志，跪而挹之[1]，则泉出飞，多少足用。若或污漫，则泉止焉。盖神明之尝志者也。

译文

泰山的东面，有一条澧泉，它的形状像井，本身是石头的。想取泉水饮用的人，都要心志纯净，跪着去舀水，那么泉水就飞一样涌出，多少足够任用。如果有人行为污秽不洁，那么泉水就停止流淌。大概是神明在探视检查人的意志吧！

注释

①挹：舀，把液体盛出来。

二华之山

二华之山，本一山也。当河，河水过之而曲行。河神巨灵，以手擘开其上，以足蹈离其下，中分为两，以利河流。今观手迹于华岳上，指掌之形具在。脚迹在首阳山下，至今犹存。故张衡作《西京赋》，所称"巨灵赑屃[1]，高掌远迹，以流河曲"，是也。

译文

太华山和少华山，本来是一座山。它正对着黄河，河水流到这里就得绕弯而行。河神巨灵就用手掌劈开山的上部，用脚踹开山的下部，从中间把山分成两半，以使河水顺利流过。如今看西岳华山上还有河神巨灵的手迹，手指手掌的形状都完整地保留着。在首阳山下的足迹，至今仍然存在。原来张衡作《西京赋》时所说的"河神奋劈用力，掌劈足踏，使河水流通，而今旧迹犹存"，就是指这里。

注释

①赑屃(bìxì)：用力的样子。

镬自盛水

汉武徙南岳之祭于庐江灊县霍山之上[1]，无水。庙有四镬[2]，可受四十斛。至祭时，水辄自满，用之足了，事毕即空。尘土树叶，莫之污也。积五十岁，岁作四祭。后但作三祭，一镬自败。

译文

汉武帝把南岳的祭祀迁移到庐江灊县的霍山上，山上没有水。庙里有四只镬，可以容四十斛水。到祭祀的时候，镬就自己蓄满了水，足够祭祀用的，祭祀结束镬就空了。尘土树叶，都不能弄脏它。一共五十年，每年举行四次祭祀。后来每年只举行三次祭祀，一只镬就自己破损了。

注释

①灊（qián）县：故城在今安徽霍山县东北三十里。②镬(huò)：一种无足的大鼎，也谓"大锅"，常用做刑具。

祭祀泉流

空桑之地[1]，今名为孔窦，在鲁南山之穴。外有双石，如桓楹起立[2]，高数丈，鲁人弦歌祭祀。穴中无水，每当祭祀，洒扫以告，辄有清泉自石间出，足以周事。既已，泉亦止。其验至今存焉。

译文

空桑这个地方，现在名叫孔窦，在鲁国南山的洞穴中。外面有一对石山，像房屋的柱子一样竖立着，有数丈高，鲁国人在这里歌舞祭祀。洞穴中平时没有水，每当祭祀时，洒水清扫并且祷告神灵，就有清澈的泉水从石缝中流出来，足可以用来完成祭祀。祭祀结束后，泉水也就停止了。这个灵验至今还存在着。

注释

①空桑：为孔子出生地。②桓楹：泛指房屋的柱子。

张仪筑城

秦惠王二十七年，使张仪筑成都城，屡颓。忽有大龟浮于江，至东子城东南隅而毙[1]。仪以巫，巫曰："依龟筑之。"便就。故名"龟化城"。

译文

秦惠文王二十七年，派张仪去修筑成都城，城墙多次倒塌。忽然有一只大龟游浮在江上，到东面子城的东南角就死了。张仪为此去问巫师，巫师说："依照大龟的样子去筑城。"张仪按巫师说的城就筑成了。所以取名为"龟化城"。

注释

①子城：附属于大城的小城。如内城或附在城垣上的月城。

依马迹筑城

秦时筑城于武周塞内[1]，以备胡。城将成而崩者数焉。有马驰走，周旋反复。父老异之。因依马迹以筑城，城乃不崩，遂名"马邑"。其故城今在朔州。

译文

秦朝时在武周塞内筑城，以防御胡人。城墙将要筑成时几次崩塌。有一匹马在奔跑，它总是围绕一个圈子打转。当地的父老们都觉得很奇怪，便按照马跑的足迹来筑城，城就不崩塌了。于是便取名为"马邑"。它的故城如今在朔州。

注释

①武周塞：古要塞名，又称"武州县"。即今山西左云县南。

劫后余灰

汉武帝凿昆明池，极深，悉是灰墨，无复土。举朝不解，以问东方朔。朔曰："臣愚，不足以知之。曰试问西域人。"帝以朔不知，难以移问。至后汉明帝时，西域道人入来洛阳。时有忆方朔言者，乃试以武帝时灰墨问之。道人云："经云：'天地大劫将尽则劫烧。'此劫烧之余也。"乃知朔言有旨。

译文

汉武帝开凿昆明池，挖得很深，挖到的都是黑灰，再没有土。满朝人都不明白是怎么回事，去问东方朔。东方朔说："我愚笨，不知道是怎么回事。可以去试试问西域人。"汉武帝认为东方朔不知道，很难再去问别人。到了东汉明帝时，有一个西域道人进入中原来到洛阳。这时有人想起东方朔说的话，便试着拿武帝时黑灰的事问西域道人。道人说："经书上说：'天地大劫将要结束时就有劫火焚烧。'这是劫火焚烧所留下的灰烬。"人们这才知道东方朔的话里所有的含义。

居宅得寿

临沅县有廖氏，世老寿。后移居，子孙辄残折。他人居其故宅，复累世寿。乃知是宅所为，不知何故。疑井水赤，乃掘井左右，得古人埋丹砂数十斛①。丹汁入井，是以饮水而得寿。

译文

临沅县有一姓廖的人家，世代长寿。后来移居到别的地方，子孙后代的寿命就减少了。别人住在他家原来的房子里，又世代长寿。这才知道是这房屋所造成的，但不知是什么原因。发现井水是红色的，很疑惑，就挖掘井的周围，得到了古人埋下的丹砂几十斛。丹砂的汁液渗入到井里，所以饮了井水就能长寿了。

注释

①丹砂：即"朱砂"，是古代方士用来炼丹的主要材料。

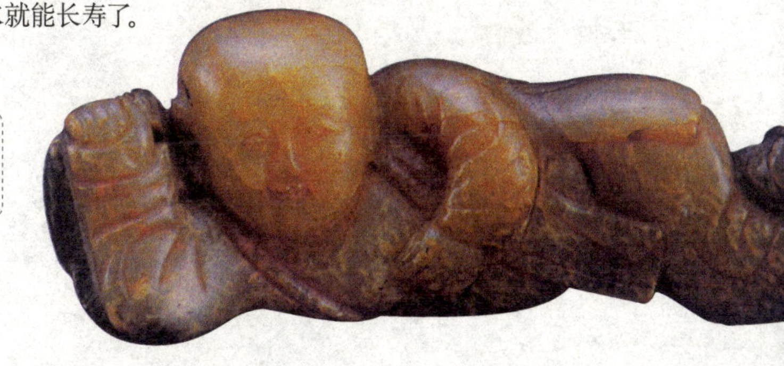

母子还钱

南方有虫，名𧊜螺，一名蜘蠋，又名青蚨。形似蝉而稍大。味辛美，可食。生子必依草叶，大如蚕子。取其子，母即飞来，不以远近。虽潜取其子，母必知处。以母血涂钱八十一文，以子血涂钱八十一文，每市物，或先用母钱，或先用子钱，皆复飞归，轮转无已。故《淮南子术》以之还钱，名曰“青蚨”。

译文

南方有一种虫，叫𧊜螺，又叫蜘蠋，还叫青蚨。形状像蝉而比蝉稍大。味道辛辣鲜美，可以食用。它产子一定要依附草叶，大小像蚕子。取它的子，母就会立即飞来，不论离得远近。即使是偷偷地捉取它的子，母也一定能知道子的去处。用母血涂八十一文钱，用子血涂八十一文钱，每次去买东西，无论是先用母钱，还是先用子钱，都会再飞回来，轮流用不完。所以《淮南子·万毕术》记载了用这种方法收回钱，称它为“青蚨”。

螺蠃育子

土蜂名曰蜾蠃，今世谓蚴蝓，细腰之类。其为物，雄而无雌，不交不产。常取桑虫或阜螽子育之①，则皆化成己子。亦或谓之“螟蛉”②。《诗》曰：“螟蛉有子，果蠃负之③。”是也。

译文

土蜂名叫蜾蠃，如今叫蚴蝓，是细腰蜂一类的昆虫。这种昆虫，只有雄性而没有雌性，不交配不产子。常常拿桑虫或阜螽的幼虫来养育，把它们变化成自己的幼虫。也有人称它们是“螟蛉”。《诗经·小雅·小宛》上说：“螟蛉有子，果蠃负之。”就是这回事。

注释

①阜螽(fùzhōng)：水稻害虫，也叫“稻蝗”。②螟蛉：螟蛉蛾的幼虫，蛀食稻心。古人错认为蜾蠃养螟蛉为子，因把“螟蛉”或“螟蛉子”作为养子的代称。③负：抚养的意思。

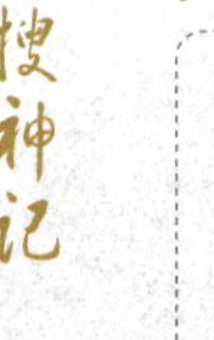

火浣布之论

昆仑之墟[1]，地首也。是惟帝之下都，故其外绝以弱水深[2]，又环以炎火之山。山上有鸟兽草木，皆生育滋长于炎火之中，故有火浣布[3]。非此山草木之皮枲[4]，则其鸟兽之毛也。汉世，西域旧献此布，中间久绝。至魏初，时人疑其无有。文帝以为火性酷裂，无含生之气，著之《典论》[5]，明其不然之事，绝智者之听。及明帝立，诏三公曰："先帝昔著《典论》，不朽之格言。其刊石于庙门之外及太学，与石经并，以永示来世[6]。"至是西域使人献火浣布袈裟，于是刊灭此论，而天下笑之。

译文

昆仑山是大地的首端。是天帝立在人间的都城，所以它的外围用深而不能负舟的弱水来隔绝，又用火山环绕四周。山上有鸟兽草木，都生长繁衍在炎火之中，所以便有了火浣布。这布不是用山上草木的纤维织成，就是用山上鸟兽的羽毛制成的。汉代时，西域曾经上献此布，后来很久时间不再供奉。到了三国曹魏初年，人们怀疑这种布已经没有了。魏文帝认为火性残酷暴烈，不会含有生存的元气，他写《典论》著作，论述说明火浣布不可能存在的事，弃绝了有知识的人的传闻。等到魏明帝即位，下诏令给三公说："先帝以前撰著《典论》一书，这是不朽的格言。把它刻在碑上立于祖庙之外和太学里，与石经并存。以此来昭示后代。"这时西域派人来贡奉火浣布袈裟，于是就把石刻中有关火浣布不能存在的论述铲掉了，从而遭到天下人的讥笑。

注释

①墟：当为"墟"，大土山。②弱水：古人称水浅或地僻不通舟楫者为弱水。意谓水弱不能胜舟。③火浣布：用石绵织成的布，可以耐火。古人对石绵的性质不了解，所以误认为是某种草木的纤维或是鸟兽的毛织成。④草木之皮枲(dài)：草木的表皮纤维。⑤《典论》：曹丕所撰著作。⑥刊石：刻在石上。庙：指天子的祖庙。石经：古代指刻在石上的儒家经典。此指汉灵帝熹平四年刻于石碑上的汉石经，也称"熹平石经"。

削桐为琴

汉灵帝时，陈留蔡邕[1]，以数上书陈奏，忤上旨意[2]，又内宠恶之，虑不免，乃亡命江海，远迹吴会。至吴，吴人有烧桐以爨者[3]，邕闻火烈声，曰："此良材也。"因请之，削以为琴，果有美音。而其尾焦，因名"焦尾琴"。

译文

汉灵帝时，陈留郡人蔡邕，因为多次上书指陈朝政，违背了皇上的旨意，又被得宠的宦官憎恶，他担心自己难免遇害，便流浪江湖，行迹远到吴会之地。到了吴郡，碰上吴人有用桐木烧火做饭的，他听到火中桐木燃烧的声音，说："这是好木材呀。"于是他便请求吴人把桐木给他，他把桐木砍削成琴，果然有优美的音乐声。琴的尾部已经烧焦了，于是取名为"焦尾琴"。

注释

①蔡邕：东汉文学家、书法家。②忤：违背、抵触。③爨：烧火做饭。

柯亭笛

蔡邕尝至柯亭，以竹为椽[1]。邕仰眄之，曰："良竹也。"取以为笛，发声辽亮。一云邕告吴人曰："吾昔尝经会稽高迁亭，见屋东间第十六竹椽，可为笛。"取用，果有异声。

译文

蔡邕曾经到过柯亭，这里用竹子作椽子。蔡邕抬头仰视竹椽，说："好竹子啊"。取下来做成笛子，吹出来的声音嘹亮悦耳。又有说蔡邕告诉吴人说："我以前曾经到过会稽高迁亭，看见亭子东间第十六根竹椽子可以用来做笛子。"把竹子取来做成笛，果然能吹出美妙的乐声。

注释

①椽（chuán）：椽子，安在房屋梁上支架屋面和瓦片的木条或竹条。

评点

这一卷里所记述的故事具有神话色彩，生动有趣，表现了下层人民质朴的意愿。如《神明之泉》借澧泉对心志纯洁之人和行为污秽不洁之人的不同态度，表现了人们对善与恶的不同态度。《二华之山》则体现出人民征服自然的能力。有的故事展示了先人对某些知识的了解，如《居宅得寿》，住在宅中的人之所以长寿，是因为饮用水中含有朱砂，朱砂是古代道士炼丹的主要材料，魏晋时期名士常服食，认为其有延年益寿之功效，后来依方精制成中药。《削桐为琴》告诉人们桐木才是可以做琴的最好材质。这些故事简洁明了，很能代表《搜神记》的特色。

卷十四

蛮夷人的来历

高辛氏[①]，有老妇人居于王宫，得耳疾历时。医为挑治，出顶虫[②]，大如茧。妇人去后，置以瓠蓠[③]，覆之以盘。俄尔顶虫乃化为犬，其文五色，因名"盘瓠"，遂畜之。时戎吴强盛[④]，数侵边境。遣将征讨，不能擒胜。乃募天下有能得戎吴将军首者，购金千斤，封邑万户[⑤]，又赐以少女。后盘瓠衔得一头，将造王阙[⑥]。王诊视之，即是戎吴。为之奈何?群臣皆曰："盘瓠是畜，不可官秩，又不可妻。虽有功，无施也。"少女闻之，启王曰："大王既以我许天下矣，盘瓠衔首而来，为国除害，此天命使然，岂狗之智力哉。王者重言，伯者重信[⑦]，不可以女子微躯，而负明约于天下，国之祸也。"王惧而从之。令少女从盘瓠。盘瓠将女上南山，草木茂盛，无人行迹。于是女解去衣裳，为仆竖之结，着独力之衣[⑧]，随盘瓠升山入谷，止于石室之中。王悲思之，遣往视觅，天辄风雨，岭震云晦，往者莫至。盖经三年，产六男六女。盘瓠死后，自相配偶，因为夫妇。织绩木皮，染以草实。好五色衣服，裁制皆有尾形。后母归，以语王，王遣使迎诸男女，天不复雨。衣服褊裢，言语侏㒧，饮食蹲踞，好山恶都[⑨]。王顺其意，赐以名山广泽，号曰"蛮夷"。蛮夷者，外痴内黠，安土重旧。以其受异气于天命，故待以不常之律。田作贾贩，无关缥符传租税之赋[⑩]；有邑君长，皆赐印绶；冠用獭皮，取其游食于水。今即梁、汉、巴、蜀、武陵、长沙、庐江郡夷是也。用糁杂鱼肉，叩槽号，以祭盘瓠，其俗至今。故世称："赤髀横裙，盘瓠子孙[⑪]。"

译文

高辛氏时，有一个老妇人居住在王宫里，得了耳病已经有一段时间了。医生为她挑治，从耳朵里挑出一条金虫，像茧那样大。妇人离开后，医生把金虫放在葫芦瓢里，用盘子盖上。一会儿金虫就变成了犬，身上文彩五色斑斓，于是给它取名为"盘瓠"，把它养了起来。当时犬戎的吴部很强盛，多次入侵边境。帝王派遣将军去征讨，但不能获胜。于是招募天下有能擒得犬戎吴将军头颅的人，赏金千斤，封万户城邑，又赐给他小女儿。后来盘瓠衔着一颗头，来到王宫。帝王仔细看这颗头，真是犬戎吴将军。怎么办呢?群臣都说："盘瓠是牲畜，不能封官给俸禄，更不能娶人为妻。虽然有功，

也不能赏赐。”帝王的小女儿听说了这件事，开导帝王说：“大王既然已经拿我向天下人许诺了，盘瓠衔得头颅来，为国除了灾害，这是天意使它这样，哪里是狗的智慧力量呀。称王的人看重诺言，称霸的人看重信用，不能因为女儿的微弱身躯，而在天下人面前背弃诺言，使国家遭受祸患。”帝王感到恐惧而听从了女儿的话，让女儿跟从盘瓠走了。盘瓠带着帝王的女儿上了南山，那里草木茂盛，没有人的行迹。于是小女脱去原来的衣裳，扎起奴仆的发髻，穿上奴仆的服装，跟随盘瓠登上山谷，居住在石屋中。帝王悲伤地思念女儿，派人前去寻找，可是一去天就下起暴风雨，山摇地动，乌云密布，去的人没有能到达那里的。大约过了三年，他们生下了六男六女。盘瓠死后，六个孩子自相婚配，结为夫妇。他们用树皮织成布，用草籽染上颜色。他们喜欢色彩斑斓的衣服，裁制的衣服都有尾巴的形状。后来他们的母亲回到王宫，把这些事告诉了帝王，帝王派使臣去迎接这些儿女们，天不再下雨了。他们的衣服色彩斑斓，说话语音难辨，饮食蹲在地上，喜欢深山而厌恶京城。帝王顺从他们的心意，赐给他们名山大泽，称他们为“蛮夷”。蛮夷人，外表痴笨而内心狡黠，安于乡土重视旧的习俗。因为他们禀受了上天赋予的特殊气质，所以对待他们也以特殊的法律。他们耕田经商，没有关繻符传及租税的征收；凡郡邑的长官，都赐给官印绶带；帽子用獭皮制成，取獭在水中生活的意思。如今梁州、汉中、巴、蜀、武陵、长沙、庐江等郡的夷人都是这样。他们饭里糁杂鱼肉，敲打着木槽呼喊，以此来祭祀盘瓠，这种风俗延续至今。所以世上人说：“裸露着大腿，系着横遮在前面的短裙的人，是盘瓠的后代。”

注释

①高辛氏：即帝喾，传说中上古帝王。②顶虫：畲族《狗皇歌》作“金虫”。③瓠蓠(hùlí)：葫芦剖开做成的瓢类东西。瓠，葫芦。④戎吴：为犬戎的将领吴将军。犬戎，古戎族的一支，在殷周时居于我国西部。⑤封邑万户：此指分封给万户人居住的城邑。⑥阙：此指官殿。⑦伯：通“霸”。次于王者之位的盟主。⑧仆竖之结：仆竖，奴仆。结，通“髻”，发髻。独力之衣：指奴仆干活时所穿的衣服。⑨褊裢(biǎn lián)：义同“斑斓”。侏儒：形容语音难辨，不清楚。⑩关繻：出入关隘的凭证，用彩帛制成。符传：古代出征时朝廷发给将领的凭证。⑪髀(bì)：大腿外侧。

夫余国王

槁离国王侍婢有娠[①]，王欲杀之，婢曰："有气如鸡子，从天来下，故我有娠。"后生子，捐之猪圈中，猪以喙嘘之；徙至马枥中，马复以气嘘之；故得不死。王疑以为天子也，乃令其母收畜之，名曰"东明"，常令牧马。东明善射，王恐其夺己国也，欲杀之。东明走，南至掩施水，以弓击水，鱼鳖浮为桥，东明得渡，鱼鳖解散，追兵不得渡。因都王夫余[②]。

译文

槁离国王的侍婢怀孕了，国王想要杀了她，侍婢说："有一股气像鸡蛋一样，从天上降到我身上，所以我有了身孕。"后来侍婢生了孩子，把他扔到猪圈里，猪用嘴呼气给他；又把他扔到马圈里，马又呼气给他；所以他没有死。国王疑心他是上天的儿子，就让他母亲收养他，给他取名为"东明"，常常让他去放马。东明善于射箭，国王害怕他夺取自己的国家，要杀死他。东明逃跑了，向南来到了掩施水边，他用弓箭击水，鱼鳖便浮上水面架成桥，东明得以渡过河去。之后，鱼鳖又散开了，追兵无法渡河。于是东明在夫余国建都称王。

注释

①槁离：北夷的国名。②夫余：即"扶余"，古国名，位于松花江流域。

斗伯比之子

斗伯比父早亡[①]，随母归，在舅姑之家。后长大，乃奸妘子之女[②]，生子文。其妘子妻，耻女不嫁而生子，乃弃于山中。妘子游猎，见虎乳一小儿，归与妻言。妻曰："此是我女与伯比私通，生此小儿。我耻之，送于山中。"妘子乃迎归养之，配其女与伯比。楚人因呼子文为谷乌菟[③]。仕至楚相也。

译文

斗伯比的父亲死得早，他随母亲回到邧国，在外公婆家生活。长大以后，和邧国国君的女儿私通，生下子文。邧国国君的妻子为女儿没出嫁就生孩子而羞耻，就把孩子扔到山里了。邧子到山上打猎，看见一只老虎哺乳一个小孩，回来告诉了妻子。妻子说："这是我们的女儿和伯比私通，生下了这孩子，我感到羞耻，把他送到山里。"邧子就上山把孩子接回来抚养，并把女儿许配给伯比为妻。楚人于是称呼子文为"谷乌菟"。子文后来做了楚国的丞相。

注释

①斗伯比：春秋时楚国人，为若敖娶于邧国所生。②奸：私通。妘（yún）子：妘，姓，传说古代部族首领帝喾高辛氏火正祝融的后代。《左传·宣公四年》作"邧（yún）子"即邧国国君。③谷乌菟：据《左传·宣公四年》载：谷，即"乳"，乌菟，即"虎"，疑为楚方言或俗称。

狸乳齐顷公

齐惠公之妾萧同叔子，见御有身。以其贱，不敢言也。取薪而生顷公于野①，又不敢举也。有狸乳而鹯覆之②，人见而收，因名曰"无野"。是为顷公。

译文

齐惠公的妾萧同叔子，侍奉惠公而有了身孕。因为出身微贱，不敢说出来。她拿来柴草铺在野地里生了顷公，又不敢抚养他。野猫哺乳而鹯来遮盖他，有人看见了把他收养了，于是给他取名为"无野"，这就是齐顷公。

注释

①顷公：即齐顷公，后为齐国国君。②狸：野猫。鹯(zhān)：一种鸟，也叫"晨风"。

影蔽袁钏

袁钏者，羌豪也①。秦时，拘执为奴隶，后得亡去②。秦人追之急迫，藏于穴中。秦人焚之，有景相如虎③，来为蔽，故得不死。诸羌神之，推以为君。其后种落炽盛。

译文

袁钡是羌族的部落首领。秦时，他被拘捕做了奴隶，后来逃跑离开了秦国。秦人追赶他很紧急，他躲藏到山洞里。秦人放火烧山洞，有一个像老虎一样的影子来遮蔽他，所以他才没被烧死。许多羌人以为他是神，推举他为首领。从那以后羌族部落非常昌盛。

注释

①豪：部落首领。②亡：逃跑。③景相：即影子的形象。景，同“影”。

大蛇吊丧

后汉定襄太守窦奉妻[1]，生子武，并生一蛇。奉送蛇于野中。及武长大，有海内俊名。母死将葬，未窆[2]，宾客聚集，有大蛇从林草中出，径来棺下，委地俯仰，以头击棺。血涕并流，状若哀恸。有顷而去。时人知为窦氏之祥。

译文

后汉定襄郡太守窦奉的妻子，生下儿子窦武，同时生下一条蛇。窦奉把蛇送到草野中。等窦武长大了，在国内有非常好的名声。他母亲死的时候，正在举行葬礼，还未埋葬，宾客们聚集在一起，有一条大蛇从树林草丛中出来，径直来到棺材下，伏在地上一上一下，用头叩击棺材。鲜血和眼泪一起流淌着，样子好像十分悲痛。过了一会儿才离开。当时的人都认为这是窦氏家族吉祥的兆应。

注释

①定襄：郡名，汉置，治所在今内蒙古阴山南。
②窆(biǎn)：埋葬。

撅儿筑城

晋怀帝永嘉中，在韩媪者，于野中见巨卵，持归育之，得婴儿，字曰“撅儿”。方四岁，刘渊筑平阳城不就，募能城者。撅儿应募。因变为蛇，令媪遗灰志其后①。谓媪曰：“凭灰筑城，城可立就。”竟如所言。渊怪之，遂投入山穴间，露尾数寸，使者斩时，忽有泉出穴中，汇为池，因名“金龙池”。

译文

晋怀帝永嘉年中，有一个姓韩的老妇人，在野外发现一只很大的蛋，她把蛋拿回家孵化，得到一个婴儿，给他取名字叫“撅儿”。撅儿长到四岁时，刘渊修筑平阳城总是修不好，就招募能筑城的人。撅儿应召了。他变成一条蛇，让老妇人跟在它后面撒灰线做标志。对老妇人说：“依照灰线筑城，城可以立刻筑好。”果然像他说的那样。刘渊觉得这件事很奇怪，就把撅儿扔到了山洞里，撅儿露出了几寸尾巴，使者去斩断时，忽然一股泉水从山洞中涌出，汇集成一个水池，于是取名为“金龙池”。

注释

①志：标志。

女嫁马之诺

旧说，太古之时，有大人远征，家无余人，唯有一女，牡马一匹，女亲养之。穷居幽处，思念其父，乃戏马曰：“尔能为我迎得父还，吾将嫁汝。”马既承此言，乃绝韁而去，径至父所。父见马惊喜，因取而乘之。马望所自来，悲鸣不已。父曰：“此马无事如此，我家得无有故乎？”亟乘以归。为畜生有非常之情，故厚加刍养①。马不肯食，每见女出入，辄喜怒奋击。如此非一。父怪之，密以问女。女具以告父，必为是故。父曰：“勿言，恐辱家门，且莫出入。”于是伏弩射杀之，暴皮于庭。父行，女与邻女于皮所戏，以足蹙之曰②：“汝是畜生，而欲娶人为妇耶？招此屠剥，如何自苦？”言未及竟，马皮蹶然而起，卷女以行。邻女忙怕，不敢救之，走告其父。父还，求索，已出失之。后经数日，得于大树枝间，女及马皮，尽化为蚕，而绩于树上。其茧纶理厚大③，异于常蚕。邻妇取而养之，其收数倍。因名其树曰“桑”。桑者，丧也。由斯百姓竞种之，今世所养是也。言桑蚕者，是古蚕之余类也。案《天官》，辰为马星。《蚕书》曰："月当大火，则浴其种。"是蚕与马同气也。《周礼》校人职掌"禁原蚕者"。注云："物莫能两大。禁原蚕者，为其伤马也。"汉礼，皇后亲采桑，祀蚕神曰"菀窳妇人、寓氏公主"。公主者，女之尊称也；菀窳妇人，先蚕者也。故今世或谓蚕为女儿者，是古之遗言也。

译文

传说，远古时期，有一家父亲到远方出征，家里没有别人，只有一个女儿、一匹雄马，女儿亲自饲养这匹马。她独自居住孤独忧伤，思念父亲，就开玩笑和马说："你能为我把父亲接回来，我就嫁给你。"马听了这话，就挣断了马缰绳离开了家，径直来到父亲驻扎的地方。父亲看见马又惊又喜，拉过马来就骑上它。马望着它来的那个方向，悲泣地叫着不停。父亲说："这马无故这样嘶叫，难道是我家有什么事情吗?"便赶快骑马回家。这马虽然是牲畜但和主人却有特殊的感情，所以主人优厚地给它加草料饲养它，但马却不肯吃草料。而每次看见女儿出出进进，就或喜或怒地腾跳狂击。这样不止一两次。父亲很奇怪，就悄悄地问女儿。女儿就把开玩笑的事告诉了父亲，认为一定是这个缘故。父亲听了以后说："不要说出去，恐怕污辱了家里的名声。你暂且不要出去了。"于是父亲用弓箭射死了马，把马皮晒在庭院中。父亲外出了，女儿和邻居姑娘在晒马皮的地方玩耍，她用脚踢着马皮说："你这个畜牲，还想娶人做媳妇?招到这样屠杀剥皮，这不是自讨苦吃吗?"话还未说完，马皮一下子起来，卷起女儿就走了。邻居姑娘很害怕，不敢上前救她，跑去告诉她父亲。父亲回来，到处寻找女儿，女儿已经走出消失了。后来过了很多天，在一棵大树枝条中间找到了女儿和马皮，他们已经完全变成了蚕，正在树上吐丝做茧。那蚕丝纹理厚大，不同于一般的蚕丝。邻居妇人把他们拿回家饲养，收到的蚕丝增加好几倍。于是人们把那树取名叫"桑"。桑，是丧失的意思。从此以后百姓们争着种桑树，现在用来养蚕的就是桑树。叫它桑蚕，就是因为它是古蚕遗留下来的。根据《天官》记载，辰是马星。《蚕书》上说："月亮位在心宿，就养育蚕种。"这时蚕与马同一气质。《周礼·马质》职文"禁饲二次蚕"注释说："同物不能两样同时增大。禁止饲养二次蚕，是因为它会损伤马。"汉代的礼仪，皇后亲自采桑，祭祀蚕神叫"菀窳妇人、寓氏公主"。公主，是那个女儿的尊称；菀窳妇人，是最先教民养蚕的人。所以如今世上有人说蚕是女儿，这是古代遗留下来的传说。

注释

①刍：牲口吃的草。②蹙：通“蹴”，踢。③纶理：指蚕丝的纹理。纶，原指丝线，此指蚕丝。

嫦娥奔月

羿请无死之药于西王母，嫦娥窃之以奔月。将往，枚筮之于有黄[1]。有黄占之曰：“吉。翩翩归妹[2]，独将西行。逢天晦芒，毋恐毋惊，后且大昌。”嫦娥遂托身于月，是为蟾蠩[3]。

译文

后羿向西王母求得不死之药，嫦娥偷吃了药而奔向月宫。将要动身时，去找巫师有黄卜卦。有黄占卜说：“吉利。翩翩归妹，独自将往西行。遇到天色昏暗，不要害怕不要惊慌，以后将会昌盛。”嫦娥于是飞向了月宫，这就是月宫中的蟾蜍。

注释

①枚筮：一种占卜的方法。有黄：巫师的名字。②归妹：卦名，也暗指嫦娥。③蟾蠩(zhū)：即蟾蜍，俗称癞蛤蟆。嫦娥托身于月，是为蟾蜍，后用为月亮的代称。

白鹤思侣

荥阳县南百余里，有兰岩山，峭拔千丈。常有双鹤，素羽皦然[1]，日夕偶影翔集。相传云：“昔有夫妇，隐此山数百年，化为双鹤，不绝往来。忽一旦，一鹤为人所害，其一鹤岁常哀鸣。至今响动岩谷，莫知其年岁也。”

译文

荥阳县南一百多里地方，有一座兰岩山，山岩陡峭有千丈。山上常常有一对鹤，白色的羽毛十分皦洁，日夜形影不离地飞翔栖息。人们传说：“以前有一对夫妇，隐居在这座山里有几百年了，他们变成一对鹤，长久地在一起。忽然有一天早上，一只鹤被人害死了，另外一只鹤便年年在那里悲哀地鸣叫。至今那叫声还震动着山谷，没有人知道它有多少岁了。”

注释

①皦然：洁白的样子。

毛衣女

豫章新喻县男子，见田中有六七女，皆衣毛衣，不知是鸟。匍匐往，得其一女所解毛衣，取藏之。即往就诸鸟，诸鸟各飞去，一鸟独不得去，男子取以为妇，生三女。其母后使女问父，知衣在积稻下，得之，衣而飞去。后复以迎三女，女亦得飞去。

译文

豫章郡新喻县有一个男子，看见田野中有六七个女郎，都穿着羽毛做的衣服，他不知道她们是鸟。他伏在地上悄悄爬过去，拿了一个女郎脱下来的羽毛衣，把它藏起来。然后他去接近那些鸟，那些鸟都各自飞走了，有一只鸟独自留下来飞不走，男子便娶她做妻子，生了三个女儿。后来母亲让女儿询问父亲衣服在哪里，得知羽毛衣在稻谷堆下面，她拿到羽毛衣，穿上飞走了。后来她又回来接三个女儿，女儿也都跟着飞走了。

黄母变鼋

汉灵帝时，江夏黄氏之母，浴盘水中，久而不起，变为鼋矣。婢惊走告。比家人来，鼋转入深渊。其后时时出见。初浴簪一银钗，犹在其首。于是黄氏累世不敢食鼋肉。

译文

汉灵帝时，江夏一姓黄人家的母亲，到盘水里洗浴，很久不起来，变成了一只鼋。婢女惊恐地跑回去告诉家人。等家里人来时，鼋已经转进了深渊。从那以后鼋常常出现。黄母当初洗浴时头上插戴着一枝银钗，还在鼋的头上。从此以后黄家几代人不敢吃鼋肉。

百岁怪翁

汉献帝建安中，东郡民家有怪。无故瓮器自发，訇訇作声，若有人击。盘案在前，忽然便失。鸡生子，辄失去。如是数岁，人甚恶之。乃多作美食，覆盖，着一室中，阴藏户间，窥伺之。果复重来，发声如前。闻便闭户，周旋室中，了无所见。乃暗以杖挝之，良久，于室隅间有所中。便闻呻吟之声曰："唷，唷，宜死。"开户视之，得一老翁，可百余岁，言语了不相当，貌状颇类于兽。遂行推问，乃于数里外得其家，云"失十余年"。得之哀喜。后岁余，复失之。闻陈留界复有怪如此，时人咸以为此翁。

译文

汉献帝建安年间，东郡一个百姓家出现了怪事。无缘无故坛坛罐罐自己打开，发出訇訇声，好像有人敲击。进食用的木盘放在面前，会忽然不见。鸡下了蛋，立刻就没。像这样连续几年，家人都很厌恶。那家于是就做了很多好吃的，用东西盖上，放在一间屋里，悄悄地藏在门后，偷偷看着。怪事果然又发生了，訇訇声像以前一样。那家人听到声音便赶紧关门，在屋里寻找，并没发现什么。于是又暗中用木杖到处敲打，很久，在屋子的墙角里打中了一个东西，便听到呻吟的声音说："唷，唷，该死。"打开门一看，是一个老翁，大约有一百多岁，说话已经言语不通，样子像野兽。于是进行审问，才在几里之外找到了他家，他家人说"他已经丢失十多年了"。见到他，家人又悲又喜。过了一年多，老翁又不见了。听说陈留郡境内也有这样的怪物出现，当时人都认为就是这个老翁。

评点

本卷选了十三个故事，大都是古老的民间传说，很生动。有些故事至今还流传着。如《嫦娥奔月》《毛衣女》《白鹤思侣》《女嫁马之诺》等，这些传说已经成为独立的文学作品而存在了。有的是作者根据以前流传的民间传说进行了再创作。《狸乳齐顷公》《夫余国王》与《诗经·大雅·生民》后稷的诞生很相似，都具有强烈的传奇色彩。《女嫁马之诺》反映了人们对诚信的追求，这个故事是《搜神记》中篇幅较长的一个，其情节完整而波澜曲折，将马赋予了人的感情，可以说是小小说的雏形。《蛮夷人的来历》也是本卷较为精彩的一篇，既记载了蛮夷人的来历、生活习性，又歌颂了帝王的女儿为了国家免遭祸患，宁愿牺牲自己的无私品格，并且有一定的史料价值。

卷十五

倩女还魂

秦始皇时，有王道平，长安人也。少时，与同村人唐叔偕女，小名父喻，容色俱美，誓为夫妇。寻王道平被差征伐，落堕南国，九年不归。父母见女长成，即聘与刘祥为妻[①]。女与道平言誓甚重，不肯改事。父母逼迫不免，出嫁刘祥。经三年，忽忽不乐[②]，常思道平，忿怨之深，悒悒而死。死经三年，平还家，乃诘邻人："此女安在？"邻人云："此女意在于君，被父母凌逼，嫁与刘祥。今已死矣。"平问："墓在何处？"邻人引往墓所。平悲号哽咽，三呼女名，绕墓悲苦，不能自止。平乃祝曰："我与汝立誓天地，保其终身。岂料官有牵缠，致令乖隔，使汝父母与刘祥；既不契于初心，生死永诀。然汝有灵圣，使我见汝生平之面。若无神灵，从兹而别。"言讫，又复哀泣。逡巡[③]，其女魂自墓出，问平："何处而来？良久契阔。与君誓为夫妇，以结终身。父母强逼，乃出聘刘祥，已经三年，旦夕忆君，结恨致死，乖隔幽途。然念君宿念不忘，再求相慰，妾身未损，可以再生，还为夫妇。且速开冢破棺，出我即活。"平审言，乃启墓门，扪看其女，果活。乃结束随平还家。其夫刘祥，闻之惊怪，申诉于州县。检律断之[④]，无条，乃录状奏王。王断归道平为妻。寿一百三十岁。实谓精诚贯于天地，而获感应如此。

译文

秦始皇时，有个叫王道平的，是长安人。他少年时，与同村人唐叔偕的女儿，小名父喻，容貌姿色很美，发誓结为夫妇。不久王道平被征召去打仗，流落到南方，九年没有回来。父母见女儿长大了，就把她许配给刘祥做妻子。女儿与王道平立下的誓言很坚定，不肯改变主意。父母逼迫，她难以逃脱，只好嫁给刘祥。过了三年，她心绪恶劣，闷闷不乐，不断思念道平，心中怨恨很深，忧郁而死。死后三年，道平返回家，就问邻居："这个女孩现在哪里？"邻人说："这女孩心意在你身上，被父母逼迫，嫁给刘祥。现在已经死了。"道平问："她的墓在哪里？"邻居人领道平来到墓地。道平悲痛号哭，不断呼唤女孩的名字，他绕着坟墓痛哭，不能控制自己。道平边哭边说："我和你对天发誓，终身相守。哪里料到官事牵累纠缠，使咱们分离，让你父亲把你许给刘祥；我们既不能实现当初的夙愿，又生死诀别。如果你有神灵，让我见见你平生的容颜。如果没有神灵，咱们就从此永别了。”说完，又悲哀哭泣。很快，那个女孩的魂灵从坟墓中出来，问道平：“你从什么地方来?咱们长久分开。我和你发誓结为夫妇，以定终身之好。父母强迫，把我许配给刘祥，已经三年了，我日夜思念你，郁结怨恨而死，使咱们阻隔在阴间。但是想念你不忘旧情，又一再寻求安慰，我的身体还没损伤，可以重新活过来，结为夫妇。你快点打开坟墓棺材，让我出来就可以活。”道平听从了她的话，就打开墓门，抚摸着看那女孩，果然活了。女孩就整理好衣服跟随道平回家了。她丈夫刘祥，听说这件事又吃惊又奇怪，到州县官府去申诉。官府检查法律断案，找不到有关的条文，于是就记录案情给皇上，皇上把女孩断给道平做妻子。他们活了一百三十多岁。这实在是他们的精诚感动了天地，才得到这样的报应。

注释

①聘：此指许配。②忽忽：六朝时俗语，又作“勿勿”，即心绪不好，不乐意。③逡巡：很快，迅速。④检律：查检法律条文。

终成眷属

晋武帝世[1]，河间郡有男女私悦，许相配适[2]。寻而男从军，积年不归。女家更欲适之。女不愿行，父母逼之，不得已而去。寻病死。其男戍还，问女所在。其家具说之。乃至冢，欲哭之尽哀，而不胜其情。遂发冢开棺，女即苏活，因负还家。将养数日，平复如初。后夫闻，乃往求之。其人不还，曰：“卿妇已死，天下岂闻死人可复活耶?此天赐我，非卿妇也。”于是相讼。郡县不能决，以谳廷尉[3]。秘书郎王导奏：“以精诚之至，感于天地，故死而更生。此非常事，不得以常理断之。请还开冢者。”朝廷从其议。

译文

晋惠帝时，河间郡有一男一女自由相爱，许定婚约。不久男的去从军，多年没回来。女的家里想把女儿嫁给别人。女儿不愿意改嫁，父母强迫她，没有办法她只好嫁给别人。不久就病死了。后来那男的戍边回来，问那女的在哪里。女家把情况都告诉了他。他于是来到坟前，要大哭一顿来抒发自己的哀情，但控制不了自己的感情，就掘开坟墓打开棺材，女的立即苏醒过来，他就把她背回家，调养几天后，女子恢复了健康。后来女子的丈夫知道了这件事，就去要人。那男的不给，说：“你妻子已经死了，天下哪里听说死人还能复活的呢?这是上天赐给我的，不是你妻子。”丈夫于是上告官府。

郡县官府不能判决，把这件事呈报给廷尉。秘书郎王导上奏说：“因为他们的精诚，感动了天地，所以死而复生。这不是一般的事情，不能用常理来决断这件事，请求允许把女方还给掘开坟墓的人。”朝廷采纳了这个奏议。

注释

①晋武帝世：当为“晋惠帝”。②私悦：指男女自由相爱，私定终身。适：指女子出嫁。③谳(yàn)：本义为审判定罪，此指呈报。

再生得神行

汉陈留考城史姁，字威明，年少时，尝病，临死，谓母曰：“我死当复生。埋我，以竹杖柱于瘞上[1]，若杖折，掘出我。”及死埋之，柱如其言。七日往视，杖果折。即掘出之，已活，走至井上浴，平复如故。后与邻船至下邳卖锄，不时售。云：“欲归。”人不信之，曰：“何有千里暂得归耶？”答曰：“一宿便还。”即书取报，以为验实。一宿便还，果得报。考城令江夏鄳贾和姊病在乡里[2]，欲急知消息，请往省之，路遥三千，再宿还报。

译文

汉陈留郡考城县人史姁，字威明，年轻时，曾经得了重病，临死时对母亲说：“我死后定能复生。埋我时，用竹杖立在坟上，如果竹杖断了，就掘开坟墓让我出来。”等他死了埋葬时，按他说的在坟上立了竹杖。七日后家人去看，竹杖果然折断了。立即把他挖出来，他已经复活了，走到井边洗浴，恢复得和以往一样。后来他和邻里人到下邳县去卖锄头，没有按期卖完，他说：“我想回家看看。”邻里人不相信他的话，说：“千里以外怎么能很快回来呢？”他回答说：“一夜就返回来。”邻里人就写了信并让他带回复信，以作为验证。他一夜便返回来，果真带回了复信。考城令江夏鄳县人贾和的姐姐病在家乡，他急于想知道病情，就请史姁去探望，三千里远的路程，史姁两夜就带回了消息。

注释

①瘗(yì)：坟堆。②鄳：当作“鄍”，江夏郡没有鄳，而有“鄍”县，在考城附近。

蒋氏先觉

吴国富阳人马势妇[1]，姓蒋。村人应病死者，蒋辄恍惚熟眠经日，见病人死，然后省觉。觉则具说，家中人不信之。语人云：“某中病，我欲杀之，怒强魂难杀，未即死。我入其家内，架上有白米饭，几种鲑[2]。我暂过灶下戏，婢无故犯我，我打其脊，使婢当时闷绝，久之乃苏。”其兄病，有乌衣人令杀之，向其请乞，终不下手。醒乃语兄云：“当活。”

译文

吴国富阳县人马势的妻子姓蒋。村里人有得重病要死的，蒋氏就恍惚地熟睡一天，梦见病人死亡，然后醒过来。醒来以后，就把梦里所见叙说一遍，家里人都不相信她的话。她告诉别人说：“某人得了重病，我要去杀他，他威猛强健难以对付，没有马上死。我到他家里去，物架上有白米饭，几种鱼菜。我刚刚到灶边嬉戏，婢女就无故触犯我，我打她的脊背，使她当时气闷死去，好长时间才苏醒。”蒋氏的哥哥病了，有穿乌衣的人下令杀了他，蒋氏向乌衣人乞求，乌衣人始终没有下手。她醒来以后告诉哥哥说：“你会活的。”

注释

①富阳：县名，即今浙江富阳。②鲑：吴人谓鱼菜的总称。

羊祜先知

羊祜年五岁时，令乳母取所弄金镮[1]。乳母说：“汝先无此物。”祜即诣邻人李氏东垣桑树中，探得之。主人惊曰：“此吾亡儿所失物也，云何持去！”乳母具言之。李氏悲惋。时人异之。

译文

羊祜五岁时，让乳母去拿他玩的金环。乳母说："你原来没有这个东西呀。"羊祜就到邻居李家住宅东墙边的桑树中拿到了金环。李家主人惊讶地说："这是我死去的儿子所丢的，你怎么拿去了呢？"乳母把事情都告诉了他们。李家人听了悲痛悽惋。当时的人都觉得这件事很奇怪。

注释

①羊祜(hù)：晋武帝时官至尚书右仆射(同宰相)。金镮：即"金环"。

掘冢出宫女

汉末，关中大乱，有发前汉宫人冢者，宫人犹活。既出，平复如旧。魏郭后爱念之[1]，录置宫内，常在左右，问汉时宫中事，说之了了，皆有次绪。郭后崩，哭泣过哀，遂死。

译文

东汉末年，关中大乱，有人挖掘西汉宫女的坟墓，那宫女还活着。她走出坟墓后，恢复得和原来一样。魏郭后怜爱她，把她留在宫中，时常带在自己身边。问起西汉时宫中的事，她说得很清楚，而且都有头绪。郭后死时，她悲哀过度，也死了。

注释

①魏郭后：魏文帝曹丕的皇后。

面不改色

汉桓帝冯贵人病亡[1]。灵帝时，有盗贼发冢，三十余年，颜色如故，但肉小冷。群贼共奸通之，至斗争相杀，然后事觉。后窦太后家被诛，欲以冯贵人配食[2]。下邳陈公达议："以贵人虽是先帝所幸，尸体秽污，不宜配至尊。"乃以窦太后配食。

译文

汉桓帝的冯贵人得重病死了。汉灵帝时，有盗贼掘坟，埋葬她三十多年了，面色和活着的人一样，只是身体稍冷。那些盗贼一起奸污了尸体，为此又互相拼杀，然后事情被发觉了。后来窦太后家族被诛杀，想用冯贵人祔祭宗庙。下邳郡人陈公提出："冯贵人虽是先帝所宠幸的，但是尸体已经被玷污，不适宜祔祭最尊贵的先帝。"于是用窦太后祔祭宗庙。

注释

①贵人：女官名，东汉光武帝置，位次皇后。②配食：祔祭，配享。指帝王宗庙的附祀。

公侯之冢

吴孙休时，戍将于广陵掘诸冢，取版以治城，所坏甚多。复发一大冢，内有重阁，户扇皆枢转，可开闭，四周为徼道[①]，通车，其高可以乘马。又铸铜人数十，长五尺，皆大冠朱衣，执剑，侍列灵坐。皆刻铜人背后面壁，言殿中将军，或言侍郎、常侍，似公侯之冢。破其棺，棺中有人，发已班白[②]，衣冠鲜明，面体如生人。棺中云母厚尺许，以白玉璧三十枚藉尸[③]。兵人辈共举出死人，以倚冢壁。有一玉，长尺许，形似冬瓜，从死人怀中透出，堕地。两耳及孔鼻中，皆有黄金，如枣许大。

译文

三国吴景帝孙休时，戍守边土的将士们在广陵郡发掘坟墓，取棺材板来修筑城墙用，坟墓损坏的很多。又挖掘了一座大坟墓，墓内有层层叠叠的楼阁，门扇都有转轴，可以开闭，四周有巡行警戒的道路，可以通车，它的高度可以容人在里面骑马。还铸有十几个铜人，高五尺，都戴着大帽子，穿着大红衣服，手里拿着剑，侍卫在灵位两旁。铜人背后石壁上都刻着字，有的称殿中将军，有的称侍郎、常侍，好像是公侯的坟墓。破开墓中的棺材，棺中有人，头发已经斑白，衣帽色彩鲜明，面貌如同活人。棺中有一尺来厚的云母，尸体用三十枚白玉璧垫着。士兵们一齐抬出尸体，把他靠在坟墓壁上。有一块玉，一尺左右长，形状像冬瓜，从死人怀里掉出来，落在地上。尸体的两耳和鼻孔里，都塞着黄金，像枣子那样大。

注释 

①徼道：巡行警戒的道路。②班：同“斑”。③藉：本义指用草编的垫，这里指“垫”。

评点 

这一卷故事比较少，内容也比较单一，主要是人死而复生和魂灵不灭的故事。因为作者撰写此书的目的就是“发明神道之不诬”，以证明鬼神之实有。他相信人能死而复生，本卷集中表现作者这一思想。这显然是作者的主观臆测，但是像《倩女还魂》《终成眷属》等篇，也歌颂了忠贞不渝的爱情，反映人们要求婚姻自主的愿望。具有历史与现实意义。

卷十六

《薤露》《蒿里》歌

挽歌者，丧家之乐；执绋者相和之声也。挽歌辞有《薤露》、《蒿里》二章，汉田横门人作[①]。横自杀，门人伤之，悲歌。言人如薤上露，易稀灭[②]。亦谓人死精魂归于蒿里。故有二章。

译文

挽歌是送丧的乐曲；是送葬时持牵引棺绳的人互相唱和的歌曲。挽歌辞有《薤露》、《蒿里》两章，是汉代田横的门徒创作的。田横自杀后，门徒们哀悼他，悲痛地唱起了歌。歌辞是说人的生命就像薤上的露水，很容易干燥消失；人死了以后魂灵归于蒿野之间。所以才产生了这两章歌。

注释

①薤(xiè)：植物名，多年生宿根草本，鲜茎可做蔬菜。蒿：草名，即蒿子。《薤露》《蒿里》皆为乐府《相和曲》名。《薤露》为王公贵族出殡时唱；《蒿里》为士大夫、庶民出殡所唱。田横：战国时齐田氏的后代。②稀：通"晞"，干燥。

蒋济儿阴府任职

蒋济字子通，楚国平阿人也。仕魏，为领军将军。其妇梦见亡儿，涕泣曰："死生异路。我生为卿相子孙，今在地下为泰山伍伯[①]，憔悴困苦，不可复言。今太庙西讴士孙阿，见召为泰山令，愿母为白侯，属阿，令转我得乐处。[②]"言讫，母忽然惊寤。明日以白济。济曰："梦为虚耳。不足怪也。"日暮，复梦曰："我来迎新君，止在庙下，未发之顷，暂得来归。新君明日日中当发，临发多事，不复得归。永辞于此。侯气强[③]，难感悟，故自诉于母。愿重启侯，何惜不一试验之。"遂道阿之形状，言甚备悉。天明，母重启济："虽云梦不足怪，此何太适适[④]！亦何惜不一验之？"济乃遣人诣太庙下，推问孙阿，果得之，形状证验，悉如儿言。济涕泣曰："几负吾儿。"于是乃见孙阿，具语其事。阿不惧当死，而喜得为泰山令，惟恐济言不信也，曰："若如节下言，阿之愿也。不知贤子欲得何职?”济曰:“随地下乐者与之。”阿曰:“辄当奉教。”乃厚赏之。言讫,遣还。济欲速知其验,从领军门至庙下,十步安一人,以传消息。辰时传阿心痛,巳时传阿剧,日中传阿亡。济曰:“虽哀吾儿之不幸。且喜亡者有知。”后月余,儿复来,语母曰:“已得转为录事矣[⑤]。”

译文

蒋济,字子通,楚国平阿县人。在魏国任职,任领军将军。他妻子梦见死去的儿子哭着说:“死生不同路,我生为卿相的子孙,如今在地下任泰山伍伯,劳苦困顿,不堪诉说。现在太庙西讴士孙阿,被召任泰山令,希望母亲替我禀告父亲,嘱托孙阿,让他给我调到舒服的地方。”说完,母亲忽然惊醒。第二天把这事告诉了蒋济。蒋济说:“梦是虚假的,不值得惊怪。”到了晚上,妻子又梦见儿子说:“我来迎接新府君,停在太庙下,未出发之时,暂时回家来。新府君明天中午就要出发,临行事多,不能再回来了。在此与母亲诀别。父亲性情倔强,难以觉悟,所以自己只能向母亲诉说。希望母亲再次向父亲陈情,为什么不惜试验一下这事呢?”于是他又叙述了孙阿的形貌,说得很详细。天亮以后,母亲又一次和蒋济说:“虽然说梦不值得惊怪,可是这次为什么这样明白清楚!你为什么舍不得试一试呢?”蒋济便派人到太庙下,查询孙阿,果然找到了这个人,形貌和儿子说的完全一样。蒋济流着泪说:“我差点辜负了我儿啊。”于是他去见孙阿,把儿子说的话全告诉了他。孙阿不害怕死亡,却很高兴能任泰山令,只是担心蒋济的话不可信,他说:“如果麾下所说是真的,那是我的愿望。不知道你儿子想要个什么职务?”蒋济说:“按照地下的规矩给他个舒服的事。”孙阿说:“我一定尽力效劳。”蒋济便给孙阿重重的赏赐。说完,孙阿让蒋济回去了。蒋济想赶快知道这事是否应验,从领军官府门口到太庙门下,十步远设置一人,以传递消息。辰时传来消息说孙阿心口痛,巳时传来消息说疼痛加重,日中传来说孙阿死了。蒋济说:“虽然哀痛我儿不幸死去。但还高兴他亡灵有知。”一个多月以后,他儿子又来托梦,告诉母亲说:“我已经调任为录事了。”

注释

①伍伯：在此指鬼职。②讴士：为太庙唱歌的人。泰山令：泰山府第的长官，此也指鬼职。侯：指蒋济。属：同"嘱"，嘱托，吩咐。③强：倔强。④適適(dí)：即"的的"，明白，昭著。⑤录事：掌管文书的属官。

温序之死

温序字公次，太原祈人也[①]。任护军都尉，行部至陇西，为隗嚣将所劫[②]，欲生降之。序大怒，以节挝杀人[③]。贼趋欲杀序，荀宇止之曰[④]："义士欲死节。"赐剑，令自裁。序受剑，衔须着口中，叹曰："无令须污土。"遂伏剑死。更始怜之[⑤]，送葬到洛阳城旁，为筑冢。长子寿，为印平侯，梦序告之曰："久客思乡。"寿即弃官，上书乞骸骨归葬，帝许之。

译文

温序，字公次，太原郡祁县人。他任护军都尉，巡行到陇西郡，被隗嚣的部将劫持，想要活捉他。温序大怒，用符节打死了抓他的人。贼兵上前抓住温序要杀死他，荀宇制止他们说："义士要死得有气节。"他赐给温序一把剑，命令他自刎。温序接过剑，把胡须衔在嘴里，感叹地说："不能让胡须沾上污土。"于是伏剑自刎而死。汉光武帝怜惜他，把他送到洛阳城边埋葬了，还为他修筑了坟墓。温序的长子温寿，为印平侯，梦见温序对他说："久客他乡，思念故土。"温寿就辞去官职，上奏乞求把父亲的骸骨带回家乡安葬，皇上同意了他的请求。

注释

①祈：应为"祁"，《续汉书·郡国志》载，太原郡有祁县。②隗嚣：东汉初天水成纪(今甘肃秦安)人，被当地豪强拥立，自称西州上将军。③挝(zhuā)：击、打。④荀宇：亦有书作"苟宇"，隗嚣的别将。⑤更始：即指汉光武帝刘秀。

被淹之鬼

汉南阳文颖，字叔长，建安中为甘陵府丞[1]。过界止宿，夜三鼓时，梦见一人跪前曰："昔我先人，葬我于此，水来湍墓，棺木溺，渍水处半，然无以自温。闻君在此，故来相依。欲屈明日暂住须臾，幸为相迁高燥处。"鬼披衣示颖，而皆沾湿。颖心怆然，即寤，语诸左右，曰："梦为虚耳，亦何足怪。"颖乃还眠。向寐复梦见，谓颖曰："我以穷苦告君，奈何不相愍悼乎？"颖梦中问曰："子为谁？"对曰："吾本赵人，今属汪芒氏之神[2]。"颖曰："子棺今何所在？"对曰："近在君帐北十数步，水侧枯杨树下，即是吾也。天将明，不复得见，君必念之。"颖答曰："喏。"忽然便寤。天明可发，颖曰："虽云梦不足怪，此何太適適。"左右曰："亦何惜须臾，不验之耶？"颖即起，率十数人，将导顺水上，果得一枯杨，曰："是矣。"掘其下，未几，果得棺。棺甚朽坏，半没水中。颖谓左右曰："向闻于人，谓之虚矣。世俗所传，不可无验。"为移其棺，葬之而去。

译文

东汉南阳人文颖，字叔长，建安年间任甘陵府丞。他过了甘陵界晚上休息，半夜三更时，梦见一人跪在他面前说："以前我父亲把我埋葬在这里，水流湍急冲击了我的坟墓，棺木被淹，一半浸在水里，然而我没有办法使自己得到温暖。听说你在这里，所以特地来依托你。想委屈您明天暂时留下一会儿，希望你能把我迁移到地势高干燥的地方。"鬼还披开衣服让文颖看，衣服全是湿的。文颖心里悲伤，立刻醒了，告诉了身边的人。左右的人说："梦是虚幻的，有什么值得惊怪的。"文颖就回去继续睡觉了。刚刚睡着又梦见那人，对文颖说："我把自己的困境告诉您，您为什么不悲悯我？"文颖在梦中问他："你是谁？"那人回答说："我本来是赵国人，现在属于汪芒氏的神祇。"文颖说："你的棺木在什么地方？"回答说："就在你营帐北面十多步远，水边枯杨树下面，那就是我。天快亮了，不能再见到您，您一定要想着我。"文颖答应说："好。"忽然就醒了。天亮要出发了，文颖说："虽然说梦不值得惊怪，这个梦怎么这么清晰。"左右的人说："何必可惜这一点时间，不去验证一下呢？"文颖立即动身，领着十几个人，带他们顺水而上，果然看见一棵枯杨树，说："是这里了。"挖树的下面，没多久，果然看见一具棺材，棺木已经腐烂，一半淹没在水里。文颖对旁边人说："以前听人说过这种事，总认为是虚幻的。世俗所传说的，不能不验证呀。"他们给棺木迁移了地方，埋葬以后就离开了。

注释

①府丞：府中的佐吏。②汪芒：古国名。故地在今浙江武康县。

夜半歌声

濡须口有大船[①]，船覆在水中，水小时，便出见。长老云："是曹公船[②]。"尝有渔人，夜宿其旁，以船系之，但闻竽笛弦歌之音[③]，又香气非常。渔人始得眠，梦人驱遣云："勿近官妓。"相传云曹公载妓船覆于此，至今在焉。

译文

濡须口有一条大船，船沉在水中，水小时就露出水面。当地长老说："这是曹公的船。"曾经有一个渔人，晚上在大船边停宿，把自己的船系在大船上，能听见竽笛弦歌的声音，而且香气浓郁。渔人刚刚睡着，就梦见有人驱赶他说："不要靠近官妓。"相传说这是曹操载歌妓的船沉没在这里。那船至今还在那里。

注释

①濡须：水名，今称运漕河或裕溪河。②曹公：即曹操。③竽：一种像笙的乐器。《太平御览》作"筝"。

司马绍斗鬼

晋世新蔡王昭[①]，平犊车在厅事上[②]，夜，无故自入斋室中[③]，触壁而出。后又数闻呼噪攻击之声，四面而来。昭乃聚众，设弓弩战斗之备，指声弓弩俱发，而鬼应声接矢数枚，皆倒入土中。

译文

晋代新蔡王的儿子司马绍，把一辆平犊车放在厅事上，晚上，车子无故自己进入斋房里，碰撞了墙壁后冲出来。后来又多次听到呼喊冲杀的声音，从四面传来。司马绍便聚集兵众，设置了弓箭之类打仗的武器，朝着发出声音的地方一起射箭，鬼随着箭声连中数箭，都倒进土里。

注释

①新蔡王昭：此“昭”字疑当作“绍”。平犊车：一种非重载的小车。②厅事：官府办公的地方。③斋室：斋戒的房间。

巨伯杀孙

琅邪秦巨伯，年六十，尝夜行饮酒，道经蓬山庙。忽见其两孙迎之，扶持百余步，便捉伯颈着地，骂：“老奴，汝某日捶我，我今当杀汝。”伯思惟某时信捶此孙。伯乃佯死，乃置伯去。伯归家，欲治两孙。两孙惊惋，叩头言：“为子孙，宁可有此。恐是鬼魅，乞更试之。”伯意悟。数日，乃诈醉，行此庙间。复见两孙来，扶持伯。伯乃急持，鬼动作不得。达家，乃是两人也[①]。伯着火炙之，腹背俱焦坼。出着庭中，夜皆亡去。伯恨不得杀之。后月余，又佯酒醉夜行，怀刃以去。家不知也。极夜不还，其孙恐又为此鬼所困，乃俱往迎伯，伯竟刺杀之。

译文

琅邪人秦巨伯，六十岁，曾经夜里外出喝酒，路过蓬山庙。忽然看见他的两个孙子来接他，扶着他走了一百多步，就捏着他的脖子，骂道：“老东西，你那天打我，我今天杀了你。”秦巨伯想想那天确实打过这个孙子。秦巨伯于是就装死，他们就丢下巨伯离开了。秦巨伯回到家，要惩治两个孙子。两个孙子惊恐怅恨，叩头说：“我们是您的子孙，怎么会有这样的事呢?恐怕是鬼魅，请您再试一试吧。”巨伯心里明白了。过了几天，巨伯假装喝醉了，来到蓬山庙。又看见两个孙子来搀扶他。巨伯赶紧抓住他们，鬼魅动弹不得。到家一看，竟是两个木偶人。巨伯点着火烧它们，腹、背部全都烧焦裂开。巨伯把它们扔到庭院里，夜里它们就逃跑了。巨伯恨没有杀死它们。一个多月后巨伯又假装醉酒夜里出去，怀里藏着刀离开了家。家里人不知道。夜深了还没回来，他的孙子担心他又被鬼魅所困住，便一同去迎接巨伯，巨伯竟然把孙子杀了。

注释

①两人也：当为“两偶人”，即鬼神的木偶像。

宋定伯与鬼

南阳宋定伯，年少时，夜行逢鬼。问之，鬼言："我是鬼。"鬼问："汝复谁？"定伯诳之，言："我亦鬼。"鬼问："欲至何所？"答曰："欲至宛市①。"鬼言："我亦欲至宛市。"遂行数里。鬼言："步行太迟，可共递相担，何如？"定伯曰："大善。"鬼便先担定伯数里。鬼言："卿太重，将非鬼也？"定伯言："我新鬼，故身重耳。"定伯因复担鬼，鬼略无重。如是再三。定伯又言："我新鬼，不知有何所畏忌？"鬼答言："惟不喜人唾。"于是共行。道遇水，定伯令鬼先渡，听之，了然无声音。定伯自渡，漕漼作声②。鬼复言："何以有声？"定伯曰："新死，不习渡水故耳。勿怪吾也。"行欲至宛市，定伯便担鬼着肩上，急执之。鬼大呼，声咋咋然，索下，不复听之。径至宛市中，下着地，化为一羊，便卖之。恐其变化，唾之，得钱千五百乃去。当时石崇有言："定伯卖鬼，得钱千五。"

译文

南阳郡人宋定伯，年轻时夜里赶路遇到了鬼。他问鬼是谁，鬼回答说："我是鬼。"鬼问他："你又是谁？"定伯骗鬼说："我也是鬼。"鬼问他："你要到哪里去？"定伯回答说："要到宛县的集市去。"鬼说："我也要到宛县集市去。"于是他们一起走了几里路。鬼说："一步一步走太慢了，咱们互相扛着走，怎么样？"定伯说："太好了。"鬼就先扛定伯几里路。鬼说："你太重了，难道不是鬼吗？"定伯说："我是新鬼，所以身体重啊！"定伯于是又扛鬼，鬼一点不重。这样他们轮换几次。定伯又说："我是新鬼，不知道有什么畏惧忌讳的吗？"鬼回答说："只是不喜欢人唾弃。"于是他们又一起赶路。遇到河水，定伯让鬼先渡过去，听它渡水，一点声音也没有。定伯自己渡河，发出漕漼的水声。鬼又说道："你为什么会有声？"定伯说："我新死，还不习惯渡水的原因吧。不要责怪我。"快要走到宛市了，定伯便把鬼扛在肩上，紧紧地抓住了它，鬼大声呼喊，发出咋咋的叫声，要定伯把它放下，定伯不再听它的。一直来到宛市中，把它放在地上，鬼变成了一只羊，定伯就把它卖了。担心它变化形体，就唾弃它，卖了一千五百文钱走了。当时石崇有一句话："定伯卖鬼，得钱千五。"

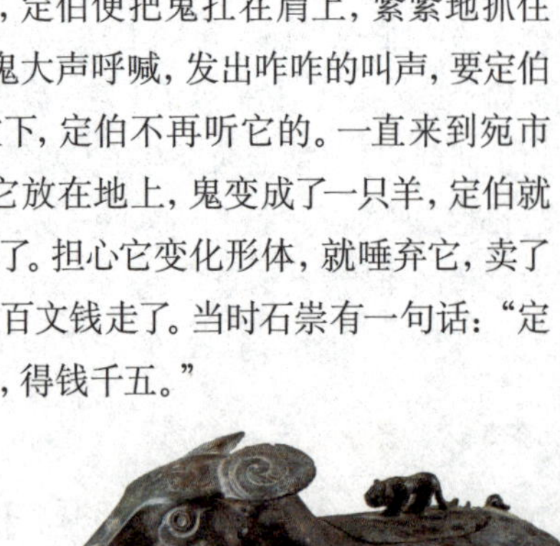

注释

①宛市：宛县的集市。②漕漼(cáo cuǐ)：象声词，过河趟水声。

紫玉与韩重

吴王夫差小女，名曰紫玉，年十八，才貌俱美。童子韩重①，年十九，有道术。女悦之，私交信问，许为之妻。重学于齐鲁之间，临去，属其父母，使求婚。王怒，不与女。玉结气死，葬阊门之外②。三年重归，诘其父母，父母曰："王大怒，玉结气死，已葬矣。"重哭泣哀恸，具牲币，往吊于墓前。玉魂从墓出，见重，流涕谓曰："昔尔行之后，令二亲从王相求，度必克从大愿。不图别后，遭命奈何！"玉乃左顾宛颈而歌曰："南山有乌，北山张罗。乌既高飞，罗将奈何！意欲从君，谗言孔多。悲结生疾，没命黄垆。命之不造，冤如之何！羽族之长，名为凤凰。一日失雄，三年感伤，虽有众鸟，不为匹双。故见鄙姿，逢君辉光。身远心近，何当暂忘。"歌毕，歔欷流涕，要重还冢。重曰："死生异路，惧有尤愆③，不敢承命。"玉曰："死生异路，吾亦知之。然今一别，永无后期。子将畏我为鬼而祸子乎？欲诚所奉，宁不相信。"重感其言，送之还冢。玉与之饮宴，留三日三夜，尽夫妇之礼。临出，取径寸明珠以送重，曰："既毁其名，又绝其愿，复何言哉！时节自爱。若至吾家，致敬大王。"重既出，遂诣王，自说其事。王大怒曰："吾女既死，而重造讹言，以玷秽亡灵。此不过发冢取物，托以鬼神。"趣收重④。重走脱，至玉墓所诉之。玉曰："无忧。今归白王。"王妆梳，忽见玉，惊愕悲喜，问曰："尔缘何生？"玉跪而言曰："昔诸生韩重，来求玉，大王不许，玉名毁义绝，自致身亡。重从远还，闻玉已死，故赍牲币⑤，诣冢吊唁。感其笃终，辄与相见，因以珠遗之。不为发冢，愿勿推治。"夫人闻之，出而抱之，玉如烟然。

译文

吴王夫差的小女儿，名叫紫玉，十八岁。才貌双全。少年韩重，十九岁，懂道术，小女喜欢他，与他私定终身，答应做他的妻子。韩重到齐鲁地方去求学，临走时，嘱托父母，去向吴王求婚。吴王大怒，不同意女儿嫁给他。紫玉气闷郁结死了，被埋葬在阊门外。三年后韩重返回家乡，向父母询问这件事，父母说："吴王很生气，紫玉气闷郁结死了，已经埋葬了。"韩重悲恸哭泣，准备了牲畜缯帛等祭品，来到紫玉墓前吊唁。紫玉的魂灵从墓中走出来，看见韩重，流着泪说："当初你走以后，你父母向大王求婚，我原以为大王会听从我的意愿。不料分别后遭到这样不幸的命运！"紫玉于是转过头去向后顾盼着唱道："南山有乌鹊，北山张罗网。乌鹊已高飞，罗网将奈何！本想跟从你，谗言实太多。悲痛郁结生了病，丧命埋没在黄泉。命运真不好，冤情何时了！鸟类之长，名叫凤凰。一日失去了凤，三年感伤怀。虽然鸟众多，不能配成双。所以现身姿，逢君生辉光。身远心相近，何时能相忘。”唱完，紫玉哭泣流泪，邀请韩重回到她的坟墓里。韩重说：“死生不同路，恐怕不合适吧，不敢答应你的邀请。”紫玉说：“死生不同路，我也知道。可是今天一别，再没有相见的日期，你怕我是鬼而害你吗?我想奉献我的诚心，难道不相信我吗?”韩重被她的话感动了，送她回到坟墓。紫玉设宴招待韩重，留他住了三天三夜，尽了夫妻的礼节。韩重临走时，紫玉将一颗直径一寸的明珠送给他，对他说：“我已经毁坏了名声，又断绝了心愿，还能说什么呢?请你洁身自爱。如果到我家，请向父王表示敬意。”韩重出了坟墓后，就去拜见吴王，述说了所发生的事。吴王生气地说：“我女儿已经死了，而你却编造谎言，来玷污女儿的亡灵。这不过是掘墓盗物，假托鬼神。”便催促收捕韩重。韩重赶快逃脱了，来到紫玉的墓前诉说这件事。紫玉说：“不用担忧，现在我就回去告诉父王。”吴王正在梳妆，忽然看见紫玉，吃了一惊，又悲又喜，问她说：“你怎么又活了?”紫玉跪在他面前说：“当初书生韩重来求婚娶我，父王不许，我的名声已毁，情义已断，以致自己身亡。韩重从远方回来，听说我已经死了，特意带上牲畜缯帛等东西，到我的墓前吊唁。我被他始终如一的真情所感动，就和他相见了，因此把明珠送给他。不是掘墓偷窃，希望不要惩治他。”吴王的夫人听说紫玉回来了，走出屋来抱住她，紫玉像一缕青烟一样消失了。

注释

①童子：指未成年男子。古代男子“二十而冠”，为成人。二十以下皆为童子。②阊门：吴国都城西门。即今江苏苏州市。③尤愆：过失、祸事。④趣(cù)：通“促”，催促。⑤赍(jī)：携带。

秦王之婿

陇西辛道度者，游学至雍州城四五里，比见一大宅，有青衣女子在门。度诣门下求飧[①]，女子入告秦女，女命召入。度趋入阁中，秦女于西榻而坐。度称姓名，叙起居，既毕，命东榻而坐。即治饮馔。食讫，女谓度曰："我秦闵王女，出聘曹国，不幸无夫而亡。亡来已二十三年，独居此宅。今日君来，愿为夫妇。"经三宿三日后，女即自言曰："君是生人，我鬼也。共君宿契，此会可三宵，不可久居，当有祸矣。然兹信宿，未悉绸缪，既已分飞，将何表信于郎？"即命取床后盒子开之，取金枕一枚，与度为信。乃分袂泣别，即遣青衣送出门外。未逾数步，不见舍宇，惟有一冢。度当时荒忙出走[②]，视其金枕在怀，乃无异变。寻至秦国，以枕于市货之。恰遇秦妃车游，亲见度卖金枕，疑而索看，诘度何处得来？度具以告。妃闻，悲泣不能自胜。然尚疑耳。乃遣人发冢，启柩视之，原葬悉在，唯不见枕。解体看之，交情宛若[③]，秦妃始信之。叹曰："我女大圣，死经二十三年，犹能与生人交往，此是我真女婿也。"遂封度为驸马都尉[④]，赐金帛车马，令还本国。因此以来，后人名女婿为"驸马"，今之国婿，亦为驸马矣。

译文

陇西郡人辛道度，出外游学来到雍州城外四五里的地方，看见一座大房子，有一个青衣女子站在门口。道度到门前乞求饭食，女子进屋告诉秦女，秦女命令女子召道度进来。辛道度走进房内，秦女坐在西榻上。道度自报了姓名，对秦女进行了问候，礼节完毕，秦女让他坐在东榻上，就准备饮食。吃过了饭，秦女对道度说："我是秦闵王的女儿，许配给曹国，不幸还未出嫁就死了。我死已经二十三年了，独自居住在这幢房子里。今天你来，愿和你结为夫妻。"道度在那里过了三天三夜后，秦女自己说："你是活人，我是鬼。我与你有前世姻缘，此次相会只能是三个晚上，不能久居，不然就有祸患了。可是这次不过住了两三夜，未尽恩爱之情，就要分离了，如何向你表达我的诚意呢？"说完命人拿来床后的盒子，把它打开，拿出一枚金枕，交给道度做信物。于是两人掩泪诀别，又派青衣女子把道度送到门外。道度未走几步，大房子忽然不见了，只有一座坟墓。道度慌忙离开了。看看怀中的金枕，还没什么变化。不久他来到秦国，拿金枕到市上去卖。恰巧遇见秦妃乘车出游，她亲眼看见道度在卖金枕，心中疑虑就拿过来看，询问道度从哪里得来的？道度就把事情告诉了她。秦妃听了，悲伤地哭起来，不能控制。可是她还是怀疑这事，就派人去打开坟墓，启开棺柩察看，原来的葬物都在，只有金枕不见了。解开秦女的衣服看，仍能看出夫妻交合的痕迹，秦妃这才开始相信事情是真的。她感叹说："我女儿是神仙，已经死了二十三年了，还能和活人交往。这是我的真女婿呀。"于是封道度为驸马都尉，赐给他金帛车马，让他返回自己国家去。从那以后，人们就把女婿叫为"驸马"。如今帝王的女婿，也称驸马了。

注释

①飧(sūn)：饭食。②荒忙：同"慌忙"。③交情：此指夫妇交合。④驸马都尉：汉武帝时设置的一种近侍官。掌副车之马，俸禄两千石。魏晋以后，帝王的女婿加此称号，简称驸马。

谈生得妻儿

汉谈生者，年四十，无妇，常感激读《诗经》①。夜半，有女子年可十五六，姿颜服饰，天下无双。来就生，为夫妇。之言曰②："我与人不同，勿以火照我也。三年之后，方可照耳。"与为夫妇，生一儿，已二岁，不能忍，夜伺其寝后，盗照视之。其腰以上，生肉如人，腰以下，但有枯骨。妇觉，遂言曰："君负我。我垂生矣，何不能忍一岁而竟相照也？"生辞谢。涕泣不可复止，云："与君虽大义永离，然顾念我儿，若贫不能自偕活者，暂随我去，方遗君物。"生随之去，入华堂室宇，器物不凡。以一珠袍与之，曰："可以自给。"裂取生衣裾，留之而去。后生持袍诣市，睢阳王家买之，得钱千万。王识之曰："是我女袍，那得在市？此必发冢。"乃取拷之。生具以实对，王犹不信。乃视女冢，冢完如故。发视之，棺盖下果得衣裾。呼其儿视，正类王女。王乃信之。即召谈生，复赐遗之，以为女婿。表其儿为郎中。

译文

汉代有一人叫谈生，四十岁，没有妻子，常常为《诗经》所感动而奋发读书。一天半夜，有一个女子约十五六岁，容貌服饰，天下没有谁能比得上的。来找谈生，和他做夫妻。她对谈生说："我和常人不一样，千万不要用火光照我。三年以后，才可以照我。"她和谈生结为夫妻，生下一个儿子，已经两岁了，谈生忍不住，夜里见妻子睡着以后，偷偷地用灯火照她看。她的腰以上，长的肉和人一样，腰以下，就只有枯骨。妻子醒来，对他说："你辜负了我。我已经快要活了，你为什么不能再忍一年而竟然现在照我？"谈生连忙道歉。妻子痛哭流泪不止。说："我和你的情义虽然已经断绝了，但是我挂念我儿子，像你这样贫穷不能自己养活儿子，你暂时随我去一下，我送给你一样东西。"谈生随着她走了，来到一座华丽的殿堂，屋内器物不同一般。妻子拿一件珠袍给谈生，说："靠这个你可以维持生活了。"她又撕下一块谈生的衣裙留下来，就和谈生分开了。后来谈生拿着珠袍到市上去卖，被睢阳王家的人买去，得到一千万钱。睢阳王认识这件珠袍，他说："这是我女儿的袍子。怎么能在市上呢？一定是盗墓的。"于是他把谈生捉来拷问。谈生将实情告诉了睢阳王，睢阳王还不相信。就去看女儿的坟墓，坟墓完好如初。挖开来看，棺盖下果然找到了谈生的衣裙。把他儿子找来看，正像自己的女儿。睢阳王这才相信是真的。便召来谈生，把珠袍又赐给他，认他为女婿。并上表奏请朝廷封他儿子为郎中。

注释

①感激：感动，激发。②之言：明钞本《太平广记》作"乃"。

卢充奇遇

卢充者，范阳人。家西三十里，有崔少府墓[①]。充年二十，先冬至一日，出宅西猎戏。见一獐，举弓而射，中之。獐倒复起，充因逐之，不觉远。忽见道北一里许，高门，瓦屋四周，有如府舍。不复见獐。门中一铃下唱："客前。"充问："此何府也？"答曰："少府府也。"充曰："我衣恶，那得见少府？"即有一人，提一襆新衣[②]，曰："府君以此遗郎。"充便着讫，进见少府，展姓名。酒炙数行，谓充曰："尊府君不以仆门鄙陋[③]，近得书，为吾索小女婚，故相迎耳。"便以书示充。充父亡时虽小，然已识父手迹，即欷歔，无复辞免。便敕内[④]："卢郎已来，可令女郎妆严。"且语充云："君可就东廊。"及至黄昏，内白："女郎妆严已毕。"充既至东廊，女已下车，立席头，却共拜。时为三日，给食[⑤]。三日毕，崔谓充曰："君可归矣。女有娠相，若生男，当以相还，无相疑；生女，当留自养。"敕外严车送客。充便辞出。崔送至中门，执手涕零。出门，见一犊车，驾青衣[⑥]，又见本所着衣及弓箭，故在门外。寻传教将一人提襆衣与充，相问曰："姻缘始尔，别甚怅恨，今复致衣一袭[⑦]，被褥自副。"充上车，去如电逝。须臾至家，家人相见悲喜。推问，知崔是亡人而入其墓，追以懊惋。别后四年，三月三日[⑧]，充临水戏，忽见水旁有二犊车，乍沉乍浮。既而近岸，同坐皆见。而充往开车后户，见崔氏女与三岁男共载。充见之忻然，欲捉其手。女举手指后车曰："府君见之。"即见少府。充往问讯。女抱儿还充，又与金鋺[⑨]，并赠诗曰："煌煌灵芝质，光丽何猗猗[⑩]。华艳当时显，嘉异表神奇。含英未及秀，中夏罹霜萎。荣耀长幽灭，世路永无施。不悟阴阳运，哲人忽来仪[⑪]。会浅离别速，皆由灵与祇。何以赠余亲？金鋺可颐儿[⑫]。恩爱从此别，断肠伤肝脾。"充取儿、鋺及诗，忽然不见二车处。充将儿还，四坐谓是鬼魅，佥遥唾之[13]，形如故。问儿："谁是汝父？"儿径就充怀。众初怪恶，传省其诗，慨然叹死生之玄通也。充后乘车入市卖碗。高举其价，不欲速售，冀有识。欻有一老婢识此，还白大家曰："市中见一人乘车，卖崔氏女郎棺中碗。"大家即崔氏亲姨母也[14]。遣儿视之，果如其婢言。上车，叙姓名。语充曰："昔我姨嫁少府，生女，未出而亡。家亲痛之，赠一金碗，着棺中。可说得碗本末。"充以事对。比儿亦为之悲咽。赍还白母，母即令诣充家，迎儿视之。诸亲悉集。儿有崔氏之状，又复似充貌。儿、碗俱验，姨母曰："我外甥三月末间产。父曰：'春暖温也。愿休强也，即字温休[15]。'温休者，盖幽婚也[16]。其兆先彰矣。"儿遂成令器，历郡守二千石。子孙冠盖，相承至今。其后植[17]，字子干，有名天下。

译文

卢充是范阳人。他家西边三十里的地方，有一座崔少府墓。卢充二十岁时，冬至的前一天，他到宅子西边去打猎，看见一只獐，举起弓箭，射中了它，獐倒下之后又起来跑了。卢充于是追赶它。不知不觉中追了很远。忽然看见道北一里左右，有一幢高门大屋，瓦屋的四周，好像官府的宅第，却看不见獐。门前有一侍从高声唤道："客人请进。"卢充问："这是谁的府第？"侍从回答说："是少府的府第。"卢充说："我的衣服脏了，怎么能去见少府呢？"说完立即有一人，提着一包新衣，说："府君把这个送给你。"卢充便换上衣服，进去见少府，通报了自己的姓名。饮酒过了几巡，少府对卢充说："令尊大人不嫌我门第低下，最近得到他的信，为你向我的小女求婚，所以今天特意来迎接你。"说完便把信给卢充看。父亲去世时卢充虽然还小，但已经记得父亲的手迹了，当时不免叹息悲泣，没有办法推辞婚事。少府便吩咐内室人说："卢郎已经来了，让女儿梳妆打扮。"又对卢充说："你可到东厢房休息。"等到黄昏时刻，内室里人说："女郎已经梳妆完毕。"卢充到了东厢房，女郎已经下车，站在垫席前，两人一起拜堂。按当时的礼节举行了三日婚礼，宴请宾客。三天后，崔少府对卢充说："你可以回家了。女儿有了妊娠的迹象，如果生了男孩，一定会送还给你，不必疑虑，生了女孩，就留下自己抚养。"说完他吩咐外面人准备车子送客，卢充便告辞出来。崔少府送到中门，拉着他的手流出了眼泪。卢充出了门，看见一辆牛车，驾着一头青牛，又看见自己原来穿的衣服和弓箭，还在门外。接着崔少府又派一人提着一包衣服送给卢充，宽慰他说："姻缘才开始，离别会很惆怅遗憾，今又送来一套衣服、一副被褥。"卢充上了车，就像闪电般离去。一会儿就到家了，家人见了又悲又喜。查问后，才知道崔少府是死去的人，而且卢充进的是他的坟墓，回想起来懊恼叹息。分别四年后，三月三日那天，卢充在水边洗濯，忽然看见水里有两辆牛车，时沉时浮，一会儿靠近岸边，大家都看见了。卢充过去打开车后面的门，看见崔氏女郎与三岁的男孩坐在里面。卢充见是她们很高兴，想握住女郎的手。女郎举手指着后面的车子说："府君要见你。"卢充见是崔少府，忙过去问候。女郎抱着儿子还给卢充，又给他一只金碗，并赠诗说："明亮的样子像灵芝的姿质，光彩靓丽多么美好茂盛。华贵艳丽当时已经显现，与众不同的美好显得十分神奇。含苞的花朵还未来得及开放，中夏就遭到秋霜而枯萎。光彩荣耀从此长久地泯灭，人间道路永远无法行通。不料阴间阳世还可交往，才能有不凡的人忽然来临。相会短暂离别匆匆，都因为神灵的安排。拿什么送给我的亲人，一只金碗可以养育我儿。夫妻恩爱从此断绝，肝肠欲断令人悲伤。"卢充接过儿子、碗和诗，两辆牛车忽然不见了。卢充把儿子带回来，在座的人都说是鬼魅，都远远地唾弃他，但孩子的形貌不变。有人问孩子："谁是你父亲？"孩子就扑到卢充的怀里。大家开始都奇怪厌恶他，传看那首诗，不禁感慨叹惋死生之间的玄妙相通了。卢充后来乘车到集市上去卖碗，他故意抬高价格，不想马上卖出去，希望能有人认识它。忽然有一个老婢女认识这碗，回去禀告女主人说："集市上看见一个人乘着车，在卖崔少府女儿棺中的碗。"女主人就是崔氏女郎的亲姨母。她派儿子去看，果然和婢女说的一样。他便登上车，报了自己姓名。告诉卢充说："从前我姨嫁给少府，生下一个女儿，还未等出嫁就死了。母亲痛惜她，送给她一只金碗，放在棺柩里。请你说说得到这碗的经过。"卢充便把事情的经过说了一遍。姨母的儿子也为此悲泣呜咽。他把碗带回家给母亲看，母亲立刻派人到卢充家，接来孩子看，亲戚们都闻讯赶来。孩子有崔氏女郎的模样，又像卢充的面貌。孩子、碗都验证完了，姨母说："我外甥是三月末时出生的。他父亲说：'春暖温和，愿他美好强壮。就取名温休吧。'温休，就是幽婚。这个预兆早就清楚了。"这孩子终于成了人才，任过俸禄二千石的郡守。他的子孙后代都在做官，承袭到如今。他的后代卢植，字子干，天下闻名。

注释

①少府：九卿之一，掌官中御衣、宝货、珍膳等。②襆(fú)：包袱，巾帕。③尊府君：指卢充的父亲。犹言“令尊大人”。④敕：告诫，吩咐。⑤时为三日，给食：此为婚后三日，宴请宾客，为魏晋时的习俗。⑥驾青衣：明钞本《太平广记》“衣”作“牛”。⑦袭：量词，一副或一套。⑧三月三日：古代上巳节，此日在水滨洗濯，以除不祥。⑨金鋺：即“金碗”。⑩猗猗：美盛的样子。⑪来仪：凤凰的代称。也指特殊人物的出现。⑫颐：保养、休养。⑬佥：皆，众。⑭大家(gū)：六朝时奴婢对女主人的敬称。⑮强：强壮。休：即“修”，美好。。⑯温休者，盖幽婚也：此句为反切隐语，“温”，声母与“休”韵母相拼，发“幽”音。“休”声母与“温”韵母相拼合，发“婚”音。为魏晋时流行的语言现象。⑰植：即卢植，东汉末著名的儒者。官至尚书。

评点

本卷故事多讲梦幻，讲鬼神，与上一卷的用意相同，即在情节起伏变化的故事里来说明鬼神乃实有。与上卷不同的是有些故事篇幅加大了，情节更为完整，鬼的形象更鲜明，更具有人的意识与思想。而且这些鬼多通过人的梦境来表达他们的意愿。如《蒋济儿阴府任职》《被淹之鬼》《秦王之婿》等。从内容上看有两点是应该肯定的：一是通过人与鬼的交往，反映了人民不怕鬼怪、敢于和妖魔进行斗争的精神。如《宋定伯与鬼》记述了宋定伯的勇敢机智，与鬼进行周旋并铲除了鬼的无畏行为。二是写了青年男女为情而死、因情复生等离奇的情节，讴歌了真挚的爱情，如《紫玉与韩重》，故事的情调凄婉悲凉，紫玉的形象美丽动人。这个故事已经成为千古流传的爱情佳话，也成为后来文学创作的题材。《温序之死》则在故事的叙述中肯定了温序的气节。这些故事在今天看来仍有一定的意义。

卷十七

鬼魅诳人

陈国张汉直，到南阳，从京兆尹延叔坚学《左氏传》①。行后数月，鬼物持其妹，为之扬言曰："我病死，丧在陌上，常苦饥寒。操二三量不借②，挂屋后楮上；傅子方送我五百钱，在北墉下③，皆忘取之。又买李幼一头牛，本券在书箧中④。"往索取之，悉如其言。妇尚不知有此。妹新从婿家来，非其所及。家人哀伤，益以为审。父母诸弟，衰绖到来迎丧，去舍数里，遇汉直与诸生十余人相追⑤。汉直顾见家人，怪其如此。家见汉直，谓其鬼也，怅惘良久。汉直乃前为父拜，说其本末，且悲且喜。凡所闻见，若此非一，得知妖物之为。

译文

陈国人张汉直，到南阳去，跟随京兆尹延叔坚学习《春秋左氏传》。离开家几个月以后，鬼怪找到他妹妹，假托他的话说："我病死了，尸体丢在路上，常有饥寒之苦。我编的两三双草鞋，挂在屋后的楮树上；傅子方送给我的五百钱，放在房子北墙下，都忘取了。又买了李幼的一头牛，契据在书箱子里。"他妹妹回家寻找这些东西，都和说的一样。他妻子还不知有这些情况。他妹妹刚从丈夫家回来，并不知道家里的这些事情。家人很悲伤，都以为他真的死了。父母兄弟，都穿上丧服来南阳接丧，离学舍几里路的时候，遇见张汉直和十几个学生相随在一起。汉直回头看见家人，很奇怪他们这样子。家人看见汉直，以为他是鬼，失意懊恼站了半天。汉直便跪拜在父亲面前，述说了事情经过，一家人又悲又喜。凡所听到看到的，像这样的事不只这一件，大家这才知道是鬼魅在做怪。

注释

①陈国：春秋诸侯国名。周初封舜之后妫满于陈，春秋末为楚所灭。国在今河南淮阳及安徽亳县一带。延叔坚：即延笃。东汉南阳人。少受《左氏传》，后为京兆尹。②不借：草鞋，丝制的鞋称履，麻制的鞋称不借。因为贱而易坏，不能借给别人，因此而得名"不借"。③楮(chǔ)：木名，即构树、叶似桑，皮可制纸。墉(yōng)：墙。④箧(qiè)：小箱子。⑤衰绖(cuīdié)：古代居丧的衣服。相追：《太平广记》中"追"作"随"。

贞节先生

汉陈留外黄范丹，字史云，少为尉从佐使，檄谒督邮[1]。丹有志节，自恚为厮役小吏[2]。乃于陈留大泽中，杀所乘马，捐弃官帻[3]，诈逢劫者。有神下其家曰："我，史云也。为劫人所杀。疾取我衣于陈留大泽中。"家取得一帻[4]。丹遂之南郡，转入三辅，从英贤游学，十三年乃归，家人不复识焉。陈留人高其志行，及没，号曰贞节先生。

译文

汉代陈留郡外黄县人范丹，字史云，年轻时任尉从佐使，送文书去拜见督邮。范丹有志节，自恨自己只是干粗杂活的小吏。便在陈留郡的大沼泽里杀死了所骑的马，扔掉了帽子和头巾，假称自己被强盗劫持了。有神灵降到他家说："我是史云。被强盗杀害。赶快到陈留大泽中取我的衣服。"家里人去拿回了他的一件衣服。范丹于是到了南郡，又转入三辅地区，跟从贤人学习，十三年后才回家，家里人已经不认识他了。陈留人崇尚他的志气行为，等他死了以后，称他为贞节先生。

注释

①尉从佐使：县尉属下的佐吏。檄：文书。督邮：汉代各郡的重要属吏。②恚(huì)：恨、怒。③官帻：明钞本《太平广记》作"冠帻"。④帻：明钞本《太平广记》作"衣"。

小鬼偷药

吴孙皓世，淮南内史朱诞，字永长，为建安太守。诞给使妻有鬼病[1]，其夫疑之为奸。后出行，密穿壁隙窥之。正见妻在机中织，遥瞻桑树上，向之言笑。给使仰视树上，有一年少人，可十四五，衣青衿袖，青幧头[2]。给使以为信人也，张弩射之。化为鸣蝉，其大如箕，翔然飞去。妻亦应声惊曰："噫！人射汝。"给使怪其故。后久时，给使见二小儿在陌上共语。曰："何以不复见汝？"其一即树上小儿也，答曰："前不遇，为人所射，病疮积时。"彼儿曰："今何如？""赖朱府君梁上膏以傅之，得愈。"给使白诞曰："人盗君膏药，颇知之否？"诞曰："吾膏久致梁上，人安得盗之？"给使曰："不然。府君视之。"诞殊不信。试为视之，封题如故。诞曰："小人故妄言，膏自如故。"给使曰："试开之。"则膏去半。为掊刮[3]，见有趾迹，诞因大惊。乃详问之，具道本末。

译文

三国吴孙皓时代，淮南内史朱诞，字永长，任建安太守。朱诞的给使的妻子被鬼魅所迷惑，他丈夫怀疑她与别人私通。后来他外出，悄悄回来凿穿墙壁的缝隙偷偷地监视妻子。正好看见妻子在织布机上织布，远远地望着桑树上面，朝那里说笑。给使抬头看树上一个少年人，大约十四五岁，穿着青布夹衣，戴着青头巾。给使以为是妻子的情人，拉开弓箭射他。他变成一只鸣蝉，像簸箕那样大，盘旋地飞走了。他妻子随着弓箭声惊叫着："噫！有人射你。"给使很奇怪她为什么这样做。后来过了很长时间，给使看见两个小孩在路上对话。一个说："怎么一直没有见到你？"另一个就是桑树上的小孩，回答说："前段时间不料被人射中了，生了箭疮很长时间。"那个小孩说："现在怎么样？"回答说："幸亏用朱府君屋梁上的药膏涂上，已经痊愈了。"给使回去告诉朱诞说："有人偷了你的膏药，你知道吗？"朱诞说："我的膏药放在屋梁上很久了，别人怎么能偷去呢？"给使说："不信，你可以看看。"朱诞还是不信。试着看那药膏，仍在梁上，包封和以前一样。朱诞说："小人故意乱说，膏药还是原来的样子。"给使说："打开看看。"一看发现膏药已经少了一半，是用手刮的，上面还有痕迹。朱诞于是大吃一惊。便详细询问怎么回事，给使便叙述事情的全部经过。

注释

①给使：指供差遣的人，王公贵族的随从或内侍。②青衿袖：《艺文类聚》作"衣青布褶"。褶，夹衣。帩(qiāo)头：也作"绡头"，古代男子束发的头巾。③掊(póu)：用手扒土，搜刮。

倪家闹鬼

吴时，嘉兴倪彦思，居县西埏里[①]。忽见鬼魅入其家，与人语，饮食如人，帷不见形。彦思奴婢有窃骂大家者，云："今当以语。"彦思治之，无敢詈之者[②]。彦思有小妻，魅从求之，彦思乃迎道士逐之。酒肴既设，魅乃取厕中草粪，布着其上。道士便盛击鼓，召请诸神。魅乃取伏虎[③]，于神座上吹作角声音[④]。有顷，道士忽觉背上冷，惊起解衣，乃伏虎也。于是道士罢去。彦思夜于被中窃与妪语，共患此魅。魅即屋梁上谓彦思曰："汝与妇道吾，吾今当截汝屋梁。"即隆隆有声。彦思惧梁断，取火照视，魅即灭火，截梁声愈急。彦思惧屋坏，大小悉退出。更取火，视梁如故。魅大笑，问彦思："复道吾否？"郡中典农闻之曰[⑤]："此神正当是狸物耳。"魅即往谓典农曰："汝取官若干百斛谷，藏着某处。为吏污秽，而敢论吾。今当白于官，将人取汝所盗谷。"典农大怖而谢之。自后无敢道者。三年后去，不知所在。

译文

三国吴时，嘉兴县人倪彦思，居住在县西埏里。一天忽然发现鬼魅进入他家，和人谈话，像人一样吃喝，只是看不见形体。彦思的奴婢里有人偷偷地骂家主的，鬼魅说："现在就把话告诉主人。"彦思惩治了那个奴婢，再也没有人敢骂了。彦思有一个小妾，鬼魅跟着追求她，彦思便请道士来驱逐它。酒菜摆好了以后，鬼魅便拿厕所里的草粪，涂在酒菜上。道士于是猛烈击鼓，召请各路神仙。鬼魅就拿来便壶，在神座上吹出号角的声音。一会儿，道士忽然觉得背上发凉，吃惊地站起来解开衣服，发现是便壶，道士终于作罢离开了。彦思夜里在被窝里和妻子悄悄说话，都忧愁这个鬼魅。鬼魅就在屋梁上对彦思说："你和妇人谈论我，我今天要砍断你的屋梁。"说完屋梁就发出隆隆的响声。彦思担心屋梁断了，拿火来照看，鬼魅就立刻吹灭了火。砍屋梁的声音越来越响。彦思害怕房屋真的倒坍了，让一家大小都离开了屋子。他又拿来灯火，看房梁还是原来的样子。鬼魅大笑，问彦思："你还说不说我了?"郡中典农校尉听了这事说："这个神怪正是狐狸精呀。"鬼魅立即去对典农校尉说："你拿了官府的好几百斛稻谷，藏在某个地方。你为官贪鄙，竟敢来议论我。今天我要到官府告你，带人去取你所盗窃的稻谷。"典农校尉吓得忙向鬼魅道歉。从那以后再没有人敢议论鬼魅了。三年以后鬼魅离开了倪彦思家，不知道到哪里去了。

注释

①埏(yán)里：地名，嘉兴县西。②詈(lì)：骂。③伏虎：一种便壶，形似蹲伏的虎。④角：古代军中的一种乐器。⑤郡中典农：即典农校尉。三国魏置，主屯田，掌田租、民政等。

河东庙神

袁绍字本初，在冀州。有神出河东，号度朔君，百姓共为立庙。庙有主簿大福[1]。陈留蔡庸为清河太守，过谒庙。有子名道，亡已三十年。度朔君为庸设酒，曰："贵子昔来，欲相见。"须臾，子来。度朔君自云父祖昔作兖州。有一士姓苏，母病往祷。主簿云："君逢天士留待。"闻西北有鼓声而君至。须臾，一客来，着皂角单衣[2]，头上五色毛，长数寸。去后，复一人，着白布单衣，高冠，冠似鱼头，谓君曰："昔临庐山共食白李，忆之未久，已三千岁。日月易得，使人怅然。"去后，君谓士曰："先来南海君也。"士是书生，君明通五经，善《礼记》，与士论礼，士不如也。士乞救母病。君曰："卿所居东有故桥，人坏之。此桥所行，卿母犯之。能复桥，便差[3]。"曹公讨袁谭[4]，使人

从庙换千匹绢，君不与。曹公遣张郃毁庙[⑤]。未至百里，君遣兵数万，方道而来。郃未达二里，云雾绕郃军，不知庙处。君语主簿："曹公气盛，宜避之。"后苏并邻家有神下，识君声，云："昔移入湖[⑥]，阔绝三年。"乃遣人与曹公相闻："欲修故庙，地衰不中居，欲寄住。"公曰："甚善。"治城北楼以居之。数日，曹公猎，得物，大如麑，大足[⑦]，色白如雪，毛软滑可爱，公以摩面，莫能名也。夜闻楼上哭云："小儿出行不还。"公拊掌曰："此子言真衰也。"晨将数百犬，绕楼下。犬得气，冲突内外，见有物大如驴，自投楼下，犬杀之，庙神乃绝。

译文

袁绍字本初，据有冀州。有一个神物出现在河东，号称度朔君，老百姓们一起为它立了一座神庙。庙里设有主簿、祭品。陈留人蔡庸任清河郡太守，来拜谒神庙。他有一个儿子叫蔡道，已经死三十多年了。度朔君为蔡庸置办了酒席，说："你儿子先来这里，想见你。"一会儿，他儿子来了。度朔君自称他祖父辈以前在兖州。有一个读书人姓苏，母亲病重去庙里祷祝。主簿说："度朔君与你相见，请留候。"听见西北有鼓声，度朔君来了。一会儿，一个客人来，穿着黑色单衣，头上有五色毛，几寸长，他离开以后，又来一人，穿着白布单衣，戴着高高的帽子，帽子像鱼头样，他对度朔君说："以前到庐山一起吃白李，回想起来没多久，却已经三千年了。日月消逝得真快，使人惆怅啊！"他离开以后，度朔君对苏士说："前面来的是南海君。"苏士是读书人，度朔君精通五经，懂得《礼记》，他和苏士讨论礼仪，苏士不如他。苏士请求他为母亲治病。度朔君说："你居住的地方东边有一座旧桥，坏了已经很久了，这座桥是乡间人经常行走的，你能修复这座桥，你母亲的病就会痊愈。"曹操去征讨袁谭，叫人从庙里换一千匹绢，度朔君不肯。曹操派张郃带人去毁掉神庙。还离百里路到神庙，度朔君派了几万神兵，从路上迎来。张郃离庙还有二里路时，云雾围绕着他的军队，找不到庙在哪里。度朔君对主簿说："曹公气势盛大，应该避开他。"后来苏士与邻居家有神降临，他听出是度朔君的声音，说："当年我移入胡地，分别已经三年了。"于是他派人和曹操商量："要重修原来那座庙，那地方衰败不宜居住，想寄居一个地方。"曹操说："很好。"就收拾城北一座楼给他居住。几天后，曹操出外打猎，得到一个动物，像幼鹿那样大，大脚，像雪一样白，毛柔软润滑可爱，曹操用它摩抚着脸，不知道它叫什么。"晚上听见楼上有人哭着说："小儿外出还没回来。"曹操拍着掌说："这人说的是真衰败了。"第二天早晨有几百只狗，围绕在楼下。狗闻到气味，内外冲撞奔跑，见一个像驴一样大的怪物，自己奔向楼下，狗上前咬死了它。庙神就再也没有了。

注释

①主簿：官名，此指神庙所置的掌簿者。福：祭过神的酒肉，此指祭祀的事与人。②皂角单衣：《太平广记》中无“角”字。皂，黑色。皂衣，汉代官吏制服。③“卿所居”一句：此句《太平广记》明钞本作：“坏久之，此桥乡人所行，卿能复桥，便差。”④袁谭：袁绍之子，曾随父起兵，后被曹操所灭。⑤张郃：三国时名将，曾随袁绍，后依附曹操，官至左将军。⑥湖：《太平广记》作“胡”。指胡地。⑦麑：幼鹿。大足：明钞本《太平广记》作“六足”。

小儿与鸟

晋惠帝永康元年，京师得异鸟，莫能名。赵王伦使人持出，周旋城邑市以问人[1]。即日，宫西有一小儿见之，遂自言曰：“服留鸟。”持者还白伦。伦使更求，又见之，乃将入宫，密笼鸟，并闭小儿于户中。明日往视，悉不复见。

译文

晋惠帝永康元年，京师捕得一只奇特的鸟，没人知道鸟的名字。赵王司马伦让人把鸟拿出去，在城里四处周旋询问人们。当天，宫廷西边有一个小孩看见鸟，便自言自语说：“服留鸟。”拿鸟的人回去报告司马伦。司马伦叫他再去找小孩，又看见了那孩子，就把他带进宫里，用密笼关起鸟，又把小孩关在屋中。第二天去看，孩子和鸟都不见了。

注释

①市以问人：《宋书》作“匝以问人”。匝，环绕。

评点

这一卷一共七个故事，也是写鬼魅神怪，有鬼对现世人的骚扰，也有正义的鬼对贪官的惩罚，如《倪家闹鬼》，实际是通过鬼魅，表达了作者的正义感。同时对无事生非的鬼进行了谴责。

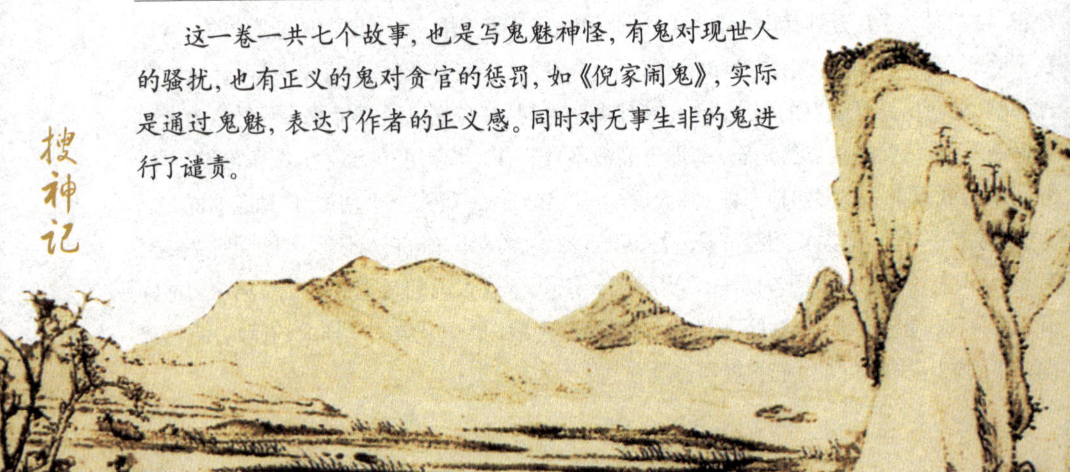

卷十八

何文发财

魏郡张奋者，家本巨富，忽衰老财散，遂卖宅与程应。应入居，举家病疾，转卖邻人何文。文先独持大刀，暮入北堂中梁上。至三更竟，忽有一人，长丈余，高冠黄衣，升堂呼曰："细腰。"细腰应喏。曰："舍中何以有生人气也？"答曰："无之。"便去。须臾，有一高冠青衣者；次之，又有高冠白衣者。问答并如前。及将曙，文乃下堂中，如向法呼之，问曰："黄衣者为谁？"曰："金也。在堂西壁下。青衣者为谁？"曰："钱也。在堂前井边五步。""白衣者为谁？"曰："银也。在墙东北角柱下。""你复为谁？"曰："我，杵也。今在灶下。"及晓，文按次掘之，得金银五百斤，钱千万贯；仍取杵焚之。由此大富，宅遂清宁。

译文

魏郡张奋，家里本来很富裕，很快人老财散，于是卖了住宅给程应。程应搬去居住以后，全家都得了重病，又把住宅转卖给邻居何文。何文先独自拿着大刀，傍晚时爬到北堂中梁上。到三更将尽时，忽然有一个人，一丈多高，戴着高高的帽子，穿着黄色衣服，走上堂来招呼说："细腰。"细腰答应着。黄衣人说："屋子里怎么有生人味呢？"细腰回答说："没有。"黄衣人便离开了。一会儿，有一个戴着高帽穿着青衣服的人；又一会，又有一个戴着高帽穿着白衣服的人。问答都如第一个人一样。等到天快亮时，何文走下堂来，像前面人那样呼唤着细腰，问细腰说："穿黄衣服的是谁？"细腰说："是黄金。在堂屋西边墙下。""穿青衣服的是谁？"回答说："是钱。在堂屋前石井边五步远地方。""穿白衣服的是谁？"回答说："是银子。在墙东北角的柱子下面。""你又是谁？"回答说："我，是木棒。现在炉灶下。"等到天亮了，何文按次序一一挖掘，得到黄金、白银五百斤，钱千万贯。又拿来木棒烧了它。从此以后他非常富有，住宅也清静安宁了。

秦公战神树

秦时，武都故道，有怒特祠[1]，祠上生梓树。秦文公二十七年，使人伐之，辄有大风雨。树创随合，经日不断。文公乃益发卒，持斧者至四十人，犹不断。士疲还息，其一人伤足，不能行，卧树下，闻鬼语树神曰："劳乎攻战？"其一人曰："何足为劳？"又曰："秦公将必不休，如之何？"答曰："秦公其如予何。"又曰："秦若使三百人被发，以朱丝绕树，赭衣灰坌伐汝[2]，汝得不困耶？"神寂无言。明日，病人语所闻。公于是令人皆衣赭，随斫创，坌以灰。树断，中有一青牛出，走入丰水中。其后青牛出丰水中，使骑击之，不胜。有骑堕地复上，髻解被发，牛畏之，乃入水，不敢出。故秦自是置旄头骑[3]。

译文

春秋时秦国，在武都郡故道地方，有一座怒牛祠，祠上长着一棵梓树。秦文公二十七年，派人砍伐它，一砍树就有大风雨。树上的创伤随即愈合，砍了一天也没砍断。秦文公便增加士卒，拿着斧子的人达到四十个，还是砍不断。士卒疲惫地回去了，其中有一人砍伤了脚，不能走，躺在树下休息，听见鬼对树神说："攻战累了吧？"一人说："谈什么累呢？"鬼又说："秦文公一定不会罢休，怎么办？"树神回答说："秦文公能把我怎么样。"鬼又说："秦文公如果让三百人披散着头发，用红色绢丝缠绕树干，穿上赤褐色的衣服用灰涂饰砍伐你，你能不能被困住呢？"树神沉默不再说话了。第二天，病人向秦文公报告了所听见的话。秦文公于是让人全都穿上赤褐色衣服，一边砍树，一边涂饰灰。树砍断了，树里有一头青牛，跑到丰水泉里。后来青牛又从丰水泉跑出来，秦文公派骑兵牵制它，难以制服它。有一个骑兵跌倒在地上又翻身起来，发髻散了披着头发，牛害怕了，跑到水里，不敢再出来。所以秦国从此在骑兵中设置了旄头骑。

注释

①特：公牛。②赭(zhě)衣：古代囚犯所穿的赤褐色的衣服，亦为罪人的代称。赭，红土。坌(fèn)：同"坋"，涂饰。③旄头骑：持此旗为先驱的骑兵仪仗队。旄，用牦牛尾做装饰的旗帜。

树神降雨

庐江龙舒县陆亭，流水边有一大树，高数十丈，常有黄鸟数千枚巢其上。时久旱，长老共相谓曰："彼树常有黄气，或有神灵，可以祈雨。"因以酒脯往。亭中有寡妇李宪者，夜起，室中忽见一妇人，着绣衣，自称曰："我树神黄祖也，能兴云雨。以汝性洁，佐汝为生。朝来父老皆欲祈雨，吾已求之于帝，明日日中大雨。"至期果雨。遂为立祠。宪曰："诸卿在此[1]，吾居近水，当致少鲤鱼。"言讫，有鲤鱼数十头，飞集堂下。坐者莫不惊悚。如此岁余。神曰："将有大兵，今辞汝去。"留一玉环，曰："持此可以避难。"后刘表、袁术相攻，龙舒之民皆徙去，唯宪里不被兵。

译文

庐江郡舒县陆亭地方，河边有一棵大树，有几十丈高，常常有几千只黄鸟在树上筑巢。当时天大旱了很长时间，长老们在一起互相议论说："那棵树常常有黄色的气，或许有神灵，可以向它求雨。"于是他们带着酒肉去求雨。亭里有一个寡妇叫李宪，半夜起来，看见屋里忽然来了一个妇人，穿着一件绣花衣裳，自我介绍说："我是树神黄祖，能兴云作雨。因为你性情洁净，我帮助你生活。早晨父老们都想求雨，我已经向天帝请求，明天中午下大雨。"到了第二天中午果然下了雨。于是人们为树神黄祖立了祠庙。李宪说："诸位长老在这里，我住在水边，应当送些鲤鱼来。"话刚说完，就有几十头鲤鱼，飞落在堂屋里。在座的人没有不惊讶的。就这样过了一年多，树神说："要有大的战争发生，现在向你告辞了。"留下一只玉环，说："拿这个可以避免灾难。"后来刘表、袁术互相攻杀，龙舒县的百姓都迁走了，只有李宪住的乡里没有遭到战祸。

注释

①诸卿在此：《太平寰宇记》作"诸乡老在此"。

大树流血

魏桂阳太守江夏张辽[1]，字叔高，去鄢陵，家居买田。田中有大树十余围，枝叶扶疏，盖地数亩，不生谷。遣客伐之。斧数下，有赤汁六七斗出。客惊怖，归白叔高。叔高大怒曰："树老汁赤，如何得怪！"因自严行，复斫之，血大流洒。叔高使先斫其枝，上有一空处，见白头公，可长四五尺，突出，注赴叔高，高以刀逆格之。如此凡杀四五头，并死。左右皆惊怖伏地。叔高神虑恬然如旧。徐熟视，非人非兽。遂伐其木。此所谓“木石之怪，夔、蝄蛃”者乎？是岁，应司空辟侍御史[2]，兖州刺史。以二千石之尊，过乡里，荐祝祖考[3]。白日绣衣荣羡，竟无他怪。

译文

桂阳太守江夏人张辽，字叔高，到鄢陵去，住在那里并置买了田地。田里有一棵十多围粗的大树，枝叶茂盛，遮盖了好几亩田地，不能长庄稼。张叔高派门客去伐掉它，斧头砍了几下，流出六七斗红色的液体。门客惊恐害怕，回去禀告张叔高。张叔高生气地说：“树老汁液红，有什么惊怪的！”于是自己整装亲自去了，又砍了树，那树血一样的汁液流出很多。张叔高让人先砍断树枝，见树上有一个空洞，里面出现了白头公公，约四五尺高，他一下子跑出来直奔叔高去，叔高拿刀和他搏斗。就这样连杀了四五个，都死了。左右的人都吓得趴在地上。叔高神色安宁自如就与平时一样。他慢慢地仔细观察，这些东西不像人也不像兽。于是他砍掉了那棵树。这就是所说的“木石的精怪、夔、蝄蛃”之类的东西吗？这一年，张叔高应司空的征辟当上了侍御史、兖州刺史。以郡守的身份访问家乡，祭祀祖先。白天穿着锦绣衣服，非常荣耀。再没有什么怪事了。

注释

①**魏**：《法苑珠林》中没有“魏”字。汪绍楹先生认为此为汉末的事，作“魏”有误。②**司空**：官名，西周始置，掌管工程。**侍御史**：官名，在司空之下。行监察等职，或奉使出外执行指定任务。③**祖考**：祖先。生曰父，死曰考。

董仲舒识狸

董仲舒下帷讲诵，有客来诣。舒知非常。客又云：“欲雨。”舒戏之曰：“巢居知风，穴居知雨。卿非狐狸，则是鼷鼠[1]。”客遂化为老狸。

译文

董仲舒闭门读书，有客人来拜访他。董仲舒知道他不是一般人。客人又说：“天要下雨。”董仲舒开玩笑说：“居住在巢穴里的知道有没有风，居住在洞穴里的知道有没有雨。你不是狐狸，就是鼷鼠。”客人于是变成一只老狐狸。

注释

①鼷鼠：一种黑色有毒的小鼠。

狐妖访张华

张华字茂先[1]，晋惠帝时为司空。于时燕昭王墓前，有一斑狐，积年能变幻。乃变作一书生，欲诣张公。过问墓前华表曰："以我才貌，可得见张司空否？"华表曰："子之妙解，无为不可。但张公智度，恐难笼络，出必遇辱，殆不得返。非但丧子千岁之质，亦当深误老表[2]。"狐不从，乃持刺谒华[3]。华见其总角风流[4]，洁白如玉，举动容止，顾盼生姿，雅重之。于是论及文章，辨校声实[5]，华未尝闻。此复商略三史，探赜百家，谈老、庄之奥区，披风、雅之绝旨，包十圣，贯三才，箴八儒，擿五礼，华无不应声屈滞[6]。乃叹曰："天下岂有此年少。若非鬼魅，则是狐狸。"乃扫榻延留，留人防护。此生乃曰："明公当尊贤容众，嘉善而矜不能。奈何憎人学问！墨子兼爱，其若是耶？"言卒，便求退。华已使人防门，不得出。既而又谓华曰："公门置甲兵拦骑，当是致疑于仆也。将恐天下之人，卷舌而不言；智谋之士，望门而不进。深为明公惜之。"华不应，而使人防御甚严。时丰城令雷焕，字孔章，博物士也，来访华，华以书生白之。孔章曰："若疑之，何不呼猎犬试之？"乃命犬以试，竟无惮色。狐曰："我天生才智，反以为妖，以犬试我，遮莫千试万虑，其能为患乎？"华闻益怒曰："此必真妖也。闻魑魅忌狗，所别者数百年物耳；千年老精，不能复别。惟得千年枯木照之，则形立见。"孔章曰："千年神木，何由可得？"华曰："世传燕昭王墓前华表木，已经千年。"乃遣人伐华表。使人欲至本所，忽空中有一青衣小儿来，问使曰："君何来也？"使曰："张司空有一年少来谒，多才巧辞，疑是妖魅。使我取华表照之。"青衣曰："老狐不智，不听我言，今日祸已及我，其可逃乎？"乃发声而泣；倏然不见。使乃伐其木，血流，便将木归。燃之以照书生，乃一斑狐。华曰："此二物不值我，千年不可复得。"乃烹之。

译文

张华字茂先，晋惠帝时任司空。当时燕昭王墓前有一只杂毛狐狸，已经多年了而且能变幻。它变做一个书生，要拜访张华。它去询问燕昭王墓前的华表说："以我的才能相貌，可不可以去见张司空？"华表说："你能言善辩，没什么不可以的。只是张公聪颖博学，恐怕难以控制，去了之后定遭侮辱，恐怕是不能返回来了。不但要失去你千年修炼的身体，也会严重地损害我。”狐狸不听劝告，便拿着名片去拜见张华。张华见他年轻英俊，皮肤洁白如玉，仪态举止优雅动人，非常看重他。于是和他讨论文学篇章，辩论分析名实，张华从未听到这样精辟的言论。接着又商讨三史，探究诸子百家之学，谈论《老子》《庄子》学说的奥秘，披露《诗经》风、雅的意旨，总结十圣之道，贯通三才，规戒八儒，揭示各种礼仪，张华无以对答。感叹说：“天下哪有这样的年轻人！你不是鬼魅，就是狐狸。”于是打扫床榻请他留住，并派人防护他。这个书生说：“你应该尊重贤才，容纳众人，嘉奖有才能的人而怜悯较差的人。为什么憎恶别人的学问！墨子兼爱的主张，难道是这样吗？”说完，便要求离开。张华已经派人在门口防守，书生出不去。然后他又对张华说：“你在门口设置兵士武器，一定是对我有疑虑。这样恐怕天下的人会卷起舌头不说话；有智谋的人，望见你的家门而不敢进。我很为你惋惜呀！”张华不理他，并且让人严加防守。这时，丰城县令雷焕，字孔章，是个知识渊博的人，他来拜访张华，张华把书生的事告诉了他。孔章说：“你怀疑他，为什么不唤猎犬来试试？”于是唤猎犬出来，狐狸竟毫无惧色。狐狸说：“我天生聪敏，反而以为我是妖怪，拿犬来试探我，任凭你试验千遍万遍，难道能伤害我吗？”张华听了更加愤怒，说：“这书生一定真是妖怪。听说鬼怪忌讳狗，但是狗能识别的是几百年的妖怪，千年的老妖精，就不能再识别了。只有用千年的枯木照他，那么原形立刻会显现出来。”孔章说：“千年神木，哪里能得到呢？”张华说：“世上人传说燕昭王墓前的华表木，已经千年了。”于是张华派人去砍伐华表。派去的人将要走到华表前，忽然空中有一个穿青衣的小孩降下来，问派去的人说：“你为什么来？”派去的人说：“张司空家有一个书生来访，多才巧辩，怀疑他是妖怪，让我来取华表照他。”青衣小孩说：“老狐狸不明智，不听我的话，现在祸患殃及到我，怎么能逃脱呢？”于是放声哭泣，忽然不见了。派去的使者便伐了华表木，木流出血来，他带着华表木返回去，点燃了它去照书生，原来是一只杂毛狐狸。张华说：“这两个东西不遇到我，千年之内不能擒获。”于是烹杀了狐狸。

注释

①张华：西晋大臣、文学家。②老表：吴金华《〈搜神记〉校补》中认为当为“老鄙”，年老者自谦之词。③刺：名帖。相当于后来的名片。④总角风流：指年轻英俊，风流潇洒。总角，古代男女未成年前束发为两结，形状如角，称总角。⑤声实：即名与实，是魏晋时期谈玄的一个重要内容。⑥商略：即商讨。三史：六朝时指《史记》《汉书》《东观汉记》三部史书。探赜：即探赜索隐，窥探幽深，求索隐微。十圣：泛指古代圣贤，如尧、舜、禹、汤、文、武、周公、孔子、孟子等。三才：指天、地、人。八儒：指各派儒学。箴：规戒。擿(zhì)：揭示。五礼：即吉礼、凶礼、宾礼、军礼、嘉礼。吉礼是祭祀之礼。凶礼是丧葬之礼。宾礼是宾客之礼。军礼是军旅之礼。嘉礼是冠、婚之礼。

神估伯祖

博陵刘伯祖为河东太守，所止承尘上有神[①]，能语，常呼伯祖与语。及京师诏书诰下消息[②]，辄预告伯祖。伯祖问其所食啖[③]，欲得羊肝。乃买羊肝，于前切之，脔随刀不见[④]。尽两羊肝，忽有一老狸，眇眇在案前，持刀者欲举刀斫之，伯祖呵止。自着承尘上，须臾大笑曰："向者啖羊肝，醉忽失形，与府君相见，大惭愧。"后伯祖当为司隶[⑤]，神复先语伯祖曰："某月某日，诏书当到。"至期如言。及入司隶府，神随逐在承尘上，辄言省内事[⑥]。伯祖大恐怖，谓神曰："今职在刺举[⑦]。若左右贵人，闻神在此，因以相害。"神答曰："诚如府君所虑，当相舍去。"遂即无声。

译文

博陵县人刘伯祖任河东太守，他所住的承尘上有神灵，能说话，常常招呼伯祖并和他交谈。当京城诏书传来消息，神灵就预先告诉伯祖。伯祖问他喜欢吃什么东西，神说想吃羊肝。于是伯祖买来羊肝，叫人在承尘前切开，羊肝随着刀切下来就不见了。吃完了两副羊肝，忽然有一条老狐狸，隐隐约约在案桌前，拿刀切肉的人要举刀砍它，被伯祖呵斥制止住。狐狸自己爬到承尘上，一会儿大笑着说："刚才吃了羊肝，醉了，一下子失去常态，和你相见，实在惭愧。"后来伯祖要任司隶，神灵又预先告诉伯祖说："某月某日，诏书一定来到。"到了那天果然诏书到了。等到刘伯祖进入了司隶府，神灵也随着来到府中承尘上，总和伯祖谈论宫禁之内的事。伯祖很害怕，对神灵说："我如今职在察举百官犯法的事，如果左右显赫的人听说你在这里，就会以此加害于我。"神灵回答说："确实像你所担忧的那样，我会离开的！"于是便无声无息了。

注释

①承尘：悬挂在床上承接尘土的小帐幕。②诰：皇帝给臣子的命令。③啖：吃。④脔(luán)：切成小块的肉。⑤司隶：即司隶校尉的简称。⑥省内：宫禁之内。⑦职在刺举：刺，斥责，指责。因司隶校尉王掌察举百官及京师附近各郡犯法者，所以谓"刺举"。

狐怪为妻

后汉建安中，沛国郡陈羡为西海都尉[①]。其部曲王灵孝，无故逃去，羡欲杀之。居无何，孝复逃走。羡久不见，囚其妇，妇以实对。羡曰："是必魅将去，当求之。"因将步骑数十，领猎犬，周旋于城外求索，果见孝于空冢中。闻人犬声，怪遂避去。羡使人扶孝以归，其形颇象狐矣，略不复与人相应，但啼呼"阿紫"。阿紫，狐字也。后十余日，乃稍稍了悟。云："狐始来时，于屋曲角鸡栖间，作好妇形，自称'阿紫'招我。如此非一。忽然便随去，即为妻，暮辄与我共还其家。遇狗不觉[②]。"云乐无比也。道士云："此山魅也。"《名山记》曰："狐者，先古之淫妇也，其名曰'阿紫'，化而为狐。故其怪多自称'阿紫'。"

译文

东汉建安年间，沛国人陈羡任西河都尉。他的部下王灵孝，无故逃跑了，陈羡抓他回来想杀了他。没过多久，王灵孝又逃跑了。陈羡好长时间不见他回来，便囚禁了他妻子，他妻子把实情告诉了陈羡。陈羡说："一定是鬼魅把他带走了。应该找他去。"于是他带着步兵骑兵几十个人，领着猎犬，在城外四处寻找，果然看见王灵孝在一座空坟中。听到人和犬声，鬼怪便躲了起来。陈羡让人扶着王灵孝回来，看他的样子很像狐狸了，丝毫不再与人交谈，只是哭着呼唤"阿紫"。阿紫，是狐狸的名字。十多天后，他才渐渐醒悟过来。他说："狐狸刚来时，在屋子角落里鸡呆的地方，变成一个美貌妇人，自称'阿紫'，招引我过去。这样不止一次。忽然有一天我就随她去了，她就做了我妻子，晚上和我一起回到她家。遇到狗也没醒悟。"并且说快乐无比。道士说："这是山魅。"《名山记》说："狐狸，是上古的淫妇，她的名字叫'阿紫'，变成狐狸。所以狐怪大多自称为'阿紫'"。

注释

①海：当为"河"。②遇狗不觉：汪绍盈先生认为本句有讹字。"不"疑作"乃"。

宋大贤斗鬼

南阳西郊有一亭，人不可止，止则有祸。邑人宋大贤，以正道自处。尝宿亭楼，夜坐鼓琴，不设兵仗。至夜半时，忽有鬼来，登梯与大贤语，眝目磋齿[1]，形貌可恶。大贤鼓琴如故，鬼乃去。于市中取死人头来，还与大贤曰："宁可少睡耶？"因以死人头投大贤前。大贤曰："甚佳。吾暮卧无枕，正欲得此。"鬼复去。良久乃还，曰："宁可共手搏耶？"大贤曰："善。"语未竟，鬼在前，大贤便逆捉其腰。鬼但急言"死"。大贤遂杀之。明日视之，乃老狐也。自是亭舍更无妖怪。

译文

南阳郡西郊有一座亭楼，人不能在那里停留，停留就有祸患。城里人宋大贤，一向以正统的原则立身处世，不信鬼怪之说。他一次到亭楼过夜，晚上坐着弹琴，没有准备兵器。到半夜时，忽然有鬼怪来，登着楼梯和大贤说话，瞪眼磨牙，面貌狰狞。宋大贤依旧弹琴，鬼便离开了。鬼在街市上拿颗死人头，回来对大贤说："你难道不睡一会儿吗？"于是把死人头扔到大贤面前。大贤说："太好了，我晚上睡觉没有枕头，正想得到它。"鬼又离开了。过了很久才回来，说："你能不能和我徒手搏斗哇？"大贤说："可以。"话音未落，鬼就来到大贤面前，大贤便迎上去抱住它的腰。鬼只是连忙喊叫"死"。大贤便杀了它。第二天看它，竟是一只老狐狸。从那以后亭舍再也没有妖怪了。

注释

①眝(níng)目磋齿：即瞪眼磨牙、面目狰狞的样子。

猪变美女

晋有一士人，姓王，家在吴郡。还至曲阿，日暮，引船上当大埭[1]。见埭上有一女子，年十七八，便呼之留宿。至晓，解金铃系其臂。使人随至家，都无女人，因逼猪栏中，见母猪臂有金铃。

译文

晋时有一个男人，姓王，家在吴郡。他回家经过曲阿县，天黑了，把船拉上岸来靠在大土堤上。看见土堤上有一个女子，有十七八岁，便招呼她留下同宿。到第二天早晨，他解下金铃系在她的胳膊上。派人跟随她回到家，家里却没有女人，于是走到猪栏边，发现一只母猪的前腿上系着金铃。

注释

①埭(dài)：堵水的土堤。

梁文侍羊

汉齐人梁文，好道。其家有神祠，建室三四间，座上施皂帐[①]，常在其中。积十数年。后因祀事，帐中忽有人语，自呼“高山君”。大能饮食，治病有验。文奉事甚肃。积数年，得进其帐中。神醉，文乃乞得奉见颜色。谓文曰：“授手来。”文纳手，得持其颐[②]，髯须甚长。文渐绕手，卒然引之，而闻作羊声。座中惊起，助文引之，乃袁公路家羊也[③]。失之七八年，不知所在，杀之，乃绝。

译文

汉代齐地人梁文，喜好道术。他家有一座神祠，修建房屋三四间，神座上设有黑色帷帐，神像就在里面，这样过了十多年。后来因为祭祀的事，帐子里忽然有人说话，自称是“高山君”。高山君能吃能喝，给人治病有灵验。梁文侍奉他非常恭敬。过了好几年，梁文被允许进入帐中。神喝醉了，梁文便请求见见高山君的容颜。高山君对梁文说：“把手伸进来。”梁文伸过手去，被允许摸他的面颊，两颊的胡须特别长。梁文慢慢地把胡须绕在手上，猛然一拉，听到了羊叫声。在座的人都吃惊地站起来，帮助梁文拉他出来，竟是袁公路家的一只羊。这只羊已经丢失七八年了，不知道它在哪里，梁文杀死了这只羊，神怪就没有了。

注释

①皂：黑色。②颐(yí)：面颊。明钞本《太平广记》作“捋其颐”。③袁公路：即袁术，袁绍弟。

司空变狗

司空南阳来季德[①]，停丧在殡。忽然见形，坐祭床上[②]，颜色服饰声气，熟是也。孙儿妇女，以次教诫，事有条贯，鞭扑奴婢，皆得其过。饮食既绝，辞诀而去。家人大小，哀割断绝。如是数年，家益厌苦。其后饮酒过多，醉而形露，但得老狗。便共打杀。因推问之，则里中沽酒家狗也。

译文

南阳郡人司空来季德，死后殓棺停丧在家等待埋葬。忽然显形，坐在祭床上，容颜、服饰、声音，都是熟悉的那样。他对孙儿媳妇，依次教训告诫，做事有条理。鞭打奴婢，都与他们的过错相当。吃喝完了，就告辞离开。家里人大大小小，不再悲哀。这样过了好几年，家里越来越厌烦。后来他饮酒过多，醉了以后露出原形，只是一条老狗。家里人一起动手把它打死了。于是去查问这条狗，就是邻里卖酒家的狗。

注释

①来季德：即来艳，字季德。汉灵帝刘宏时为司空。②祭床：摆设祭品的案桌。

狗戴帽子

桂阳太守李叔坚，为从事[1]。家有犬，人行，家人言："当杀之。"叔坚曰："犬马喻君子，犬见人行，效之，何伤。"顷之，狗戴叔坚冠走，家大惊。叔坚云："误触冠，缨挂之耳[2]。"狗又于灶前畜火，家益怔营。叔坚复云："儿婢皆在田中，狗助畜火，幸可不烦邻里。此有何恶[3]？"数日，狗自暴死，卒无纤芥之异[4]。

译文

桂阳太守李叔坚，曾经任从事。家里有一条狗，像人一样站立行走，家里人说："应该杀了它。"叔坚说："犬马常用来比喻君子，狗见人站立行走，它就仿效人，有什么妨害呢！"不久，狗戴上叔坚的帽子跑，家里人非常吃惊。叔坚说："它误碰了帽子，帽带挂在了它耳朵上。"狗又到灶前积蓄火种，家里人更加惶恐。叔坚又说："儿子婢女都在田里干活，狗帮助积蓄火种，正好不用麻烦邻居了。这难道有什么坏处吗？"过了几天，狗自己突然死去，李叔坚家始终没发生丝毫不祥的事情。

注释

①从事：官名。②缨：系在脖子上的帽带。③此：同"岂"，哪里。④纤芥：细小。芥，小草，喻微小的。

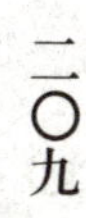

雨中妇人

吴郡无锡，有上湖大陂[1]，陂吏丁初，天每大雨，辄循隄防。春盛雨，初出行塘。日暮回，顾有一妇人[2]，上下青衣，戴青伞，追后呼："初掾待我。"初时怅然，意欲留俟之，复疑："本不见此，今忽有妇人冒阴雨行，恐必鬼物。"初便疾走。顾视妇人，追之亦急。初因急行，走之转远，顾视妇人，乃自投陂中，泛然作声，衣盖飞散，视之是大苍獭，衣伞皆荷叶也。此獭化为人形，数媚年少者也。

译文

吴郡无锡县，有上湖大池塘，管理池塘的官吏丁初，每当天下大雨，就到堤上巡防。这年春天下大雨，丁初出去在池塘边巡行。傍晚时才往回走，回头看见身后有一个妇人，上下穿着青色衣服，在后面追着呼唤："丁初长官等等我。"丁初当时不知道她是谁，想停下来等她，又犹豫不决，心想："本不见有人，怎么现在忽然有一个妇人冒着大雨赶路，恐怕是鬼物。"丁初便加快了脚步。回头看那妇人，也在急急追赶。丁初于是赶快跑，跑远了，再回头看那妇人，竟然自己跳进池塘里，水发出哗哗的响声，衣服雨伞都飞散了，一看她原来是一只大苍獭，衣服雨伞都是荷叶变的。这只獭变成人的样子，经常迷惑年轻男子。

注释

①陂(bēi)：池塘。② 顾有一妇人：《太平广记》作"顾后"。汪绍楹先生认为当从《太平广记》，补"后"字。

亭楼三怪

安阳城南有一亭，夜不可宿，宿辄杀人。书生明术数[1]，乃过宿之。亭民曰："此不可宿，前后宿此，未有活者。"书生曰："无苦也。吾自能谐。"遂住廨舍[2]，乃端坐诵书，良久乃休。夜半后，有一人，着皂单衣，来往户外，呼亭主，亭主应诺。"见亭中有人耶？"答曰："向者有一书生，在此读书。适休，似未寝。"乃喑嗟而去。须臾，复有一人，冠赤帻者，呼亭主，问答如前，复喑嗟而去。既去寂然。书生知无来者，即起诣向者呼处，效呼亭主。亭主亦应诺。复云："亭中有人耶？"亭王答如前。乃问曰："向黑衣来者谁？"曰："北舍母猪也。"又曰："冠赤帻来者谁？"曰："西舍老雄鸡父也。"曰："汝复谁耶？"曰："我是老蝎也。"于是书生密便诵书至明，不敢寐。天明，亭民来视，惊曰："君何得独活？"书生曰："促索剑来。吾与卿取魅。"乃握剑至昨夜应处，果得老蝎，大如琵琶，毒长数尺。西舍得老雄鸡父。北舍得老母猪。凡杀三物，亭毒遂静，永无灾横。

译文

安阳县城南有一座亭楼，晚上不能住人，住人就被杀死。一个书生懂得术数，经过这里在亭楼住下。亭楼附近的百姓说："这里不能留宿，前后在这里住宿的，没有活着的。"书生说："我不怕，我自有办法应付。"于是他就住在客房里，端端正正地坐着读书，很晚才休息。半夜以后，有一个人，穿着黑色单衣，走到门外，呼唤亭主，亭主答应。"你看见亭中有人吗？"回答说："刚才有一个书生，在这里读书。刚刚休息，好像还没睡。"那人轻轻地叹息着走了。过了一会儿，又有一人，戴着红色头巾，呼唤亭主，问答与先前一样，又是叹息着离开了。他们走了以后亭楼寂静无声。书生知道不会再来人了，就起身到刚才呼唤的地方，仿效着呼唤亭主。亭主也答应了。他又问："亭中有人吗？"亭主回答如先前一样。又问道："刚才那穿黑衣服的来人是谁？"回答说："是北屋的母猪。"又问："戴红头巾的来人是谁？"回答说："西屋的老公鸡。"又问："你又是谁呢？"回答说："我是老蝎子。"于是书生便悄悄地读书直到天亮，不敢睡觉了。天亮以后，亭楼附近的百姓来看，惊讶地叫道："你怎么能独自活过来呢？"书生说："赶快拿剑来，我和你们去捉鬼魅。"他便握着剑到昨夜应话的地方，果然捉到了老蝎子，有琵琶那么大，毒刺有好几尺长。从西屋找到了老公鸡，北屋抓到了老母猪。把它们三个都杀了，亭楼的危害就没有了，永远不再有灾祸了。

注释

①术数：古代关于天文、历法、占卜的学问。②廨(xiè)舍：原指官吏办事及居住的处所。此指亭中的客房。

评点

本卷故事较多，主要是神怪。表现了多方面的思想。《何文发财》表达了人们对钱财的渴望，写得很简朴。但是多数篇章是写人们与鬼怪进行斗争、战胜鬼怪的故事。像《秦公战神树》颂扬了秦公的有勇有谋，《宋大贤斗鬼》写出了大贤的聪明大胆，表达了人们与神怪斗争并能战胜鬼怪的意志。这些故事中的鬼怪最终都在人们的斗争惩罚中现了原形，原来只是人们所鄙视的动物，以此传达出作者对鬼怪的轻蔑与否定。这是本卷较为可贵的思想意义。

卷十九

李寄斩蛇

东越闽中[①]，有庸岭，高数十里。其西北隰中[②]，有大蛇，长七八丈，大十余围，土俗常惧。东冶都尉及属城长吏，多有死者。祭以牛羊，故不得祸。或与人梦，或下谕巫祝，欲得啖童女年十二三者。都尉令长，并共患之。然气厉不息[③]。共请求人家生婢子，兼有罪家女养之。至八月朝祭，送蛇穴口。蛇出，吞啮之。累年如此，已用九女。尔时预复募索，未得其女。将乐县李诞家，有六女，无男，其小女名寄，应募欲行，父母不听[④]。寄曰："父母无相，惟生六女，无有一男，虽有如无。女无缇萦济父母之功，既不能供养，徒费衣食，生无所益，不如早死。卖寄之身，可得少钱，以供父母，岂不善耶？"父母慈怜，终不听去。寄自潜行，不可禁止。寄乃告请好剑及咋蛇犬[⑤]。至八月朝，便诣庙中座。怀剑，将犬。先将数石米糍，用蜜麨灌之[⑥]，以置穴口。蛇便出，头大如囷[⑦]，目如二尺镜。闻糍香气，先啖食之。寄便放犬，犬就啮咋，寄从后斫得数创。疮痛急，蛇因踊出，至庭而死。寄入视穴，得其九女髑髅，悉举出，咤言曰："汝曹怯弱[⑧]，为蛇所食，甚可哀愍。"于是寄女缓步而归。越王闻之，聘寄女为后，拜其父为将乐令，母及姊皆有赏赐。自是东冶无复妖邪之物。其歌谣至今存焉。

译文

东越国闽中郡，有一座山，叫庸岭，山高几十里。山的西北石洞里，有一条大蛇，有七八丈长，十多围粗，当地百姓都害怕它。东治都尉和属城长吏，因为常有被咬死的人，便用牛羊祭祀它，才不致于被危害。它有时给人托梦，有时告诉巫祝让人知道，它要吃十二三岁的童女。都尉长官都为此而忧虑。可是瘟疫灾难没有停息。大家只好请求人家婢女生的孩子，还有犯罪人家的女儿去养它。到了八月初一祭祀的日子，把这些女孩送到蛇洞门口。大蛇就出来，吞吃她们。一连几年都是这样，已经用了九个女孩。这一年又预先招募寻找，还没找到合适的女孩。将乐县李诞家，有六个女孩，没有男孩。小女儿叫李寄，要去应募，父母不同意。李寄说："父母没有福相，只生了六个女孩，没有一个儿子，虽然有孩子也同没有一样。女儿既没有缇萦救父的功劳，也不能供养父母，只是白白地浪费衣服和饮食，活着没有什么好处，不如早点死去。卖了我，可以得到一点钱，用来供养父母，难道不好吗？”父母疼爱女儿，始终不同意她去。李寄就自己偷偷地走了，父母无法禁止她。李寄便请求得到一把好剑和一只咬蛇的犬。到了八月初一那天，李寄便来到庙中祭座上。她怀里抱着剑，牵着犬。先把几石米做的糍团用蜂蜜和炒麦粉拌好，放在蛇洞口。蛇便出来了，蛇头像谷仓那样粗，蛇的眼睛像两尺大的镜子。蛇闻到糍团的香气，先去吞吃，李寄便放开犬，犬就去咬蛇，李寄在蛇身后连砍几剑。蛇因为伤口疼得厉害，便窜了出来，爬到庭院就死了。李寄走进蛇洞，看到九个女孩的头骨，她举着它们出来，叹息地说：“你们这些人胆小懦弱，被蛇吞吃，实在是悲哀呀！”于是李寄迈着轻松的脚步走回家去。越王听说了这件事，便娶李寄为王后，任命她的父亲为将乐县令，对她的母亲和姐姐都给予赏赐。从此以后东冶再也没有妖邪之类的怪物了。称赞李寄的歌谣至今仍然流传着。

注释

①东越：古代越人的一支，相传为越王勾践的后裔，在今福建浙江一带。②隰：应作“隙”，缝隙，在本文指洞穴。③厉：通“疠”，瘟疫。④听：听从，接受。⑤咋(zhà)：咬、咬住。⑥麨(chǎo)：炒麦磨成的粉，有香气。⑦ 囷(jūn)：谷囤，圆形的谷仓。⑧曹：辈，群，相当于现代汉语的“们”。

张宽断案

汉武帝时，张宽为扬州刺史。先是有二老翁争山地，诣州讼疆界，连年不决。宽视事，复来。宽窥二翁形状非人，令卒持杖戟将入，问：“汝等何精？”翁走，宽呵格之，化为二蛇。

译文

汉武帝时，张宽任扬州刺史。在他没上任之前有两个老头为争夺山地，到州里打疆界官司，一连几年都没有裁决。张宽就任后，两个老头又来了。张宽仔细观察发现这两个老翁长得不像人的模样，就命令士卒拿着木棍矛戟带老头进来，问道：“你们是什么妖精？”老头吓跑了，张宽怒斥着追打他们，他们变成两条蛇。

张福与大鼍

荥阳人张福，船行还野水边。夜有一女子，容色甚美，自乘小船，来投福，云："日暮畏虎，不敢夜行。"福曰："汝何姓？作此轻行。无笠，雨驶，可入船就避雨。"因共相调，遂入就福船寝。以所乘小舟，系福船边。三更许，雨晴月照，福视妇人，乃是一大鼍[①]，枕臂而卧。福惊起，欲执之，遽走入水。向小舟，是一枯槎段，长丈余。

译文

荥阳人张福，驾船在荒野的水边行驶。夜晚有一个女子，容貌很美，独自乘一条小船，来投奔张福，说："天黑了，我怕有虎，不敢夜里行驶。"张福说："你姓什么，做这样轻率的举动。没有斗笠，雨又下得很急，到我船上避雨吧。"于是两人嬉戏说笑，就在张福船上安寝了。把那女子所乘的小船系在张福的船边。三更左右，雨过天晴，月光照进船舱，张福看那妇人，竟是一条大鼍，枕着自己的胳膊躺在那里。张福吃惊地起来，想捉住它，大鼍急忙跳进水里。先前的那条小船，原来是一段枯树，有一丈多长。

注释

①鼍(tuó)：又叫扬子鳄。

谢非除龟

丹阳道士谢非，往石城买冶釜[①]。还，日暮，不及至家。山中庙舍于溪水上，入中宿。大声语曰："吾是天帝使者，停此宿。"犹畏人劫夺其釜，意苦搔搔不安[②]。二更中，有来至庙门者，呼曰："何铜。"铜应喏。曰："庙中有人气，是谁？"铜云："有人，言是天帝使者。"少顷便还。须臾，又有人来者，呼铜，问之如前，铜答如故。复叹息而去。非惊扰不得眠，遂起，呼铜问之："先来者谁？"答言："是水边穴中白鼍。""汝是何等物？"答曰："是庙北岩嵌中龟也。"非皆阴识之。天明，便告居人，言："此庙中无神。但是龟、鼍之辈，徒费酒食祀之，急具锸来[③]，共往伐之。"诸人亦颇疑之。于是并会伐掘，皆杀之。遂坏庙绝祀，自后安静。

译文

丹阳郡道士谢非，到石头城去买铁锅。回来时，天已经黑了，还没到家。山中溪水边上有一座庙，谢非就到庙中住宿。他大声说道：“我是天帝派来的使者，停留在这里住宿。”他还怕人抢劫他的锅，心里骚动不安。夜里二更时，有人来到庙门前，呼唤道：“何铜。”何铜答应。来人说：“庙里有生人气，是谁？”何铜说：“是有人，说是天帝的使者。”过一会儿来人回去了。过了片刻，又有人来，呼唤何铜，像先前那样问他，何铜也像先前那样回答。来人又叹息着离开了。谢非被他们惊扰得睡不着，便起身，呼唤何铜，问他：“先来的人是谁？”何铜回答说：“是水边洞穴中的白鼍。”“你是什么东西？”回答说：“是庙北山洞中的龟。”谢非暗暗记在心里。天亮了，谢非便告诉当地的人，说：“这座庙中没有神，只是龟、鼍之类的东西，白白浪费了酒食祭祀它们，赶快准备铁锹来，咱们一起去除掉它。”人们也都怀疑起来。于是大家一起去挖掘，把龟与鼍都杀死了。并且毁坏了庙，停止了祭祀，从此以后这里平安无事了。

注释

①石城：即石头城，在今南京市。②搔搔：通“骚”，即骚动不安。③锸(chā)：即铁锹。

鳀鱼助孔子

孔子厄于陈[①]，弦歌于馆中。夜有一人，长九尺余，着皂衣高冠，大吒，声动左右。子贡进，问：“何人耶？”便提子贡而挟之。子路引出，与战于庭。有顷，未胜。孔子察之，见其甲车间时时开如掌[②]。孔子曰：“何不探其甲车，引而奋登？”子路引之，没手仆于地，乃是大鳀鱼也[③]，长九尺余。孔子曰：“此物也，何为来哉？吾闻：物老则群精依之，因衰而至。此其来也，岂以吾遇厄绝粮，从者病乎？夫六畜之物，及龟、蛇、鱼、鳖、草、木之属，久者神皆凭依，能为妖怪，故谓之‘五酉’。五酉者，五行之方，皆有其物。酉者老也，物老则为怪，杀之则已，夫何患焉。或者天之未丧斯文[④]，以是系予之命乎？不然，何为至于斯也？”弦歌不辍。子路烹之，其味滋，病者兴。明日，遂行。

译文

孔子周游被困在陈国，在旅舍中弹琴唱歌。夜里有一个人，有九尺多高，穿着黑色衣服戴着高高的帽子，大声吼叫，声音震动了左右的人。子贡进来，问：“什么人？”那人便提起子贡把他挟起来。子路把他引出去，和他在庭院里搏斗，斗了好一会儿，还没取胜。孔子观察那人，发现那人甲衣和腮之间时时像手掌一样张开，孔子说：“为什么不把手伸进他的甲衣和腮之间，抓住他奋力向上？”子路捉住他，手伸进腮里，那人就倒在地上，竟是一条大鳀鱼，有九尺多长。孔子说：“这个东西，为什么来这里呢？我听说：动物老了就会有各种精灵依附它，在人衰败的时候来到。这次它来，不正是我遇到困难断绝了粮食，跟从我的人得病了吗？六畜这些东西，以及龟、蛇、鱼、鳖、草、木之类，时间久了神都会来依附，能变成妖怪，所以称之为‘五酉’。五酉，东南西北中五方都有这种怪物。酉，是老的意思。动物老了就成妖怪了，杀了它就完事了，有什么可忧虑的呢。或许是天下还没有丧失礼乐教化，用这个东西来维系我的生命吧？不是这样，为什么它要到这里来呢？”他弹琴唱歌仍不停息。子路烹食了鳀鱼，味道鲜美，病人吃了也壮实起来。第二天，他们就出发了。

注释

①厄：困、穷困。②甲：甲衣。车：指牙车，即牙床，此指腮帮子。③ 鳀鱼：也谓“鳑鱼”，“黑背鳁”。银灰色，体长，侧扁。④斯文：指礼乐制度。

玄石醉酒

狄希，中山人也。能造千日酒，饮之千日醉。时有州人姓刘，名玄石，好饮酒，往求之。希曰：“我酒发来未定，不敢饮君。”石曰：“纵未熟，且与一杯，得否？”希闻此语，不免饮之。复索曰：“美哉，可更与之。”希曰：“且归，别日当来，只此一杯，可眠千日也。”石别，似有怍色[1]。至家，醉死。家人不之疑，哭而葬之。经三年，希曰：“玄石必应酒醒，宜往问之。”既往石家。语曰：“石在家否？”家人皆怪之，曰：“玄石亡来，服以阕矣[2]。”希惊曰：“酒之美矣，而致醉眠千日，今合醒矣。”乃命其家人，凿冢破棺看之。冢上汗气彻天，遂命发冢。方见开目张口，引声而言曰：“快哉，醉我也。”因问希曰：“尔作何物也，令我一杯大醉，今日方醒？日高几许？”墓上人皆笑之。被石酒气冲入鼻中，亦各醉卧三月。

译文

狄希是中山人。能酿造一种“千日酒”，喝了之后能醉一千天。当时有同州里的人姓刘，名叫玄石，喜欢饮酒，去找狄希要酒喝。狄希说：“我的酒发酵还没有完，不敢给你喝。”玄石说：“即使还没有完全酿成，也暂且给我一杯，可以吗？”狄希听了这话，不得已给了他一杯。刘玄石喝光又要道：“太好了，可以再给我一杯吗？”狄希说：“回去吧，改日再来，只此一杯，就可以睡上一千天。”玄石向狄希告别，脸色开始变了。回到家，醉死过去。家人不知道他是醉了，哭着把他埋葬了。过了三年，狄希说：“玄石一定酒醒了，应该去看看他。”来到石家，对他家人说：“玄石在家吗？”家里人都很奇怪，说：“玄石死了，服丧已经期满了。”狄希惊叫着：“酒太好了，致使他醉眠了千日，如今该醒了。”便命令他家人凿开坟墓棺材看看。坟墓上汗气冲天，于是命令挖开坟墓，正见玄石睁开眼睛，张开嘴巴，拉长声音说道：“痛快呀！把我灌醉了。”于是向狄希说：“你造的是什么酒，让我喝一杯就大醉，今天才醒？太阳多高了？”墓地上的人都笑了。大家被玄石的酒气冲进鼻子里，也都个个醉卧了三个月。

注释

①怍(zuò)色：变动面色。②服以阕：以，通“已”。指丧期已满。古代丈夫或父母死要穿丧服为其守丧三年，期满后脱掉丧服，称服阕。

黄儿之死

陈仲举微时，常宿黄申家。申妇方产，有扣申门者，家人咸不知。久久，方闻屋里有人言：“宾堂下有人，不可进。”扣门者相告曰：“今当从后门往。”其人便往[1]。有顷，还。留者问之：“是何等？名为何？当与几岁？”往者曰：“男也，名为‘奴’。当与十五岁。”“后应以何死？”答曰：“应以兵死。”仲举告其家曰：“吾能相。此儿当以兵死。”父母惊之，寸刃不使得执也。至年十五岁，有置凿于梁上者，其末出，奴以为木也，自下钩之，凿从梁落，陷脑而死。后仲举为豫章太守，故遣吏往饷之申家，并问奴所在。其家以此具告。仲举闻之，叹曰：“此谓命也。”

译文

陈仲举衰败时，常常住在黄申家。黄申的妻子正在生孩子，有人敲黄申家的门，家里人都没听见。过了很长时间，才听见屋里有人说："客厅里有人，不能进去。"敲门的人告诉说："应该从后门进去。"其中一个人便去走后门。过了一会儿，又返回来了。留下的人问他："是什么样的人，叫什么名?应该给他多少岁?"去的人说："是个男孩，名叫'奴'，应该给他十五岁。""以后会为什么死?"回答说："应当死于兵器。"陈仲举告诉他家人说："我能相面。这个儿子要因兵器而死。"他父母听了都很吃惊，连小刀都不让孩子动。到了十五岁，有一把凿子放在屋梁上，露出柄头来，奴以为是木棒，从下面用东西去钩它，凿子从屋梁上掉下来，扎进奴的脑袋里死了。后来陈仲举任了豫章太守，特意派官吏送东西给黄申家，并问候奴的情况。他家人把这事说了，陈仲举听了，感叹地说："这就是所说的命啊!"

注释

①其人便注：《太平御览》卷三六一作"其一人便往"。

评点

这一卷选了七个故事，都很精彩，内容与上卷类似，其主题相近，即人们不仅敢于和神怪进行斗争而且能战胜神怪。其中最为人们称道的是《李寄斩蛇》，一个女子，能够自愿应募，勇敢机智地杀死大蛇，受到人们的爱戴，故事歌颂了她英勇斗争以求生存的精神。李寄是一个舍身为民除害的英雄女子的形象，个性鲜明而完整，比其他故事更接近短篇小说。《张宽断案》《谢非除龟》等表现了同样的斗争精神。在这些故事里，所谓的神怪，也是一些动物而已，其实也是对神怪的否定，由此也可见作者思想矛盾的一面：一方面承认有鬼，一方面又揭露他们不过是一些牲畜动物在作怪罢了。

卷二十

为虎生仔

苏易者，庐陵妇人，善看产，夜忽为虎所取。行六七里，至大圹，厝易置地[①]，蹲而守。见有牝虎当产，不得解，匍匐欲死，辄仰视。易怪之[②]，乃为探出之，有三子。生毕，牝虎负易还[③]。再三送野肉于门外。

译文

苏易是庐陵郡的一个妇人，擅长接生。一天夜里忽然被老虎抓走，走了六七里路，来到一座墓穴前，虎把苏易放在地上，蹲在旁边守候。苏易看见旁边有一只母虎要生产，生不下来，趴在地上要死了，抬头看着苏易。苏易明白了，便为虎接生，生出了三个虎仔。生完了虎仔，那只虎又背苏易把她送回家。虎还两三次送野兽肉到苏易家门外。

注释

①圹：墓穴。厝(cuò)：安置，放下。②怪：《太平御览》作“悟”。③牝虎：《太平御览》中没有“牝”字，根据文义，可删掉。

黄雀赠玉环

汉时弘农杨宝[①]，年九岁时，至华阴山北；见一黄雀，为鸱枭所搏[②]，坠于树下，为蝼蚁所困。宝见愍之，取归，置巾箱中，食以黄花。百余日，毛羽成，朝去暮还。一夕三更，宝读书未卧，有黄衣童子，向宝再拜曰：“我西王母使者，使蓬莱，不慎为鸱枭所搏。君仁爱见拯，实感盛德。”乃以白环四枚与宝，曰：“令君子孙洁白，位登三事[③]，当如此环。”

译文

汉朝弘农郡人杨宝，九岁时，到华阴山北，看见一只黄雀，被鸱枭击伤，落在树下，受到蝼蚁围困。杨宝怜悯它，把它带回家，放在衣箱里，喂它菊花吃。过了一百多天，黄雀的羽毛长好了，它早晨飞走，晚上飞回来。一天夜里三更时，杨宝读书还没有睡，一个穿着黄色衣服的童子，向杨宝一拜再拜说：“我是西王母娘娘的使者，出使蓬莱，不小心被鸱枭击伤了。你有仁爱之心拯救了我，实在感激你的恩德。”于是拿出四枚白玉环给杨宝，说：“它可以使你的子孙品德高尚清廉，官至三公，像这白玉环一样。”

注释

①杨宝：东汉大臣杨震的父亲。②鸱枭：即猫头鹰。③三事：即三公。意为官至三公，为辅助国君掌握军政大权的最高官员。《尚书·周官》“立太师、太傅、太保，兹惟三公。”杨氏为东汉名门望族，子孙累世为名公巨卿。

蛇报隋侯恩

隋县溠水侧，有断蛇丘[1]。隋侯出行，见大蛇，被伤中断，疑其灵异，使人以药封之。蛇乃能走。因号其处“断蛇丘”。岁余，蛇衔明珠以报之。珠盈径寸，纯白，而夜有光明，如月之照，可以烛室。故谓之“隋侯珠”，亦曰“灵蛇珠”，又曰“明月珠”。丘南有隋季良大夫池[2]。

译文

隋县溠水旁，有一个断蛇丘。相传隋侯出外巡行，看见一条大蛇，被砍伤断开，隋侯怀疑它有灵异，便派人用药封住创口。蛇便能行走了。于是就把这个地方叫“断蛇丘”。一年多以后，大蛇口衔明珠来报答隋侯。明珠直径超过一寸，纯白色，夜里有光，像明月一样，可以照亮屋子。所以称它为“隋侯珠”，也叫“灵蛇珠”，又叫“明月珠”。断蛇丘南面有一座隋大夫季梁池。

注释

①溠：扶恭河，在随县西北。②季良：《水经注》中“良”作“梁”。

孔愉升迁

孔愉字敬康，会稽山阴人。元帝时，以讨华轶功封侯[1]。愉少时，尝经行余不亭。见笼龟于路者，愉买之，放于余不溪中。龟中流，左顾者数过。及后以功封余不亭侯。铸印而龟钮左顾[2]，三铸如初。印工以闻。愉乃悟其为龟之报，遂取佩焉。累迁尚书左仆射，赠车骑将军[3]。

译文

孔愉，字敬康，会稽山阴人。晋元帝时，因为征讨华轶有功而封为侯。孔愉小时候，曾经路过余不亭，看见有人把乌龟装在笼子里在路上卖，孔愉买下来，把乌龟放到余不溪里。龟在溪中央，向后回头看他多次。后来孔愉因为有功绩被封为余不亭侯，铸印章时龟形印鼻总是向后回顾的样子，三次改铸都是原来的样子。印工把这事告诉了孔愉，孔愉才明白那是龟为了报答他，于是他就拿来印章佩带上。后来他官职连续升迁到尚书左仆射，死后追封为车骑将军。

注释

①华轶：魏太尉华歆的曾孙。②钮：印鼻，印章上端提系处，雕有不同形状，以示官职高低。③赠：死后追封爵位。

“黑龙”救主人

孙权时，李信纯，襄阳纪南人也[①]。家养一狗，字曰“黑龙”，爱之尤甚，行坐相随，饮馔之间，皆分与食。忽一日，于城外饮酒大醉，归家不及，卧于草中。遇太守郑瑕出猎，见田草深，遣人纵火爇之。信纯卧处，恰当顺风。犬见火来，乃以口拽纯衣，纯亦不动。卧处比有一溪，相去三五十步，犬即奔往，入水湿身，走来卧处，周回以身洒之，获免主人大难。犬运水困乏，致毙于侧。俄尔信纯醒来，见犬已死，遍身毛湿。甚讶其事。睹火踪迹，因尔恸哭。闻于太守，太守悯之曰：“犬之报恩甚于人，人不知恩，岂如犬乎？”即命具棺椁衣衾葬之。今纪南有义犬冢，高十余丈。

译文

孙权时，有一个李信纯，是襄阳纪南人。家里养了一条狗，名字叫“黑龙”，李信纯特别喜爱它，他走到哪里狗都跟随着他，吃喝时，他总要与狗分着吃。忽然有一天，李信纯在城外饮酒醉了，没等回到家，就睡在草丛中。正巧遇到太守郑瑕出去打猎，见田野间荒草深，就派人放火焚烧。李信纯睡觉的地方，正巧是顺风。狗看见火来了，就用嘴去拽信纯的衣服，信纯仍然不动。他睡觉的地方附近有一条小溪，相距三五十步远，狗就跑到溪边，跳到水里弄湿了自己的身体，又跑回到信纯睡觉的地方，来回用身上的水洒在周围，使主人避免了一场大难。狗因为运水困顿疲乏，终于累死在信纯身旁。一会儿信纯醒来，看见狗已经死了，全身的毛都是湿的。他很惊讶，看看火烧的痕迹，他明白了，于是放声痛哭。这件事传

到了太守那里，太守怜悯这条狗说："狗报恩超过了人，人不知报恩，怎么比得上狗呢？"便命令准备棺椁衣服把狗埋葬了。如今纪南还有一座义犬墓，有十多丈高。

注释

①襄阳：郡名，治所在今湖北襄樊市。纪南：今湖北江陵西北。

偷茧长瘤

建业有妇人[①]，背生一瘤，大如数斗囊，中有物如茧栗，甚众，行即有声。恒乞于市。自言："村妇也。常与娣姒辈分养蚕[②]，己独频年损耗。因窃其姒一囊茧焚之。顷之，背患此疮，渐成此瘤，以衣覆之，即气闭闷，常露之，乃可。而重如负囊。"

译文

建业城中有一个妇人，背上长一个瘤子，像几斗的口袋那样大，里面有东西像茧那样细，又像栗那样硬，而且很多，走起路来就有声响。妇人总在街上乞讨。她自己说："我是个乡村的妇女。常常和妯娌们分别养蚕，只有自己的蚕连年损耗。于是就偷了嫂嫂的一袋茧子烧了。很快，背上就长了疮，慢慢地成了这个瘤子，用衣服盖上它，就气短憋闷，经常露在外面就可以了。而且像背一个口袋那样沉重。"

注释

①建业：东晋的都城。故址在今江苏南京市。后亦称"建康"。②娣姒：此指妯娌，即兄弟的妻子。姒，兄弟之妻，也是兄弟之妻的互相称谓。

评点

本卷共选了六个故事，都是民间传说。与其他卷不同的是这一卷讲的都是报恩的故事。它体现了古代劳动人民最朴素、最善良的思想和品格，相信世间是有善恶相报的。故事很简短，但是思想鲜明。最后一篇《偷茧长瘤》是对不轨行为的惩罚，很生动有趣。